KB150300

통영 연극예술축제 희곡상작품집

통영연극
예술축제
희곡상작품집

통영연극 예술축제
10주년기념
1

평민사

1
통영
연극예술축제
희곡상작품집

차 례

발간사 · 6

1. 태풍이 온다 | 김수미 지음 · 9

2. 헬로우 마미 | 유진월 지음 · 67

3. 물고기 배 | 강은빈 지음 · 117

4. 꽃잎 | 김미정 지음 · 155

5. 아카성이 남긴 것은 | 김정리 지음 · 205

6. 연못가의 향수 | 신은수 지음 · 249

발간사

통영연극예술축제 집행위원장 : 장창석

2018 통영연극예술축제가 10주년을 맞았다. 10년이면 강산도 변한다는 속담처럼 통영연극예술축제는 많은 흔적 속에 추억과 기억이 새롭다. 기억이란 과거와 미래를 연결하는 징검다리라고들 한다. 기억한다는 것은 미래 지향적 발상이며 새로운 창작의 영역이다.

'기록은 기억을 남긴다' 스페인 콘셉티스모(conceptismo, 奇想主義)의 대표자로 알려진 '그라시안'의 말처럼 10년의 흔적들을 기록으로 남겨 오래도록 기억하고자 했으나 연극은 종합예술일 뿐만 아니라 일회적인 순간예술이므로 역사적인 연구나 실증적인 연구를 하는 데 더 큰 어려움이 있다. 동서양을 막론하고 모든 연극은 문학으로서의 일면을 가지며, 따라서 넓은 의미의 희곡적 성격을 갖고 있다는 사실은 의심할 여지가 없다. 연극이란 인간의 행동을 재현함으로써, 확인하는 기술이며, 나아가서 반복하여 재현할 수 있는 형태로 정착시키는 기술인데 이것은 근본적으로 문학의 소임이기 때문이다.

그리하여 그간 본 위원회가 제정한 희곡상 당선작에 선정되어 초연으로 공연된 작품들을 희곡집으로 발간하며 작품을 간략히 소개한다.

제1회(2008년) 희곡상 김수미 작 「태풍이 온다」 작품은 아들의 친구 때문에 벌어지는 격정적인 사건을 통해 어쩔 수 없이 해체되어가는 현대가정을 차가울 정도로 냉정하게 보여 준다.

제2회(2009년) 희곡상 유진월 작 「헬로우 마미」 작품은 삶을 욕망의 행위로 이해하면 그 욕망의 끝은 파멸이라는 무덤이다. 이기적 욕망의 유혹은 너무도 강렬하여 이타적 생명에게는 치명적이다.

제3회(2010년) 희곡상 강은빈 작 「물고기 배」 작품은 뿔뿔이 흩어졌던 가족들이 갑작스레 죽음을 맞이한 아버지의 유골을 고향 섬마을로 가져가기 위해 배에 오른 후 폭풍우와 싸우면서 서로를 이해하게 된다는 내용을 담고 있다.

제4회(2015년) 희곡상 김미정 작 「꽃잎」 작품은 뇌종양 판정을 받은 할머니가 고향 집에 돌아가 낡은 물건을 하나씩 버리면서 이야기가 시작된다. 어느 날 고향 집에는 치매에 걸린 노인이 찾아온다. 두 사람은 서로 알아보지 못한다. 하지만 함께 지내며 알게 된다. 이들은 그 옛날 사랑했던 연인이다.

제5회(2016년) 희곡상 김정리 작 「아카섬이 남긴 것은」 작품은 위안부 소녀상을 제작하는 조각가 엄마를 둔 영화감독을 희망하는 딸이 돌아가신 할머니의 유품을 정리하다 일기장을 발견하고 할머니의 아픈 과거가 묻어 있는 일본 아카섬을 찾아 비밀을 풀어나간다. 이런 과정을 다큐 영화로 만들어 과거 일본의 위안부 만행을 세상에 드러내고자 한다.

제6회(2017년) 희곡상 신은수 작 「연못가의 향수」 작품은 통영 출신의 세계적 작곡가 윤이상이 세상을 떠난 이듬해 그의 제자들이 추모음악회를 준비하는 과정을 그리면서 윤이상 선생의 예술과 사상을 재조명한다.

10년의 역사 속에 아홉 편의 당선작이 나와야 함에도 본위원회의 예산과 사정에 따라 세 차례 희곡상을 공모하지 못함을 아쉽게 생각하며 희곡집 발간을 수락하신 작가님들에게 감사드린다.

태풍이 온다

— 작/김수미, 연출/심재찬 —

공연기간 : 2009년 6. 5(금) 19:30, 6. 6(토) 15:00

공연장소 : 통영시민문화회관 대극장

단체명 : 극단 전망

출연진 : 연희 役_길해연 / 경구 役_박경근 / 노모 役_윤가현 / 연리 役_김기연 /

주원 役_배윤범 / 진 役_이현배

제작진 : 무대디자인_하성옥 / 조명디자인_최형오 / 조명감독_황종량 /

음악디자인_김철환 / 의상_김혜민 / 분장디자인_이동민/ 소품디자인_박지숙 /

조연출_윤혜진 / 조명오퍼_김건영 / 음향오퍼_구선화

■등장인물

연희	48세
경구	56세
노모	75세
주원	21세
진	21세(아들의 남자친구)
연리	37세(어머니의 여동생)

■무대

장마가 지나고 무더위도 지나고 태풍이 오는 그즈음 계절은 여름에서 가을로 바뀌고 있다.

바람이 분다. 바람의 강도가 극이 진행되는 동안 점점 강해지는 게 무대에 표현됐으면 좋겠다.

강이 내려다보이는 경치 좋은 곳에 새로 집을 짓고 이사한 지 사흘이 지났지만 짐 정리가 제대로 되지 않은 채다. 정리할 책들이 거실 바닥에 쌓여있고 열지 않은 상자도 놓여있다. 거실 한쪽은 책장이고 듬성듬성 책이 꽂혀 있다. 소파가 놓여있을 거실 중앙은 비어있다. 거실 한쪽에는 낡은 전축이 있다.

거실은 무대 앞에 두고 테라스는 뒤 쪽에 있다. 테라스 멀리로 강이 흐르고, 작은 산은 물들 준비를 하고 있다.

춤곡이 흐르고… 연희, 춤을 추면서 등장한다.

얼마쯤 후 연희의 춤이 암전 속에 묻힌다. 음악도 서서히 잦아들면 무대 밝아진다.

연희는 전축을 닦고 있고, 경구는 책을 책장에 정리하고 있다.

1.

경구　(책을 정리하며) 버리고 오라니까.

연희　(전축을 닦으며) 이거 하나 남았어요.

경구　요즘 누가 그런 거 써.

연희　울 아버지, 엄마 없어 혼수준비 제대로 못했단 얘기 안 듣게 하려고 고르고 또 고른 건데… 그게 벌써 22년이네.

경구　고장 났잖아.

연희　나도 버리게…? 당신도 버릴까요?

경구　말본새가 아직도 어린애야.

연희　낡고 고장난 거 사실인 걸 뭐. 그래도 난 났다. 당신보다 8년이나 아래니까. 유통기간이 아직 많이 남은 거지, 당신보단…

경구　고쳐서 쓰던가.

연희　수리비가 너무 비싸.

경구　그러게 쓰지도 못하는 거 왜 끼고 살아. 짐만 되게.

연희　사줄래요?

경구　…

연희　고쳐 볼래요.

경구　돈 버리는 짓이야.

연희　안 사준다며…

경구　쓰는 거 한번을 못 봤네.

연희　고장 났으니까.

경구　(박스를 여는데 그릇이다) 바뀌었네. 책 담아 둔 게 이게 아닌가?

경구, 박스를 들고 주방으로 들어간다.

연희 안보는 책은 좀 버려요.

경구 (소리만) 없네. 못 봤어?

연희, 쌓아 놓은 책에 걸터앉아 책을 뒤적이며…

연희 고전은 고전이라 사야 되고, 신간은 새로 나온 거라 사야 되고… 읽는 거를 못 봤네.

경구 (나오며) 상자가 하나 비는데… 책이 의자야?

연희, 일어서며…

연희 당신 그 얼굴은 이십 년을 넘게 살았는데도 적응이 안 된다. 부모가 자식 혼낼 때나 나오는 표정이에요.

경구 못 봤어? 85번부터 124번까지… 인문 철학책 든 건데…

연희 글쎄요.

경구, 박스를 찾아서 이 방, 저 방을 다닌다.
연희, 거실 바닥에 드러눕는다.

연희 주문한 소파 취소할까? 넓게 쓰는 것도 괜찮은 거 같은데…

경구 뭐?

경구는 연희의 대답도 듣지 않고 안방으로 들어간다.
연희, 거실바닥을 뒹굴고는…

연희 자고 싶다. (잠시) 차다.

경구 (박스를 하나 들고 나오며) 옷장 안에 넣어두면 어떡해.

연희   나 아닌데…

경구   그럼 진이야? 어머니가 이거 들 힘이 있어?

연희   이삿짐 센타 사람들…

경구   그러니까 그 사람들한테 이거 거기다 두란 사람이 누구겠냐고…

연희   그래 나야? 됐어요?

경구   버릇 돼. 고쳐. 버릇 됐지. 22년을 똑같이… 잘못한 거 인정하기가 그렇게 힘들어? 말을 말자. 귀찮다. 얼굴에 가득 써가지고는… 당신 말투 나를 나쁜 사람으로 만드는 거 알아?

경구, 책을 정리한다.
연희, 안방으로 가며…

연희   당신은 좋겠어요. 큰 소리 내면 들어줄 사람도 있고… 난 없는데…

경구   지금 그 얘기가 아니잖아.

경구가 돌아다보면 연희는 방으로 들어가고 없다.
경구, 뭔가 말하려다 말고 다시 책을 정리한다.
연희, 힘을 다해 카펫을 끌고 나온다.

연희   테라스 물받이 손봐야겠어요. 고정핀이 떨어졌나봐.

경구   시간 나면 볼게.

연희   바람 불 때마다 덜컹되던데… 그러다 부서지면… 사람 부르지.

경구   그것도 돈이야. 내가 하면 돼.

경구, 끙끙거리며 카펫을 옮기는 연희를 보고는…

경구　정리 다 되면 꺼내지. 카펫에 먼지 앉잖아.

연희　바닥이 차서…

경구　일 번거롭게 해. 하여튼…

경구, 일어서 연희가 옮기는 카펫을 들어준다.

연희　올해는 큰 물난리 없이 넘어가는 거 같죠?

경구　태풍이 남았잖아.

연희　언제 온데요?

경구　오겠지.

경구, 카펫을 깐다.

연희　추석도 얼마 안 남았겠다. 달력이 어딨더라… 달력부터 찾아 걸어
　　　　야겠다, 여보.

경구　…

연희　오늘 고쳐요?

경구　…

연희　예? 물받이요?

경구　알아서 할게. 잔소리는…

연희　다른 여자 잔소리 하는 걸 못 봐서 그러지…

경구　내 여자도 지겨운데 다른 여자는 왜 들먹여.

노모, 꽃무늬 원피스에 모자를 쓰고 나온다.

노모　이걸 찾았다. 있는 줄도 몰랐어. 좀 더 늦게 찾았더라면 있었는지
　　　　도 몰랐을 거다.

14

경구	고상한 거 사시지.
연희	오래전 거 같은데…
노모	잃어버린 시간을 찾은 기분이야.
연희	언제 적 거예요?
노모	애비야 기억나니 이 옷?
경구	글쎄요…
노모	이거 입고 꽃놀이 가서 찍은 사진이 있을 텐데…
경구	찾아드려요?
노모	고맙다만 추억을 찾아내는 즐거움을 너한테 양보하고 싶지는 않구나. 즐거운 시간이 될 거야. 천천히 찾을까. 빨리 찾을까.
연희	뒷마당에 텃밭 만들 건데… 어머니도 좋으시죠? 소일거리도 생기고…
노모	너나 해라.
연희	왜요? 가지 고추 달리고, 배추 심어 김장하고, 감자 고구마 캘 때는 재미가 솔찮을 텐데요.
노모	아픈 허리 구부리고, 시원치 않은 다리로 쭈그리고 앉아, 햇볕에 낄 기미 걱정하며… 됐다. 하고 싶지 않다.

노모, 방으로 다시 들어간다.

연희	어머니는 이 집으로 이사 온 거 마음에 안 드신가봐. 어머니 생각해서…
경구	그건 아니지.
연희	그럼 나 좋자고 왔어. 사실 공기 좋은 곳에서 여생 마무리하시면…
경구	그 말은 너무 **빠르지** 않냐.
연희	당신이지. 경치 좋은 곳에다 자기 손으로 집 짓고 살고 싶다고…

경구 처제는 언제 온데?

연희 며칠 있지 싶어요. 좀 더 길 수도 있고…

경구 마실 거 한잔 줘.

연희, 주방으로 간다.

연희 (주방에서 소리만) 싫다는데, 방도 넉넉하고… 내가 그러라 했어요.

연희, 음료수를 들고 나온다.

경구 시집 안가?

연희 (음료수 잔을 건네며) 가겠죠.

경구 (받아들며) 마흔 됐지?

연희 아니… 서른일곱이에요.

경구 병원엔 왜 있었던 거야?

연희 글쎄… 주원이가 통학하기 힘들데요. 교통편이 그렇잖아요.

경구 그렇긴? 그래서?

연희 하숙이라도 하겠다고…

경구 미친놈.

연희 중고차라도 하나 뽑아주던가…

경구 내가 은행으로 보이지?

연희 그랬으면 돈 쓸 때마다 눈치 보며 물어볼까, 내 맘대로 턱턱 하지.

경구 언제까지 그 녀석 밑으로 돈 들어가야 되는 거야. 대학 보내놓으면 끝인 줄 알았드만…

연희 아직 멀었네요.

경구 자식 키우는 거 밑지는 장사야. 우리 어머니도 나 키워 재미 못 보셨어.

연희   당신 효자야.

마당으로 차가 들어서는 소리가 들린다.

연희   누가 왔나 봐요.
경구   나가봐.

현관 벨소리.

연희   누구세요? 열렸어요.

연리, 여행용 가방과 기타를 들고 들어온다.

연리   언니!
연희   왔구나.

연희, 반갑게 연리를 안는다.

연희   잘 왔어. 안 그래도 네 얘기 하고 있었는데… 형부가 너 온다니까 좋다고…
경구   반가워, 처제.

경구, 악수를 하려고 손을 내미는데…
연희, 붕대로 감긴 오른 쪽 팔목을 보여주며…

연리   이게…
연희   잘 찾아 왔네. 쉽든?

연리	어. (왼손을 내밀며) 이쪽이라도 괜찮으시면⋯
경구	그럼.

경구, 왼손으로 연리와 악수한다.

연리	잘 지내셨어요?
경구	그럼⋯ 잘 왔어.
연희	잘 왔어.

다음 말을 찾지 못하고 어색한 미소를 나누는 연희, 연리, 경구.
그들 사이엔 바람만이 머물고 있다.

2.

거실 창으로 보이는 마당의 나무들이 바람에 흔들린다.
거실 중앙엔 배달된 새 소파도 놓여있고 책들도 정리가 다 되었다.
마당으로 차가 들어서는 소리가 들리고
연희와 연리, 장을 본 꾸러미를 들고 들어온다.

연리	바람이 꽤 쎄다.
연희	태풍 온다잖아.
연리	비켜가야 될 텐데⋯

방금 샤워를 마치고 아래만 수건을 두른 채, 욕실에서 나오는 진.
서로를 보고 잠시 멈춰선 연희, 연리, 진.

진 안녕하세요?

연희 누구세요?

연리 주원이 친구겠지.

진 네.

연희 어…

연리, 꾸러미를 들고 주방으로 간다.

진 땀이 많이 나서… 농구를…

주원, 금방 샤워를 끝냈는지 반바지만 입고 진이 갈아입을 속옷을 들고
자신의 방에서 나오며…

주원 이걸로 갈아입어. (연희를 보고) 어, 엄마 언제 왔어?

연희 지금.

주원 아버진?

연희 철물점 들렀다가 오신대. 망치도 필요하고 못이랑… 전구도 사
고…

진 옷 입고 나올게요.

연희 어 그래.

주원, 진에게 옷을 건네주면
진, 주원의 방으로 들어간다.

연희	할머니는?
주원	뭐 찾으신다던데…

연리, 주방에서 나온다.

주원	이모! 반갑다.

주원, 연리에게 다가가 안는다.

주원	잘 지냈어?
연리	기분 이상해진다. 옷부터 입지.
주원	이뻐졌다.
연리	용돈 얘기라면 나중에 하고…
주원	마음에 드는데… 엄마 배고파.
연희	…

주원, 방으로 들어간다.

연리	언니!
연희	어? 어. 어!

연희, 주방으로 간다.

연리	바람이 부나.

연리, 테라스로 나간다.
마당에 차, 들어서는 소리가 들리고

경구, 꾸러미를 들고 들어온다.

경구 나 왔어.

연희, 주방에서 나오며…

연희 만두 찌는데 생각 있어요?
경구 출출했어.

연희, 주방으로 들어간다.
연리, 테라스에서 들어오며…

연리 주변에 고급 주택도 많고 돈이 꽤 들었겠어요?
경구 가진 거 탈탈 털었어. 빈털터리야. 앞으로 버는 건 대출금 갚으면
　　　서 살아야 되고…

경구, 소파에 앉는다.

연리 짓는 데 얼마나 걸렸어요?
경구 반년쯤… 부지 보고 설계하고 다하면 2년… 글쎄… 정원수 자리
　　　잡고… 이래저래 정리하려면 얼마나 더 걸리려나… (소파를 가리키
　　　며) 이거 사는데 월급에 반이 들었어. 카펫도 월급에 반이 들었으
　　　니까… 깔고 앉는 걸 사는데 한 달을 쓴 거지.
연리 …
경구 …
연리 나무 보고 강물 보면서 사는 거… 무지 외로울 거 같은데…
경구 처제 나이는 그렇지. 내 나이 되면 안 그래. 조용하지. 넉넉하지.

연리   속고 있는 거예요, 인간이… 자연이 변하면 얼마나 무서운데요.

옷을 갈아입은 진과 주원, 방에서 나온다.

주원   오셨어요?

경구   언제 왔냐?

주원   좀 전에요. 친구에요. 주말 여기서 보내고 가도 되죠?

진, 경구에게 인사를 한다.

경구   그래라.

연희, 주방서 나오며…

연희   다 됐어요. 가서들 먹어라.

주원   네.

진, 주원, 주방으로 들어간다.

경구   처제는 이 집이 싫은가?

연리   근사해요. 근데 나이 들어 사람들과 떨어져 사는 게 꼭 좋은 건가요. 장보기도 멀고, 친구 만나기도 쉽지 않고…

연희   할 일이 얼마나 많은데…

연리   밥하는 거? 형부 출근하고 진이 학교 가면 사돈어른이랑 언니 둘만 남네.

연희   책 읽을 거야. 여보, 나 책 읽을 거예요.

경구   나쁘지 않군.

연희   시장하다면서요? (노모의 방으로 가며) 어머니!

경구, 주방으로 들어간다.
노모, 방으로 들어간 연희를 따라 나온다.

노모   찾을 수가 없다. 이사하면서 짐들이 뒤죽박죽… 다시 다 정리해야
        돼. 시간이 얼마 없는데…
연리   그래도 경치 좋은 곳으로 이사하셨으니 좋으시잖아요.
노모   그것도 어쩌다 볼 때 말이지. 사흘 지나니 그냥 그럽디다. 잠자리
        설어, 잠 못 자지… 집 설어, 남에 집 같지. 길 설어 나다니기 엄두
        안 나지… 니들은 좋은지 모르겠다만 난 아니다. 늙으면 병원이랑
        가차이 살아야 하는 건데…

노모, 주방으로 간다.

연리   누구를 위한 이사야?
연희   남들은 하고 싶어도 못하는 게 전원생활이야.
연리   마흔여덟에 인생 정리하며 살게. 형부는 몰라도 언니는 너무 빠르
        지 않아?
연희   엄마는 잘 계시니?
연리   궁금하면 전화해. 그때 엄만 지금의 언니보다도 어렸어…

연리, 밖으로 나간다.

연희   어디 가? 만두 먹어.
연리   …

연리의 뒷모습을 쫓는 연희, 시선을 돌려 돌아서면 언제 와 있는지 진이 서 있다.

연희   다 먹었니?
진   땀이…

진, 연희의 목덜미에 흐르는 땀을 손등으로 닦아준다.

연희   불 앞에 있으면 다 그렇지 뭐.
진   바람 냄새가 나요.
연희   공기가 다르지, 여긴…
진   당신한테서요.
연희   …

진, 웃으며, 손가락으로 볼을 가리킨다.

진   부끄러우면 아직도 얼굴이 빨개져요? 소녀 때나 갖는 얼굴 아닌
       가… 아까도 그랬어요. 처음 저 볼 때…
연희   …
진   예뻐요.
연희   못됐구나.
진   혼내시게요?
연희   그럴 거야. 한번, 더 그러면…

진, 웃으며 방으로 들어간다.
연희, 자신의 얼굴을 감싸는데 이유 모를 웃음이 비집고 나온다.
경구, 주방에서 나온다.

경구	당신!
연희	왜요?
경구	나한테 숨기는 거 있지?
연희	…
경구	죽으려고 했지? 말 안하면 모르나. 당신 동생 말이야. 손목 그은 거… 자살하려고 그런 거잖아.
연희	…

경구와 연희, 서로 쳐다 볼 뿐 말을 찾지 못한다.
연희에겐 경구가 살을 에는 바람만큼이나 잔인하다.

3.

흔들리는 나무의 모양새에서 바람이 조금 더 세어진 걸 알 수 있다.
TV를 보던 연희, 소파에서 잠이 들었다.
TV에서 흘러나오는 아나운서의 목소리가 들리고…

TV	(소리로) 제 14호 태풍 나비가 북상함에 따라 남해상과 동해상을 중심으로 태풍경보와 주의보가 발령됐습니다. 화면에서 보시는 거와 같이 태풍의 눈이 또렷이 보일만큼 강한 대형급 세력을 유지한 채 북상 중에 있는데요. 이 태풍 전면에 동반한 비구름의 영향으로 영남지역에는 현재 비가 내리고 있고 점차 호남과 영동지역까지 비 내리는 지역이 확대되겠습니다. 예상 강우량은 영동과 영

남에 30mm에서 최고 100mm 이상의 많은 비가 내리겠고 그 밖의 지역은 5에서 40mm 가량입니다

그 사이 방에서 나온 진, 연희가 자고 있는 걸 보고, TV를 끈다.
연희의 자는 모습을 내려다보는 진, 흘러내린 연희의 머리칼을 손끝으로 쓸어 올려준다.
진, 방으로 들어가 카메라를 가지고 나온다.
진, 연희의 모습을 카메라에 담는다.
잠에서 깨어나는 연희.

연희   몇 시쯤 됐나… ?
진   여섯 시쯤 됐을 걸요.
연희   저녁 해야겠네… 다들 어디 갔나?
진   그건 모르겠고… 여긴 우리 둘뿐이에요.
연희   사진 찍게? 여기 풍경 좋지?
진   찍었어요. 좋아하는 걸로… 전 나무, 꽃보다 사람을 좋아하거든요.

진, 연희를 보며 싱긋 웃어 준다.

연희   나? 다음부턴 그러지 마. 무방비 상태로 찍히는 거 불쾌해.
진   보면 생각이 달라질 걸요. 제가 실력이 좀 돼요. 모델도 아름답고…
연희   여자는 나이 들어 카메라 앞에 서는 거 별로야. 남기고 싶지 않아. 더구나 화장 안한 얼굴은…
진   거울 자주 안보죠? 꽤 분위기 있어요. 살아 온 시간도 보이고… 외로움도 읽혀지고… 눈동자 흔들리는 건 불안해서죠? 입술에 침 자꾸 바르는 건 왜 그래요? 비밀 있어요?

연희	(일어서며) 사진이 전공이야?
진	대학 안 다녀요. 주원이랑은 길에서 만났어요.
연희	그래.

연희, 주방으로 가려는데…

진	궁금하지 않으세요?
연희	주원이가 화낼 거야. 어떻게 만났는지 꼬치꼬치 물은 거 알면…
진	저에 대해서요. 난 당신이 궁금한데…
연희	친구 엄마한텐 그렇게 말하는 거 아니야.
진	미안해요. 그런데 어쩌죠. 난 당신하고 키스하고 싶은데…
연희	…

밖에는 하늘이 어두워지고 번개가 치고 비가 내리기 시작한다.

진	어쩌면 얼굴이 거짓말을 할 줄 몰라요.
연희	식구들이 올 거야. 저녁 준비를 해야겠다.

노모, 방에서 나온다.

노모	애미야!
연희	어머니 왜요? 왜 그러세요?
노모	추워. 이 집 춥다.
연희	날씨가 그러네요. 벽난로에 불 지피면 따뜻해질 거예요.
진	제가 할게요.
연희	고마워.

진, 벽난로에 장작을 넣고 불을 지핀다.
연희, 난로 앞 의자에 노모를 앉히며…

연희   여기 앉으세요. 괜찮아질 거예요.

연희, 작은 담요로 노모를 덮어준다.

노모   죽음도 이만큼 추울까…
연희   어머닌 안 죽어요. 아직은 아니에요.
노모   정리가 끝나지 않았는데…
진   나무 더 가져 올게요.

진, 나간다.

연희   자다 깨셨어요?
노모   혼자 두지 마.

연희, 노모 곁에 의자를 끌어다 앉는다.

연희   안 가요. 주무세요.
노모   버리지 마. 쓸모없다고…
연희   그런 말이 어딨어요.
노모   네 남편 그러구두 남어. 차갑고 반듯하고 독한 게 정 주고 살고 싶
          지 않지.
연희   제 인생 위로해 주시는 거예요?
노모   내가 네 나이 땐 내 나이까지 살 수 있을까 싶었어. 뭐하며 사나…
          싫증나더라. 근데 요즘은 밥 먹는 것도 고맙다. 걷는 거, 웃는 거,

똥 싸는 거… 다 고마워. 해봐야 얼마 남았겠니… 너 나보다 오래
살 거지?

연희   그건 모르죠.

노모   화장품 뭐 쓰냐? 좋은 거 너만 하고 나는 안주냐?

연희   우리 어머니 또 심통이시네…

노모   나는 쪼글쪼글 주름지고 뒤틀렸는데 넌 반듯반듯 곱잖아. 부럽고
샘난다, 왜?

연희   마사지 해드려요?

노모   방문 여는 것도 무서워. 저승사자가 시키면 옷 입고 서 있을까봐.

연희   며칠 못 주무시더니 예민해지셨어요.

노모   (눈을 감으며) 나이 먹어봐. 슬픔도 혼자 해결해야 돼. 그게 얼마나
두려운데… 넌 미리미리 준비해라. 잘 넘길 수 있게… 난 그걸 못
했어.

노모, 스르르 잠 속으로 빠져든다.

연희   전 벌써 그래요. 준비도 못 했는데…

비에 젖어 들어오는 경구, 손에 책을 들고 들어온다.

경구   (책을 들어 보이며) 여보. 굉장한 걸 발견했어.

연희   쉿! 어머니 주무세요.

경구   방에서…

연희   깊이 잠드시면 옮겨드려요.

비에 젖은 주원, 연리, 쇼핑 본 걸 들고 웃으며 들어온다.

연희   쉿!

주원, 술병이 든 쇼핑백을 흔들어 보인다.
진, 장작을 들고 들어온다,

진   어디…
연희   쉿!
모두   쉿! 쉿! 쉿!

손가락을 입에 대고 서로를 보는 그들…
침묵 속에 빗소리만 바람을 타고 들려온다.

4.

가볍게 몇 잔을 걸친 그들, 경구, 진, 연희, 연리, 주원, 맥주 캔을 하나씩
들고 있고 테이블엔 먹다 남은 안주 접시가 있다.
소파를 중심으로 모여 앉아 있는 그들의 모습이 자연스럽다.
노모는 벽난로 옆에서 잠들어 있다.

경구   그런 어리석은 질문이 어딨어. 내용을 어떻게 다 기억해.
진   다 읽긴 하셨어요?
경구   더러는 읽었고 더러는 읽을 거고… 책이란 건 있을수록 좋은 거야.
진   인간의 머리는 지식의 폭격을 원하지 않을 수도 있어요.

경구   근육은 쓰면 쓸수록 발달하는 거다. 머리도 마찬가지야. 써야 지
                 능이 높아지지.

주원   책만 한 짐도 없어요. 필요한 지식이 있으면 컴퓨터에서 얻으면
                 돼요.

경구   만질 수도 없고… 냄새도 없고… 그건 내 것이 아니야.

주원   그건 아버지가 컴퓨터랑 친하지 않아서 그래요.

경구   모든 걸 컴퓨터에 의존하다간 뇌세포가 점점 줄어서 결국엔 바보
                 가 되고 말 걸. 정보나 지식만 많이 가지면 뭐하냐. 사고능력이나
                 판단력은 급격히 떨어지고 있는데… 얼마 안 가 원시인 수준이 될
                 거다.

진   불을 얻기 위해서 부싯돌을 쓰진 않잖아요? 과학이 있으니까요.
                 과학이 진보하면 인간도 진보해요.

경구   생활이 편리해진 거지. 수많은 기계들 덕분에… 계산기가 계산을
                 해주니 머리는 자연히 계산력을 키우지 않을 테고, 요리야 인스턴
                 트 식품이 책임져주니 미각이 하나로 통일이 되어가고, 맞춤법까
                 지 기억해주는 컴퓨터가 있는데 까다로운 철자법을 기억하려는
                 멍청이가 있겠냐. 뇌세포가 줄고, 오감이 죽고, 마침내 인간이 죽
                 는 거지.

                 잠시, 정적.

연희   어머니 방으로 옮기는 게 좋겠어요.

경구   그러지.

주원   제가 할까요?

경구   아직은 아니야. 애비가 할 수 있어.

                 경구, 잠든 노모를 안고 노모의 방으로 간다.

연리, 바닥에 세워진 그림을 본다.
붉은 색으로 물결치듯 그려져 있다.

연리   네 작품이니? 아는 척은 해야겠는데 모르겠다.

주원   뭐 같은데? 그냥 보이는 대로.

연리   붉은 색⋯

주원   이모 마음속에 떠오르는 거⋯

연리   어렵다.

연희   불꽃, 태양, 노을, 사과⋯

주원   역시, 내 그림을 알아주는 건 우리 엄마밖에 없어.

연리   피⋯ 첫 생리⋯ 이거 재밌는데⋯ 너한텐 뭐니?

주원   진이. 너는?

진   홍조. 부끄러움.

주원   그 작품 제목이 자화상이야. 그림을 보면서 떠오르는 단상이 바로 자기인 거지.

연리   살짝 어려운 게⋯ 너 예술가 다 됐다.

주원   예술가라⋯ 돈 벌지 않아도 된다면 할 수 있을 거 같은데, 먹고 사는 문제 해결해야 된다면⋯ 모르겠어. 될 수 있을지⋯

진   쓸 일을 만들지 마. 그럼 벌 필요도 없잖아.

연리   일하지 않고 산다?

경구, 노모의 방에서 나온다.

연리   형부! 일하지 않고 살 수 있어요? 이 친군 그런다네⋯

경구   내 아들만 한심한 줄 알았더니 요즘 젊은 애들은 다 그런가⋯ 노동은 신성한 거야. 어떤 기도보다 구원의 힘이 강할 거다.

진   삶의 방향을 부와 명예에 두지 않으면 충분히 가볍게 즐기면서 살 수 있어요. 잃을 것도 없으면 두려울 것도 없고… 의미를 생산하지 않는 제가 마음에 들어요, 전.

경구, 술을 마시려고 하지만 비었다.

경구   술 더 없어?

연희   지금도 과했어요.

주원   제가 가져 올게요.

주원, 주방으로 간다.

경구   노동의 시대를 살지 않은 네들은 밥 벌어 먹고 사는 게 얼마나 힘겨운 일인지 몰라서 그래.

연리   80년대에 머물러 사는 거 훈장은 아니죠.

진   아저씨 말대로 저 몰라요. 그 시대도 모르고, 전태일도 모르고, 근로기준법도 모르고, 비정규직의 눈물도 몰라요. 하지만 자랑스럽게 말씀하시는 노동의 시대가 유지 시켜준 생활이 뭔지는 알죠. 인간이, 인간이 아닌 노동을 더 존중했다는 거…

주원, 술을 가지고 나온다.

경구   가난한 삶의 기록을 가진 아버지들은 존경받아야 돼.

경구, 술을 단숨에 마신다.
다시 술을 마시려고 하자 연희가 말린다.

연희   내일도 할 일이 많아요.

경구   어허, 이 사람이… 당신이 이러니까 내가 이상한 사람이 되잖아.

연리   이 정도 대화는 축복이야. 눈 둘 때 없어서 TV에 시선 꽂고 연예인 뒷담화 까는 것보다 얼마나 생산적이야.

연희   들어가요. 자자구요.

경구   가볍게만 사는 네들이 가족들을 먹여 살리는 힘겨움을 어떻게 알겠냐. 비난도 평가도 자유다만 그 전에 예의는 갖추도록 해라.

연희   그만해요. 제발…

경구   자라.

경구, 방으로 간다.

연리   재밌어지는데 왜 그래?

연희   재미없어. (진에게) 언제 갈 거야?

주원   여기서 같이 살지도 몰라. 애, 갈 데 없거든.

연희   그건 안 돼.

주원   그러고 싶어.

연리   둘이 연애하니?

연희   농담을 해도… 남자끼리…

주원   우리 그럴까?

진   (연희에게) 저도 그럴 생각 없습니다.

주원   그러자.

연희   집도 익숙지 않은데 낯선 사람까지… ? 엄마가 힘들 거 같아. 기분 나쁘게는 듣지 말고.

주원   들었어. 하지 말아야지, 기분 생각했으면… 아버지 저러는 거…

연희   (일어서며) 분명히 말했다.

연희는 방으로 가다 테라스 쪽을 보고…

연희	비가 무섭게 오네.
연리	태풍이 해상으로 방향을 틀지 않으면 피해가 상당할 거래. 비도 며칠 더 오고…
연희	자라.
연리	자.
진	쉬세요.

연희, 방으로 들어간다.

주원	이모, 엄마 갱년기지?
연리	그렇게 말투가 싸늘하네. 원래 친절한 사람인데…
진	먼저 일어납니다.
주원	나두…

진, 주원, 방으로 들어간다.
연리, 술이 떨어진 걸 확인하고 주방에서 맥주를 꺼내온다.
오디오를 켠다. 고장이다.
연리, 기타를 들고 줄을 튕겨 본다.
연리, 기타를 치며 노래(난 어떡하라고–김건모)를 부른다.

연리	(노래) 바람이 불어오누나. 조용히 들어본다.
	내 사랑 소식들이 혹시나 따라 올까
	너무나 고요하구나. 세상이 비었구나.
	또 한 번 내려앉은 가슴이 시려온다.
	은하수 길을 따라 걸으면 만나려나
	난 어떡하라고 어이 살아가라고
	그대의 향기가 내 몸에 배어있는데

미운정이라도 남아있다면
돌아와 다시 내게 돌아와.

잠옷으로 갈아입은 연희, 방에서 나온다.

연희 뭐하니?

연리 술 마시고, 기타 치고, 노래하고…

연희 네 형부 잠 귀 예민해.

연리 술 마시고, 기타치고, 노래하고, (담배를 피워 물며) 담배 피고…

연희 연리야!

연리 왜 안 물어? 손목은 왜 그었는지, 왜 죽으려고 했는지…

연희 말하기 싫을까봐.

연리 말하고 싶어. 말하고 싶어서 온 거야. 그러니까 언닌 나한테 물어
봐야 돼. 왜냐고…

잠시 정적.

연희 담배 한 대 주라.

연희도 담배를 피워 문다.

연리 피우지도 못하면서.

연희 어때? 타락한 여자로 보이니?

연리 언니 얘기 들어 줄 여력 없는데…

연희 울 일 생기면 아홉 살이나 어린 너한테 매달려 울곤 했지. 엄마가
떠난 날도 그랬어.

연리 무서웠대. 아빠 죽고 어린 우리 둘 데리고 살기가… 어떻게 결혼

을 한번만 하니? 사랑은 몇 번씩 하면서…

연희   넌 쉽니? 난 어려워.

연리   엄마한테 전화 해. 이젠 늙어서 혼자 있었으면 더 보기 힘들었을 거야.

연희   몇 번의 사랑을 했니? 너는…

연리   첫 남자밖에 기억 안나. '이루어지지 않았다.' 그 정도.

연희   그래…

연리   형부 사랑한 적 없지?

연희   비난으로 들린다.

연리   언니 재미없는 사람으로 만든 형부, 난 싫어.

연희   그러지 마. 내 인생 절반을 같이 산 사람이야.

연리   풍요가 언니를 비겁하게 만든 거야. 무엇을 욕망하는지 조차 잃어 버리고 살잖아.

연희   그런 거 없어. 넌 어때? 괜찮니?

연리   난 괜찮은데 내 몸은 아니래. 죽어가고 있어.

연희   왜 그래. 십대도 아니고…

연리   방사성 동위원소에서 발생되는 감마선을 이용해서 종양을 제거할 거래… 근데 그게 잘 안 되나봐.

연희, 연리를 보면…
연리, 천천히 쓰고 있던 가발을 벗는다.
방사선 치료로 머리가 듬성듬성 빠져있다.
연희, 떨리는 손으로 연리 곁에 앉는다.
숨이 멎을 거 같고 말 대신 눈물만 흐른다.

연리   3개월이래. 무지 고통스럽대… 그게 두려워, 그래서 손목도 그었 는데 3개월은 채워야 하나봐. 다시 살아난 거 보면…

연희, 소리도 못 내고 울기만 한다.

연희　　언니가 고쳐 줄게. 걱정 마.
연리　　요양소로 갈 거야.
연희　　그러지 마.
연리　　아침에 일어나서 나 없으면 간 줄 알아.
연희　　왜 왔어? 보여주질 말지.
연리　　살아 있을 때 인사하고 싶어서…
연희　　가지 마. 비 오잖아. 비 맞으면 감기 걸려.

연리, 방으로 들어간다.
연희, 가슴을 쥐어뜯으며 운다.
진, 방에서 나오다, 울고 있는 연희를 본다.
진, 연희를 감싸준다.
연희는 울음을 그칠 수가 없다.
진, 연희의 어깨에 입을 맞춘다.
팔에… 손에… 머리에… 이마에… 눈에… 그리고 입술에…

5.

간밤에 빗줄기는 더욱 세졌고 바람은 더 강해졌다.
밖에서 들리는 경구의 목소리…

경구   (소리만) 예, 알겠습니다. 고맙습니다. 조심해서 가세요.

      경구, 나온다. 비옷을 입었다.
      연희, 연리의 방에서 기타를 들고 나온다.

경구   강이 범람할 거 같은데…
연희   연리가 갔어요.
경구   지금 대피해야 된다니까 뭐해. 필요한 거 얼른 싸.
연희   내 동생이 갔다구요.
경구   들었어. 이러고 미적거릴 시간 없어. 얼른 준비해. 주원아! 주원
      아! 어머니! 어머니!

      경구, 노모의 방으로 들어간다.
      주원, 방에서 나온다.

주원   무슨 일이에요?
연희   강이 넘친데…

      주원, 테라스로 간다.

주원   물살이 무섭게 불어나네. 서둘러야겠어요. 뭐 준비해야 돼요?

      연희, 방으로 들어간다.
      진, 비에 젖어 들어온다.

주원   어디 갔었어?
진   일이 있어서… 다리를 막았어.

| 주원 | 대피해야 된데 너도 준비해. |

연희, 외투를 걸치고 방에서 나온다.

연희	네 이모 찾아오마.
주원	못 들었어? 잘못 하다간…
진	마을 입구까지 물이 들어찼어요.
연희	할머니 모시고 아버지랑 먼저 가 있어.

연희, 나간다.

| 주원 | 엄마! 엄마! |
| 진 | 내가 가볼게. |

진, 나간다.
경구, 노모의 방에서 노모와 나온다.

노모	거긴 태풍이 피해 간다든?
경구	여기보단 안전할 겁니다.
노모	집보다 안전한 곳이 있다니… 그런 일은 있어선 안 돼. 그럼 사람들이 슬퍼지기 시작하거든…
경구	준비 다 했냐? 어서 서둘러.
주원	네.

주원, 방으로 가서 외투를 걸치고 작은 가방을 들고 주방으로 가 뭔가를 챙긴다.

노모	돌아오는 거지. 돌아 올 수 있는 거지, 애비야?
경구	그럼요. 태풍이 가고 나면 집으로 돌아와야죠.
노모	아무 일 없이… 내 방에서 다시 잘 수 있는 거지?
경구	걱정 마세요. 아무 일 없을 거예요.

주원, 짐을 챙겨들고…

주원	가요. 아버지.

경구, 노모, 주원, 나간다.

천둥 번개에 빗소리 거세지고, 깜박이던 전등이 꺼진다.

잠시 어둠속에서 스위치 켜는 소리와 진의 목소리가 들린다.

진	전기도 나갔네요.

진, 라이터를 켜면 작은 불빛이 생긴다.
비에 젖은 진, 비에 젖은 연희를 부축해서 들어와 소파에 앉힌다.
젖은 몸으로 덜덜 떠는 연희.

진	잠시만요. 몸을 따듯하게 해야겠어요.

진, 벽난로에 불을 지피려고 하지만 잘 안 붙는다.

진	젖어서 잘 안 붙네요.

진. 책장의 책을 찢어 불을 붙이자 벽난로에 불이 잘 붙는다.

진	책이란 게 정말 필요한 건데요.
연희	찾아야 돼.

진, 젖은 옷을 벗으며…

진	젖은 옷은 벗는 게 좋을 거예요. 한기 들면 고생 할 테니까요.
연희	도와 달라고 온 건데… 살려달라고… 살고 싶다고 말한 건데…
진	(담요를 들고) 벗어요. 벗겨줘요?
연희	시커멓게 말라가는 몸을 끌고 태풍을 뚫고 떠나는데 난 그것도 모르고 잠만 잤어. 보내지 않겠다고 약속했는데… 내가 깨어나길 얼마나 바랬을까… 난 한 번도 그 앨 지켜준 적이 없어. 언제나 내가 먼저 힘들었고, 내가 먼저 아파했거든… 그런 나를 위로하고 간호하느라 연리는 제대로 울지도 못 했어. 내가 싫어. 이런 내가 너무 싫어.

연희, 울음을 터트린다.

진	소리 내요. 소리 내서 울어요. 요즘은 기침약도 속으로 삭이는 게 아니라 기침을 하게 하는 약을 짓는데요. 그래야 다른 병이 생기질 않는다고… 소리 내라구요. 소리 내요.

연희, 엉엉… 소리 내 운다. 아이처럼…

진	나도 내가 싫었어요. 그때 그랬어요. 열다섯 살 때… 이룰 수 없는 게 세상에는 반드시 있다는 걸 알았을 때… 그때… 새벽에 아버지

가 절 깨우더니 엄마가 죽었데요. 병상에 누운 지 5년만이었어요. 그 사이 엄마의 병에 지친 아버지와 난, 할머니에게 엄마를 맡기고 떠나있었어요. 공부 잘하고, 밥 잘 먹고, 어른 말씀 잘 들으면… 엄마 병 낫는다고 했는데… 나만 속았죠, 뭐. 뻣뻣한 엄마를 닦아주는데 솜에 피가 묻어나요. 죽음이 이런 거구나. 피가 밖으로 흐르는 거구나. 무서워서 도망쳤어요. 죽음을 옆에 둘 자신 있어요? 죽음을 지켜 볼 자신 있어요?

연희   …

진   난 없었어요. 도망치고 처음 든 생각이 '난 살아있어서 다행이다.', '내 몸은 차갑지 않아서 다행이다.' … 열다섯 소년은 엄마의 주검을 붙잡고 울면서도 엄마를 잃은 슬픔보다 살아있다는 사실을 감사했어요.

연희   …

진   그러므로… 그리하여… 결국… 따라서… 할 수 있는 건 아무것도 없어요.

연희, 한참을 울어서일까 편안해진 얼굴이다.

연희   따뜻한 게 마시고 싶다.

진   플래시 있어요?

연희   책장 옆에 보면…

진   나한테 좋은 허브차가 있어요.

진, 플래시를 들고 주원의 방으로 간다.
연희, 젖은 옷을 벗고 담요로 몸을 감싼다.
진, 다시 나와 주방으로 간다.

진	로즈힙인데 몸을 따듯하게 해 줄 거예요.

무대 밖에서 진의 동선에 따라 플래시 불빛이 비춘다.

연희	누군가는 죽고… 누군가는 살고… 죽고… 살고… 그러는 사이 날짜가 바뀌고 세상이 변하고… 삶을 연명해 나가지 않으면 스스로 더 고단해질 종신형… 산다는 것이 고달프다.

연희, 자고 싶다.
진, 주방에서 차를 가지고 나온다.

진	잠들면 안 돼요. 차가운 몸으로 잠들면 병 생겨요.

연희, 차를 마신다.

진	먼저 몸부터 따듯하게 하자구요. 그래야 머리도 맑아지고, 맑은 머리로 판단을 해야 실수가 적죠. (손바닥을 문지르며) 사람 몸으로 찬바람이 들어가는 자리가 있거든요. 먼저 손을 따듯하게 한 다음… (연희의 목 아래, 등 부분에 손을 가져다 댄다) 어때요? 따듯한 기운을 보내고 있는데 느껴져요. 긴장을 풀고 받아 들여요.
연희	…
진	감추고 다녀서 몰랐는데… 상상했던 것보다 속살이 하얘요.

연희, 몸을 빼며…

연희	이러지 않는 게 좋겠다.

진, 연희의 손을 끌어다 심장에 대준다.

진　　뛰죠? 뭐라고 말하는지도 들어봐요.
연희　　…
진　　사진 볼래요?

진, 사진을 가지고와 연희 곁에 앉는다.

진　　아까 나가서 찾아 왔어요.

연희, 사진을 본다.

연희　　이게 나야? 아닌 거 같다.
진　　너무 이쁘죠?
연희　　넌 내가 예쁘니?
진　　네.
연희　　… 난 어른이야.
진　　여자죠.

진, 연희에게 입을 맞추려고 한다.
연희, 진을 막으며…

연희　　특별한 연애는 상상해 본 적도 없어.
진　　누구든 그래요.
연희　　미안하다.
진　　시작도 안했어요.
연희　　생활에 너무 많이 노출된 여자야, 나는… 너를 보는데도 남편, 아

	들, 늙은 어머니, 하루를 잃어가고 있는 동생이 보여.
진	난 당신만 보이는데… 자기 목소리를 잃어버려서 울면서도 소리조차 못내는 당신이 보이고… 하고 싶은 말을 누르느라 힘들어서 눈물만 흘리는 당신만 보이는데…
연희	…
진	사진기 앞에 섰다고 생각해봐요. 사람들은 카메라 앞에 서면 거짓말을 잘 하거든요. 슬퍼도 웃고, 기뻐도 울고… 알고 있던 자신과 다른 모습을 발견하기도 하고… 뭐든 좋아요. 진정한 나를 찾든 생소한 타인이 되든…
연희	세상은 나를 용서하지 않을 거야.
진	비에 젖은 옷은 말리면 되지만 사랑에 젖은 몸은요?
연희	어떻게 아니?
진	그러니까 가봐요.
연희	…

비바람이 집을 흔들고… 문을 흔들고… 그들을 흔든다.

진, 연희에게 입을 맞춘다.

연희, 진에게 입이 열리고 몸이 열린다.

천둥, 번개, 그리고 폭우…

덜컹이는 테라스 문.

마당에서 나무가 바람에 넘어지면서 테라스를 부순다.

그 소리가 너무 크다.

연희의 비명소리…

집안으로 바람, 비가 들이 닥친다.

모닥불이 꺼지고 다시 어둠이다.

진, 연희를 안는다.

진	괜찮아요. 당신은 내가 지켜줄게요.

이때, 비치는 플래시 불빛.
다급하게 들어오는 주원의 것이다.
주원, 진과 벗은 연희를 보고는 모습에 굳은 듯 멈춰 선다.
'우르르 쾅' 천둥 번개가 친다.

주원	뭐야?
진	창문부터 막아야겠어.
주원	놔둬. 태풍이 오는데 그깟 비, 들이 닥치면 어때. 답이나 해? 두 사람, 무슨 짓을 한 거야? 무슨 짓이야?
연희	죄인 다루듯 그러지 마. 아무것도 아니야.
주원	내가 보고 있는데… 엄마 벗은 몸을 내가 보고 있다구?

경구, 노모를 업고 들어온다.

경구	뭐해? 차 키 찾아오라니까.

경구도 안으로 들어서다 그들을 보고 굳은 듯 선다.

연희	무슨 일이에요?
경구	병원에… 어머니가… 정신을 놨어.

연희, 노모에게로 가 몸을 만져본다.

연희	몸이 뜨거워. 119에 연락했어요?
경구	다리를 건널 수 없데. 내가 가려고…

연희	같이 가요.
경구	당신은 옷을 입는 게 좋겠어. 진아, 차 키 다오.
연희	방에 있어요. 잠깐만요.

연희 방으로 들어간다.

주원	옷이 젖어서… 감기 걸릴 수도…
경구	아무 말도… 아무 말도 하지 마. 내 어머니가 죽어가고 있고, 난 지금 그것만 생각하고 싶네.

연희, 열쇠를 찾아 옷을 입고 나온다.

연희	어서 가요.

노모를 업은 경구, 연희와 나간다.
진과 주원만 태풍 속에 남았다.

비바람도 서서히 약해진다.
테라스 너머로 아침이 밝아 온다.
많이 약해진 빗줄기가 내리고 있다.
여전히 하늘은 구름에 덮여있다.
연희와 진, 서로를 안은 채 잠들어 있다.
아침과 찾아온 그들의 목소리가 밖에서 들린다.

경구	(소리만) 마당까지 흙탕물이 들어왔구나. 나무도 부러지고… 이거 다 치우려면 며칠은 걸리겠다.
주원	(소리만) 엄만 괜찮을까요?

진, 바깥소리에 깨서 연희를 깨운다.

진   아침이에요. 식구들이 왔어요.

연희도 잠에서 깨 옷을 찾는데…
경구, 주원, 노모… 들어온다.
눈이 마주친 사람들… 그들 사이에 정적이 흐른다.

노모   도망가지 않아도 됐을 걸… 잘 잤나? 배고프다.

노모, 방으로 들어간다.
남겨진 그들 사이엔 바람소리도 들리지 않는다.

6.

구름이 덮인 하늘, 가는 비가 쉬지 않고 내린다.
비어 있는 거실.
TV소리만 들린다.

TV   태풍이 동해상으로 빠져 나가 있습니다만, 완전히 태풍의 영향권
에서 벗어나지는 못했습니다. 이번 주말까지 전국적으로 비 소식
있겠습니다. 비가 그치는 주말 이후는 가을하늘의 청명함을 만끽
하실 수 있을 거 같습니다.

테라스로 우의를 입고, 망치질을 하는 경구가 보인다.
연희, 작은 상에 차려진 점심을 들고 주방에서 나온다.
상을 내려놓고 TV를 끈다. 테라스를 보며…

연희   점심 다 됐어요.

경구, 반응이 없자 연희, 테라스로 가 문을 열고…

연희   점심… 비라도 그치면 하지.
경구   …
연희   어서 들어와요.

연희, 노모의 방으로 간다.

연희   (노크를 하며) 어머니, 점심 드세요.
노모   (소리만) 나가마.

연희, 아들의 방으로 간다.

연희   (노크를 하며) 점심 먹자.

방에선 아무런 기척도 없다.
연희, 문을 열려고 하지만 잠겨있다.

연희   아들! 아들! 밥 먹자. 주원아!… 방에만 있지 말고 나와서 아버지
          좀 도와.

방안은 여전히 반응이 없다.
노모의 방에서 나온다.

연희   전구가 나가서 주방이 어둑해요. 여기서 드세요.

노모, 상 앞에 앉는다.

노모   수제비 끓였구나.
연희   어머님 좋아하는 호박, 감자 듬성듬성 썰어 넣고… 조갯살이랑 새
        우 넣구요.
노모   맛나냐?
연희   드셔 보세요.
노모   온 몸이 물기 먹인 것처럼… 뼈마디가 욱신거리는 게…
연희   날씨 탓이죠, 뭐.
노모   노인네 입버릇이니 대수롭지 않다는 거지, 너? 못된 것.
연희   아니에요.
노모   몸과 기분이 날씨 따라 이랬다저랬다…

노모, 수제비를 먹으며…

노모   이게 기상병이라는 거야. 기온 변화가 심하면 사람 몸이 적응을 못
        하고 병이 생기는 거. 왜 환절기에 감기 걸리잖아. 그런 것처럼…
        날씨가 좋은 날엔 맹장염 환자가 더 많단다. 그러니까 이런 날은 맹
        장이 터질 확률이 적은 거지. 난 아직 붙이고 사는데 넌 뗐냐?
연희   저도 아직이요.
노모   점점 더 할 거다. 겨울은 짧고, 봄은 여름 같고, 여름엔 비만 너무
        오고, 가을인지 겨울인지… 계절이 달력이랑 맞질 않잖아. 날씨가

이러고 변덕인데 사람 몸이 적응 못하는 것도 당연하지.

경구, 부서진 물받이를 들고 들어온다.

연희 고쳤어요? 태풍이 오기 전에 고치라니까… 못 쓰게 됐네.
경구 사와야겠어.
노모 애비 얼른 와 먹어. 속 뜨듯하라고 먹는 게 수제빈데 식으면 뭔 맛
　　　　이야.
경구 예.

경구, 상에 앉는다.

경구 차단기도 손 봐야겠네.
노모 찾아도 없다. 사진 말이다. 어디 갔나 없어.
경구 찾아 드릴게요.
노모 누가 그러래. 내가 찾는다잖아. 그냥 그렇다는 거지.

노모, 일어선다.

연희 더 드세요.
노모 한숨 자고 먹자. 입안이 까끌까끌 맛을 모르니 삼키는 거 고역이다.

노모, 방으로 들어간다.
연희, 수저를 든다.

경구 마당에 흙을 씻어 내리려면 긴 호스가 필요하겠어. 강물에 돌도 떠
　　　　내려 왔더라구 집을 덮쳤다면 위험할 뻔했어. 쓰러진 나무는 주원

52

이가 도우면 되겠고…

연희   햇빛에 비라도 마르거든… 아직 비 오는데 마당 씻어 봐요. 사람 오가며 흙 옮기게 돼있어.

경구   기다릴 거 뭐 있어. 어차피 할 거. 끝내야 사람이 살 거 아니야. 저러고 어떻게 살아.

연희   어둑어둑 흐린 날씨에 차단기 만졌다 사고 나면… 해날 때까지 기다려요.

경구   못 기다려.

연희   사람을 부르든지…

경구   안 돼.

연희   네?

경구   안 돼. 우리 집에 다른 사람이 오는 거 다시는 안 돼.

연희   혼자 치우기 힘들잖아.

경구   혼자 할 거야. 나 혼자서 제자리로 돌려놓을 거야. 태풍의 흔적 따위 깨끗하게 지울 거야.

연희   …

말없이 수제비를 먹는 연희와 경구.
정적을 깨고 현관벨이 울린다.

연희   누구세요?

연희, 현관으로 나간다.
경구, 모든 동작을 멈추고 밖에 소리에 귀를 기울인다.

연희   (소리만) 괜찮아요. 저희끼리 할게요.

경구, 현관으로 나간다.

연희   (소리만) 마을 분들이 우리 집 복구하는 걸 도와주신다고…

경구   (소리만) 고맙습니다. 어쩌나 했는데… 네 그러십시오. 네…

연희, 경구, 들어온다.

경구   아무 일 없었다는 듯… 그게 그렇게 힘들어?

연희   당신이 혼자 하겠다고…

경구   도와준다는 데 거절해봐, 사람들이 뭐라 하겠어? 그렇게 살고도 아직도 몰라. 예의가 있어야지. 예의가…

연희   …

경구   마당에 빨래줄 치는 거는, 비 그치면 해 줄게. 망치 어디 뒀더라. 나무부터 세워야겠다.

연희   아닌 거 같아요.

경구   일 끝내고 먹을 테니까, 당신부터 먹어.

연희   우리 얘기 좀 해요. 무슨 말이든…

경구   지금은 말할 때가 아니라 일을 할 때야.

연희   이러지 마요. 이러지 마.

경구   우리에겐 아무 일도 없었어. 태풍이 지나갔을 뿐이야.

연희   다른 부부들처럼 싸우자. 그게 자연스러워.

노모, 방에서 나오며…

노모   니네들 싸웠냐?

경구   아니에요.

노모   애미야, 물 다오.

연희 네.

연희, 주방으로 간다.

노모 아직 청춘이구나.

경구, 밖으로 나간다.
연희, 주방에서 물을 가져온다.

노모 많이 싸워. 나중에 힘없어봐 그것도 못한다.

노모, 물을 마신다.

노모 머리가 울리는 게 기분 나빠.
연희 깊은 잠을 못 주무셔 그런가 봐요.
노모 꿈 탓이야. 깜빡 잠들었는데, 어린 사내놈이 벗은 몸으로 내 옆에
 누웠지 뭐냐. 죽을 때가 된 거지…
연희 약 드릴까요?
노모 쓴 거 싫어.

노모, 방으로 들어가며…

노모 보일러 틀었니? 이 집은 너무 추워.

경구, 다시 들어온다.

경구 당신이 힘들어? 뭐가 힘들어? 마당에 나가봐. 태풍이 지나간 흔적

이 얼마나 대단한가… 난 저걸 다 치워야 돼.

연희　미안해요.

경구　…

연희　추웠어. 당신도 알잖아요? 날씨가 어땠는지…

경구　…

연희　너무 지쳤구… 슬픔 때문에 몸을 가눌 수가 없었어.

경구　또 당신 잘못이 아니라고 말하고 싶은 거지. 나는 안간힘을 쓰며 버티고, 이를 악물고 버티는 데… 당신은 흠집 하나 안 나고 도망칠 생각만 해.

연희　제발…

경구　그렇게 깨고 싶어?

연희　…

경구　나도 때때로 일상이 지겹고 버리고 싶어. 거창한 삶을 갈망하느라 내 삶의 대부분을 채우는 일상을 사랑하지 않았어. 이렇게 지키기 힘든 건데… 이 책 중 어느 것도 내게 그걸 가르쳐주지 않더군… 이런 빌어먹을…

경구, 소파에 앉는다. 어깨가 들썩인다.
연희, 경구의 등을 쓸어 준다.

경구　다리가 복구 됐으니 내일 아침이면 출근을 해야겠지. 한 시간 가량 고속도로를 달려서… 10시쯤 회의실로 배달된 커피와 빵으로 빈속을 채우고… 일하고… 밥 먹고… 뒤꿈치가 갈라지고 굳은살이 박히게끔 버티고 서서 일하고… 일하고… 저녁이 되면 집으로 돌아와. 늦은 저녁을 먹고… 내가 그 대가로 누린 게 뭐지?

전화벨소리.

| 연희 | 나도 그래. 두 다리, 두 팔 쉴 새 없이 일해. |
| 경구 | 익숙한 것들에 불평이 는다는 건 휴식이 절실하게 필요 하다는 거야. 쉬자, 우리. |

전화벨소리.

| 연희 | 날 여기로 데려온 건 당신이잖아. |
| 경구 | 전화 받어. |

경구, 방으로 들어간다.
연희, 전화를 받는다.

| 연희 | 엄마!… 아니야. 말해요… 잘 지내죠? 나도 괜찮아요… 아니… 연리요? 갔어요. 어제 아침에… 엄마… 연리가… 알고 있었어요? 그랬구나. 나만 몰랐구나… 미안할 거 없어. 엄마 그러지 마. 그러지 마요. 내가 미안해요. 연리 전화 오면 어딨는지 어딘지 물어봐 줘요. 기타를 두고 갔어요. |

경구, 외투에 여행가방을 꾸려 나온다.

연희	엄마… 내가 전화할게요… 어… 아니요… 내가 전화할게요… 꼭 할게요… (전화를 끊고) 어디 가요?
경구	걸으려고…
연희	그러지 말아요.
경구	바람이 쐬고 싶어서 그래.
연희	집안 공기가 답답해서 그래. 환기를 시키면 좋아질 거야.

연희, 테라스 문을 연다.

경구   무슨 책을 가져갈까…

경구, 책장에서 [그리스인 조르바]를 꺼내 첫 장을 읽는다.

경구   [나는 피라에우스에서 조르바를 처음 만났다.] 이 구절을 읽을 때마다 가슴이 떨려. 나도 피라에우스에서 조르바를 만날 테니까. 당신 이 책 읽어 봤어? 풍경묘사가 추상적이지 않고 영상을 옮겨놓은 듯 직접적이야. 사건보다는 개인이 생각하는 철학적 사고가 이야기의 중심이지. 자유를 꿈꾸기만 하는 자와 자유롭게 사는 자의 사고를 전면에 내세우며 읽는 사람으로 하여금 자신을 비춰보게 해. 그리스인 조르바는 교육을 받지 못한 게 아니라 받지 않았어. 하지만 어느 누구보다도 아는 것이 많아. 교육에서 얻어지는 지식과 달리 자연에서 배운 거야. 그래서 생각이 길들여지지도 않았고, 생각이 하나라는 것은 있을 수 없어. 그는 본능만으로 행동하고 사고해. 그의 사고는 곧 행동으로 이어지지. 반면에 알렉시스의 사고는 사고로만 존재해. 지식은 행동을 위한 것이 되어야하는데 행동을 정지시키는 것으로 되고 말지. 모든 만물은 나름대로의 의미를 갖고 있다. 하지만 의미를 도출 시키는 사람들은 자신이 가진 논리로 사물을 인식한다. 또한 자기의 인식을 타인에게까지 고집하려 한다. 물론 알렉시스는 이 단계에서 갈등하고 있어. 어느 누구도 누구의 삶에 대해 좋다 나쁘다 말할 수 없으니까. 그건 사는 사람의 몫이고 그 사고가 자유로울수록 풍부하게 접할 수 있고 깊고 넓게 알 수 있으니까.

연희, 경구의 말을 듣고 있다.

경구 당신 내 말을 듣고 있다니. 이렇게 재미없는 말을… 내가 떠나려고 하니까 이제야 내 말에 귀를 기울여 주는 거야? 이런 말이 얼마나 하고 싶었는데… 태풍이 오기 전에 그래주지 그랬어?

연희 당신도 내 얘기 안 들어줬잖아.

경구 이 책은 당신이 읽는 게 좋겠어. 나는 다른 책을 가져갈게. (책을 고르며) 조르바는 책에만 있는 줄 알았거든. 세상엔 없는 줄 알았어. 그런데 있을 수도 있겠어. 내가 조르바일지 모르잖아. 아버지로 사느라 잊고 산 거지. 얼마나 위대한 발견이야. 난 이래서 책이 좋아. (책을 꺼낸다. 연기할 배우가 개인적으로 좋아하는 책이어도 좋을 거 같다) 난 이걸 가져갈게.

경구, 책을 가방에 넣으며…

경구 돈은 아껴 쓰는 게 좋을 거야. 나는 더 이상 일을 안할 거거든…

연희 가지 마.

경구 당신보다 오래 살아서 마지막을 배웅해주고 싶었는데… 그건 남겨둬 봐. 걷다가 더는 걸을 길이 없으면 그땐 모르잖아. 돌아올지도… 어머니는 깨우지 마.

연희 우린 여전히 서로의 말을 안 듣고 있어.

경구, 가방을 들고 나간다.

연희 주원아! 주원아!

연희, 아들의 방문을 두드리며…

연희 주원아! 문 좀 열어봐. 아버지 좀 잡아 줘. 주원아!

주원의 방문이 열린다.
주원의 온 몸이 물감으로 그림이 그려져 있다.

연희   …
주원   …

말이 없이 서 있는 연희, 주원.
하늘을 덮은 구름이 서서 흘러간다.

7.

해가 떴는데도 가는 비가 흩뿌려지고 있다.
온 몸에 그림을 그린 주원, 자신이 그림도구가 되어 거실에 그림을 그리
고 있다.
귀에는 이어폰을 꽂았고 흡사 춤을 추는 듯… 그의 몸놀림은 행위예술
이다.
미술도구가 바닥에 어지럽다.
경구를 쫓아간 연희, 비에 젖어 혼자 돌아온다.

연희   네 아버지가 갔다.

주원, 그림 그리기를 멈추지 않는다.

연희   네 아버지가 갔어.

연희, 이어폰을 뺏는다.

연희   무슨 짓이야? 엄마를 비난하려거든 대들고 싸워. 스무 살이 넘었으면 너도 어른이야. 어른은 이렇게 안해.

주원   …

연희   아버지가 떠났어.

주원   낯선 공기를 마시고 싶은 가 보죠. 여행이란 게 그렇잖아요.

연희   넌 모든 게 그렇게 쉽니?

주원   안 쉬워요. 나를 보고 있기는 한 거예요. 내가 얼마나 힘든지 보고 있기는 해요?

연희   …

주원   모두 엄마 때문에 떠났어. 아버지도 진이도… 그런데 엄마가 화를 내면 어떡해.

연희, 털썩 주저앉는다.

연희   어린 날 느닷없이 맞은 소낙비는 시원한 기억으로 사는 내내 웃게 하는데, 내 인생 처음이자 마지막인 태풍은 내 몸을 갈기갈기 찢어 놨어. 주원아! 엄마 좀 도와줘. 마당도 치우고, 부서진 물받이도 고치고… 그러면 아버지도 돌아오실 거고… 우리도 돌아가겠지. 돌아가게 도와줘.

주원   미안해, 엄마.

연희   정말 안 되겠니?

주원   엄마를 용서하지 못해서가 아니야. 그건 아버지의 몫이죠.

연희   그런데 왜?

주원	그건 내가 묻고 싶어. 하필 왜, 진이야? 왜?
연희	…
주원	길을 걷다가 진이를 만났어요. 나는 가던 걸음을 돌려서 그를 쫓아 갔어요. 거부할 수 없는 힘이 나를 잡아 당겼다구. 사랑했어요?
연희	그건 사고였어.
주원	난 사랑했는데…
연희	…
주원	내 사랑이 끝나길 기다려 주지 그랬어. 그랬으면 아무도 모르게 끝낼 수 있었는데…
연희	넌 남자야. 그 애도 남자고…
주원	난 진이를 사랑해. 공교롭게 나도 진이도 남자일 뿐이야.
연희	누구든 그렇게 사랑하지 않아.
주원	진심으로 나를 이해하려 해봐. 엄마한테서 아들을 빼앗지 않으려 고… 참고… 세상이 알고 있는 나를 지키려고 거짓말로 산 불쌍한 인간이 거기 서 있을 테니…
연희	너도 나처럼…
주원	사고라고… 난 아니야.
연희	아니야. 아니야. 아니지. 엄마 놀리는 거지? 겁주는 거지?
주원	엄마가 깨지 말았어야지. 그럼 나도 버텼을 텐데… 세상 누구에게 도 말하지 않고… 일상을 흔들지 않고… 평화를 위해서…
연희	괜찮아. 이건 아픈 거야. 네가 아파서 그래. 고칠 수 있어. 엄마가 고쳐줄게. 주원아… 제발… 우리 돌아가자.
주원	태풍이 지나가도 하늘은 멀쩡한 모습으로 아침을 맞지만, 우린 그 럴 수 없어. 가슴에서 피가 철철 흐르는데… 손톱 밑에 티끌만 박 혀도 고통을 숨기지 못하는 데… 엄만 나를 아무렇지 않게 바라볼 수 있겠어? 예전과 같은 눈으로… 우린 돌아가지 못해.
연희	안 돼. 안 돼. 아들아, 엄마 봐봐. 엄마가 막아줄 수 있어. 네 불행

엄마가 막아줄게.

주원 나도 내가 불쌍해. 엄마 보면 가슴에서 피가 나.

연희 제발…

주원 정상적인 어른으로 크지 못해서 미안해.

주원, 테라스로 나가 비를 맞는다.
흩뿌려지는 비에 주원의 몸에 그려진 그림이 얼룩져 내린다.
연희, 주원을 보는데 아프다.

8.

하늘은 너무도 맑고 가을이 무르익어가고 있다.
비도 더는 내리지 않는다.
벽난로 앞 흔들의자에는 노모가 눈을 감고 있다.
테라스로 빨래를 널고 있는 연희의 모습이 보인다.
연희, 들어온다.

연희 어머니도 밖에 좀 나와 보세요. 하늘이 너무 깨끗해요. 단풍이 색을 제대로 먹었어요. 가을이에요. 햇살도 따갑지 않고… 바람이 달라져서 긴팔을 입어야 돼요. 아침이 늦어서, 점심 먹기엔 이르죠? 그럼 저 책 좀 볼게요. 읽어 드릴까요? 제목이 '그리스인 조르바'에요. 책이 이렇게 시작해요. [나는 피라에우스에서 조르바를 처음 만났다. 크레타 섬으로 가는 배를 타려고 항구에 나가 있었을 때였다. 날이 밝기 직전인데 밖에서는 비가 내리고 있었다. 세 찬 시로코우 바람이 유리문을 닫았는데도 파도의 포말을 조그만 카페 가득히 날리고 있었다.] 다음 부분은 책을 좀 봐야 돼요. 여 기밖에 못 외웠어요. 다섯 번짼데… 공부 머리는 아니었나 봐요. **(책을 펼치며)** 책이 재밌어요. 이렇게 재미난 걸 그렇게 재미없게 설명하는 사람은 그이밖에 없을 거예요. 어머님 아들이요. 그 다 음은 이렇게 시작해요…

전화벨이 울린다.

연희 (전화를 받고) 여보세요! 여보세요! 당신이죠? 누구세요? 마당청소 도 다하고… 돌도 치우고… 쓰러진 나무는 치웠어요. 여보세요! **(수화기를 내려놓고)** 또 전화를 끊네요. 받으면 아무 말 안하는 전화 만 며칠째네요. 어머니도 저와 같은 생각이죠? 그 사람 같죠? 바 람은 낯선데 땀내가 익숙한 게… 기다리는 거 확인이라도 하듯… **(책을 책장에 꽂으며)** 의도했던, 의도하지 않았던 우린 타인의 삶에 어떤 형태로든 영향을 주고 영향을 받는 거 같아요. 자연이 인간 에게 그렇고 인간이 자연에게 그렇게… 사람이 사람에게… 책이 사람에게… 시간이 사람에게… 어머니도 느끼세요? 집이 말을 하 면 울려요. **(사이)** 대답 귀찮으시면 제가 할게요. '집에 사람 대신 바람이 차서 그래.' 어머니랑 꼭 같죠? 제가 어머니 흉내를 다 내 요. 전에 집은 안 그랬는데 이 집은 고작 시월이 시작 됐는데 보일 러를 틀어야 돼요. 아차, 어제도 말했었죠.

연희, 말을 찾지 못하자 몸도 움직이질 못한다.
잠시, 그러고 있다가 다시 말을 시작하면 별 할 일 없이 분주히 움직이 며 말을 한다.

연희 예전엔 친구들 사는 얘기 들으면서 겁 없이 동정했는데… 다들 어찌고 사는지. 전화라도 해볼까 하다가도 잘 사냐고 물으면 뭐라고 해야 될지… 그러다 주책없이 목이라도 메이면… 무슨 큰일이라도 난 줄 알 테고… 나이 드니까 이유 없이 눈물만 많아져요. 젓가락질을 하다가도 잘 흘리고… 침도 많아지고… 어머니도 그랬어요? 어머니, 오늘은 사진 안 찾으세요? … 그렇게 잠만 주무시면 기운 없어 안돼요. 어머니, 우리 외출해요. 저번에 찾은 꽃무늬 원피스 입고… 지금 입기에 추울까요? 사진도 찍어요. 가서 맛있는 것도 사먹고… 좋죠? 어머니…

연희, 노모를 깨우는데 힘없이 축 늘어진다.

연희 어머니… 어머니… 어떡해요. 어머니 이제 전 누구랑 얘기해요? 전 혼자서 슬퍼할 준비가 안됐는데…

연희, 노모 곁에 기대어 앉는다.

연희 (사이)
바람이 조금만 크게 불어도 무심히 보내지 못하는 사람이 슬프고…
(사이)
바람이 조금만 크게 불어도 도망쳐야 하는 사람이 슬프고…

소슬 바람이 그녀의 얼굴을 스치고 지나간다…

연희 엄마한테 전화해야 하는데…
(사이)

연리한테 전화할까… 집이 비었다고 놀러 오라고…

(사이)

전축을 고쳤어야 하는데… 고쳤으면 음악이라도 나올 텐데… 고칠 수 있을 까… 고칠 수… 있을까…

영화 〈아비정전〉에 나오는 'Xavier cugat'의 맘보버전 'Maria Elena'
음악 선행되면서… 빰빰 빠바바바밤 바바바밤 빰빰바바바바밤…
바람에게 답이라도 하듯 미소를 짓는 연희.
일상과 각자의 방식으로 이별을 하고 집을 떠난 사람들이 하나, 둘 돌아와 맘보춤을 춘다.
작렬하는 태양 아래 시원하게 부는 바람을 맞으며 춤을 추는 사람들.
그 축제에서 막이 내린다.

헬로우 마미

— 작/유진월, 연출/김정숙 —

공연기간 : 2010년 7.26(월) 19:30
공연장소 : 통영시민문화회관 대극장
단체명 : 극단 모시는 사람들
출연진 : 지원 役_정연심 / 김목사 役_제상범 / 제민 役_이보람 /
순옥 役_김재화 / 미혜 役_조은희 / 민수.형사 役_이승목 / 미혼부 役_허정진 /
미혼모 役_한송이 / 그림자 役_노장현
제작진 : 대표, 연출_김정숙 / 작가_유진월 / 프로듀서_권 샘 /
무대제작_토벤터 / 무대디자인_정수미 / 조명지다인_김윤희 / 음악_김미숙 /
음악 ASSISTANT_박현호

■등장인물

(현재)	(20년 전)
제인 20세	해외입양아 : 미혜 16세
지원 45세 : 사회복지관 관장	지원 25세 : 사회복지사
김목사 40세	순옥 40세 : 미혜의 엄마
남자 : 미혼부	민수 : 지원의 애인
여자 : 미혼모	형사
양부모(목소리)	아기(목소리)

1. 어느날 갑자기

2. 상처의 나날

3. 불쌍한 우리 엄마

4. 배반의 생

5. 미혜의 지옥

6. 생명, 빗물 속으로

7. 모진 세상

8. 떠나는 길

9. 선택

1. 어느날 갑자기

서류들로 어수선한 지원의 복지관 사무실.
지원이 일하다 말고 문득 텔레비전을 본다.

뉴스 〈뉴스 초점〉시간에서는 이번에 국회의원에 당선된 초선의원들을
모시고 새로운 의욕과 포부를 듣는 시간을 마련하고 있습니다. 오
늘은 그 세 번째 시간으로 80년대 운동권 출신의 오민수 의원을
모시고 말씀 나누었습니다. 바쁘신데 나와 주셔서 감사합니다. 앞
으로 의정활동에 큰 기대를 하겠습니다.

지원이 무심한 표정으로 텔레비전을 끈다.
이때 조심스럽게 들어오는 20대 초반의 젊은 남자.
쭈빗거리는 몸짓.

지원 어떻게 오셨죠?
남자 저…, 뭣 좀 여쭤보려구요…
지원 이리 와 앉으세요.
남자 …
지원 무슨 일로 오셨어요?
남자 네, 저, 혹시, 여기서…, 그, 저, 아이… 아기를…
지원 아기를 맡기려구요?
남자 네, 그게… 저… 피치 못할… 피치 못할 사정이 생겨서. 그래서,
그럴 마음은 추호도 없지만, 사정이… 사정이… 아이를 기를 만한
사정이… 그렇다고 결혼할 수도 없구… 하여튼 아이를 어떻게든

살리긴 해야 하는데… 그게, 영… 부모님께 말씀을 드리기도… 하여튼 어떻게든 내 힘으로 해결해 볼려구…

지원 아기는 지금 어디 있지요?

남자 아는 집에 임시로 맡겨 두었는데…

지원 생모는요?

남자 … 가버렸어요.

지원 아이는 언제 데려 오겠어요?

남자 네? 당장이라두요.

지원 일단 서류를 작성하죠.

지원이 서류를 작성하는 동안 한쪽에서 남자의 고백이 시작된다.
어느새 조용히 등장한 여자의 이야기가 섞인다.
등을 지고 선 두 사람의 대사는 엇갈려 들리면서 대화처럼 여겨지나 실은 각자 자기 이야기만 하고 있다.

남자 스무 살. 난 스무 살이에요.

여자 아이를 보호시설에 맡기겠어…

남자 친구들과 여행을 갔어요.

여자 아기를 버리러는, '니' 가 가.

남자 여름의 바닷가는 너무 열정적이었습니다.

여자 이렇게 긴 시간 내 몸속에 두고 괴로워한 만큼 너도 고통을 받아야 해.

남자 친구들과 함께 바다에서 만난 아가씨들과 충동적인 밤을 보냈죠.

여자 니가 가. 난 안 가. 절대로 안 갈 거야.

남자 그리고 난 아이를 얻었습니다.

여자 니가 갖다 줘…

남자 그 아가씨 이름도 나는 모릅니다.

여자 몰라. 난 몰라…

남자 미선이라고 했어요.

여자 운이 좋으면 좋은 집으로 갈 수 있겠지…

남자 그러나 그건 진짜 이름이 아니었을 겁니다.

여자 아무리 나쁜 부모라도 너나 나보단 나을 거야.

남자 우린 아기를 죽일 수는 없었어요.

여자 우린 벌을 받아야 해.

남자 너무 두려웠거든요.

여자 평생 죄책감에 시달리면서 벌을 받게 될 거야… 끔찍한 벌…

남자 그렇다고 사랑하는 사이도 아니면서 그놈의 하룻밤 풋사랑 때문에 결혼할 수도 없었습니다.

여자 아기야, 우릴 용서하지 마, 절대로, 절대로 용서하지 마, 알려고도, 기억하려고도 애쓰지 마, 영원히 잊어버려… 끝내는… 그게, 그게 우리에게 형벌이 될 거야.

남자 어쩔 수가, 어쩔 수가 없었습니다…

남자와 여자 어둠 속으로 사라지고.

소리 김은미. 2008년 3월 25일 생.
부 김정훈. 모 이미선.
신체상 특이사항 없음.
2008년 5월 10일 한국아동복지회를 통해서 미국에 입양.
담당자—소망복지관 사회복지사 이지원.

전화벨이 울린다.

지원 여보세요. 그런데요. 아, 제인, 벌써 한국에 와 있다구요?… 네,

그렇지만 찾지 못할 수도 있어요. 물론 최선을 다해야죠. 생년월일은요. 1988년… 네, 혹 생모 이름을 알고 있나요? 김,미,혜… 김미혜요? (문득 생각난 듯) 김미혜라고 했어요? (잠깐 사이) 아, 아니에요. 그럼 다시 연락을 주세요. 그동안 자료를 좀 찾아볼게요.

전화를 끊고 다시 묵은 서류들을 뒤지기 시작한다.
생각난 듯 스크랩해 둔 신문 자료들을 찾는 지원.

지원   김미혜… 20년 전 일인데… 혹시 그 김미혜…

급하게 자료를 뒤지는 지원.
암전.

2. 상처의 나날

며칠 후, 복지관.
지원이 일하고 있다.

제인   안녕하세요. 제인 브라운입니다.
지원   어서 와요. 미리 연락을 하고 왔더라면 좋았을 텐데.
제인   더 이상 미룰 수가 없어서요.
지원   찾지 못할까봐 염려가 돼서 그래요. 하여튼 노력해 보죠. 근데 한국말을 잘 하네요.

제인	학교에 한국인 유학생이 좀 있었어요. 그 친구들한테서 배웠어요.
지원	잘 했어요. 대학에선 뭘 공부하죠?
제인	영문학이요.
지원	좋아 보여요. 정말 자랑스러워요. 꼭 내가 딸을 만난 기분이네.
제인	딸처럼 생각하고 편하게 대해 주세요.
지원	이렇게 훌륭하게 성장하다니, 정말 잘 됐어요.
제인	어떤 모습을 상상하셨죠?
지원	아, 물론 이런 모습이죠. 하지만 기대 이상으로 대견스러워요. 아버님이 훌륭하신 분이라고 들었어요.
제인	그 분야에선 어느 정도 성공한 분이시죠.
지원	어머님은요?
제인	몸이 약해서 고생하셨죠. 늘 병석에 누워 계신 모습만 봤으니까요. 그보다 엄마 소식은요? 좀 진행이 됐나요?
지원	애쓰고 있어요. 쉽지 않지만 노력하는 중이에요.
제인	여기 오래 계셨나요?
지원	대학 졸업하고 죽 여기만 있었어요. 이십 년쯤 됐죠.
제인	너무 오래 전 일이고… 거쳐 간 사람들도 너무 많죠. 그래도 혹시 엄마가 기억나시나요?
지원	… 확실친 않지만, 약간은…
제인	엄만 어떤 분이셨죠?… 아빠는요?… 서로 사랑하는 사이였나요?
지원	아직 자료를 다 찾지는 못했어요…
제인	이런저런 생각을 많이 해 봤어요. 피치 못할 사정이 있었을 거다, 그랬을 거다, 생각은 그렇게 하죠. 하지만…
지원	그래요. 누구나 어려운 사정이 있어요.
제인	어느 한 분이라도 날 키울 순 없었나요? 두 사람이 같이 결정했나요? 똑같이 그렇게 마음이 일치해서요? 어느 한 쪽의 반대도 없이요?

지원	세상엔 어쩔 수 없는 일들이 많이 있어요. 쉽게 포기하는 사람은 아무도 없어요.
제인	이보다 더한 일은 없을 거예요. 태어나자마자 버림받고 이국땅으로 떠밀려서… 살아가는…
지원	그렇지만 다 견뎌냈잖아요. 이렇게 멋있게 성장해서 돌아왔잖아요.
제인	돌아오지 않으려고 했어요. 절대루요. 독한 마음으로 살아낸 거예요. 코리아라는 K자도 보기 싫었어요. 그렇지만… 그래도 그 엄마라는 사람을 한 번이라도 만나보고 싶었어요…
지원	잘 왔어요. 엄마도 대견해 할 거에요.
제인	엄마라는 말을… 혼자 해봤어요. 밤하늘을 보면서… 한국이란 나라가 있는 쪽을 향해서… '엄마' 이렇게 불러 봤어요. 왜 날 버려야만 했는지, 얼마나 힘든 상황이 있었는지, 모든 게 궁금했어요. 이젠… 마음의 준비가 됐어요.
지원	맘고생 많았을 거예요.
제인	만나면 어떨지 모르지만… 이해한다고 말하고 싶었어요.
지원	혹시 못 만날 수도 있어요. 기대는 너무 하지 말아요.
제인	네, 하지만 한번이라도 꼭 만나보고 싶어요. 연락 기다릴게요.
지원	그래요, 잘 가요.

제인과 지원, 함께 나가면서 암전.
며칠 후.

지원	어서 오세요. 목사님.
김목사	그래 김미혜씨를 만나 보셨습니까?
지원	생각보다 많이 심각해요.
김목사	어떤 상황이든가요?

지원　상처를 이겨내지 못하고 계속 정신병원에 들락거렸나 봐요.

김목사　20년 동안 계속요?

지원　거의요. 어떻게 결혼도 했다는데, 정신적으로도 불안정한데다 아이도 못 가져서 갖은 구박을 받은 모양이에요. 고생만 하다가 급기야는 쫓겨났구요.

김목사　그럼 다시 어머니한테로 갔나요?

지원　갈 수가 없었죠, 엄마가 이미 죽었으니까요. 그 후에는 노숙자처럼 떠돌다가 어떤 남자를 만나 쪽방에서 같이 살았는데 불이 났대요. 어쩔 줄 모르고 있는 걸 겨우 끄집어냈는데, 남자는 죽고 미혜는 온몸에 화상을 입은 채 요양원 신세라는군요.

김목사　이관장을 알아보던가요?

지원　앞을 보질 못해요. 정신마저 완전히 놓아버렸는지 아무도 알아보지 못하고 말도 못 해요.

김목사　그럼 계속 거기 있게 되나요?

지원　딱히 갈 데가 없으니까요. 이제 겨우 서른여섯 살인데 그 모습을 보면 누가 그렇게 생각하겠어요. 거의 육십이 넘은 노인 같더군요.

김목사　정말 안 됐군요. 어려운 문제예요.

지원　제인은 마음의 준비를 단단히 하고 온 모양인데… 상황이 너무 좋지 않아요.

김목사　이관장, 그냥 이쯤에서 묻어둡시다.

지원　네?

김목사　알려주지 않는 게 좋겠어요. 생모를 용서한다고는 하지만 막상 만나보면 그게 쉬운 일은 아니지요. 게다가 상황도 나쁘다니 지금까지 잘 성장한 제인에게 오히려 큰 부담이 될 거 같아요.

지원　판단은 오직 제인만이 할 수 있겠지요.

김목사　아니요. 전 절대 반댑니다. 20세가 그렇게 원숙한 나이가 아니에요. 자기를 버린 부모에 대한 원망은 평생토록 상처로 남아 있지

결코 지워지지 않을 겁니다. 차라리 찾지 못했다고 덮어둡시다. 그게 서로에게 좋아요. 이제 다시 캐내 봐야 서로 복잡하고 마음 고생만 더 심하지요. 잠시 아쉬움으로 남는 게 훨씬 나을 겁니다. 이대로 두면 적어도 제인이라도 정상적인 생활을 할 수 있겠지요.

지원 그런 부모라면 만나지 않는 게 나을 것 같으세요? 목사님이라면요?

김목사 …

지원 전, 만나야 할 거 같아요. 여기까지 와서 그만 둘 순 없어요. 출생에 관해서는 저도 비밀에 붙이겠어요. 그렇지만 만난다고 해서 제인에게 꼭 나쁜 영향을 미치리라고는 장담 못해요. 전 제인이 스스로 판단하는 게 옳다고 생각해요. 아무도 혈연관계를 막을 순 없어요.

김목사 안돼요, 절대 안돼요. 게다가 미혜씨 입장은 생각해 봤어요? 자기 의사를 말할 입장이 못 된다고 해서 그 의사를 무시할 순 없어요. 미혜씨 입장에서 생각해 보세요. 지금 그런 모습으로 20년 전에 버린 딸을 만나고 싶은 마음이 들겠는지 말입니다. 불행한 출생과 20년 고통의 세월에, 다시 그 초라한 모습이라니… 절대 안돼요. 미혜씨도 원하지 않을 거예요.

지원 전 미혜가 아주 어렸을 때 만났어요. 미혜는 순수하고 소박해요. 그리고 연약해요. 어쩌면 지금 더더욱 딸과의 화해가 필요한지도 몰라요. 제인이 미혜를 고통의 나락에서 끌어올려 준다면, 그래요, 가느다란 기억의 줄을 제인이 되살려주면 회생의 계기가 될 수도 있어요. 고통의 세월이 제인의 용서로 치유될 가능성이 있다니까요.

김목사 그건 더더욱 안돼요. 미혜씨가 진 고통이 무겁다고 해서 제인에게 고통을 나누라고 할 순 없어요. 그 고통은 미혜씨의 몫일 뿐 제인이 감당할 필욘 없어요. 그건 제인에게 너무 가혹해요. 미혜씨가 끝까지 짊어져야 해요.

지원 목사님이야말로 미혜에게 왜 그렇게 잔인하시죠? 용선 제인이 해요. 우리가 하는 게 아니라구요. 제인은 모든 걸 받아들일 각오를 하고 왔어요. 미혜를 만나서 다시 고통을 받게 되겠지만 그것도 제인의 생이 가지고 있는 몫일 거예요.

김목사 이번만큼은 제 의견을 들어 주세요. 제인은 이제 더 이상 출생 때문에 고통 받아선 안돼요. 이제 그만 제인은 놓아주세요. 영원히 잊으라고, 그렇게 타일러서 보내줘요.

지원 어떻게 그렇게 해요. 제인이 원하는 건 자기를 낳은 엄마를 찾는 일이에요. 그 엄마가 처한 상황이 좋다면 다행이겠지만 그렇지 않아도 어쩔 수 없는 일이지요.

김목사 딱한 분이군요. 그렇지만 제 의견도 신중하게 생각해 주세요.

김목사가 퇴장하고, 오래도록 생각에 잠겨 있는 지원.

3. 불쌍한 우리 엄마

어둠 속에서 끊어질 듯 이어지는, 고통스럽게 참는 울음소리.
서서히 밝아지면서…

제인 … 바보, 엄만 바보예요. 바보가 됐어. 아니 늘 바보같이 살아요.
지원 제인…

제인   잘 살겠다구… 잘 살아보겠다구… 날 버린 게 아니었어요?

지원   인생이란 거, 뜻대로 안 되는 게 많아. 제인을 쉽게 보낸 거 아니야. 정말 어쩔 수가 없었어. 그때 엄만 너무 어렸구 공부도 해야했어…

제인   …

지원   엄만 그저 보통 여학생이었어. 엄말 믿어 줘. 어렵겠지만 현재의 엄말 받아줘. 과거는 다만 과거일 뿐이야.

제인   여러 모습의 엄말 상상해 봤어요. 날 만나주지 않으면 어쩌나, 행복하게 살고 있는데 내가 부담이 되면 어쩌나, 엄마의 새 가족들이 날 알게 돼서 문제가 되면 어쩌나, 별별 생각을 다 했어요. 그런데 이런 모습은 상상해 본 적이 없어요. 잘 살고 있을 줄 알았어요. 엄마가 미안해 할까봐, 그걸 염려했어요. 난 이제 이만큼 컸으니까 엄말 이해할 수 있다고 생각했어요. 미안해하지 말라고, 난 이미 다 용서했다고, 엄마한테 그렇게 말하려고 했어요. 그런데, 그런데, 엄만 내가 상상한 그 어느 모습도 아니에요. 관장님 이건 정말 악몽이에요…

지원   힘들 거야. 그렇지만 이렇게 멋진 제인을 낳아준 사람이 바로 엄마야. 용서할 수 있는 제인의 그 마음도 이미 엄마가 가지고 있던 마음이야. 엄말 받아들이기 어려우면 그렇게 해. 엄만 아무 욕심도 없는 사람이니까. 그렇지만 그 모습이 바로 제인을 떠나보내고 고통스럽게 살아온 엄마 삶의 결과야.

제인   난 너무 힘겨웠어요. 사실은 그랬어요. 그렇지만 내 마음의 평안을 위해서라도 엄말 용서해야 했어요. 악에 받쳐서 용서를 가장했다구요. 그런데 아니에요. 난 엄말 용서한 게 아니었어요. 관장님, 전 두려워요. 혹시 제가 엄마에 대해 품었던 미움들이 엄말 저렇게 만든 건 아닐까요? 갑자기 그런 생각이 들어요… 어쩌면 좋아요…

지원   신은 견딜 수 있는 만큼의 고통을 주신다고 했어. 제인은 이겨낼 거

	야. 엄마도 견디고 있잖아. 엄마가 끈기 있게 견디고 있는 걸 좀 봐.
제인	혼란스러워요. 아무 생각도 할 수가 없어요.
지원	만난 걸… 후회해?
제인	20년 동안 그리워한 엄마예요. 만나서 조금이라도 위로를 받고 싶었는데, 이제 아무 것도 되돌릴 수 없어요.
지원	알려준 게 잘못이었어…
제인	맞아요, 찾을 수 없다고, 돌아가라고, 그리고 그냥 잊으라고… 다신 찾지 말라고… 왜 그렇게 하지 않으셨어요…
지원	그럼 미리 말하지 그랬어. 엄마 상황을 어디까지 받아들일 수 있는지, 아예 미리 말하지 그랬어.
제인	이런 엄말 만나려고 온 게 아니에요. 잘 살고 있는 엄말 만나서 그동안 쌓인 내 고통을 다 털어버리고 싶었어요. 나한테 엎드려 용서를 구하는… 그런 엄말 만나러 왔다구요. 이건 아니에요.
지원	아, 그랬군…
제인	그것도 모르셨어요? 그동안 준 고통도 모자라서 더 큰 고통을 주는 사람이, 이런 사람이 엄만가요? 엄마라는 사람이 이렇게 고통만 주는 존재냐구요…
지원	내 잘못이야.
제인	맞아요. 맞아요, 난 아무 죄가 없다구요.
지원	그렇지만 제인, 상처가 없는 사람은 없어. 상처가 많은 사람일수록 그 인생이 귀한 것이 되는지도 몰라, 상처의 합이 바로 그 인생의 진정한 의미 아닌가, 난 그런 생각을 해. 아, 내가 대체 무슨 소릴, 아무 얘기도 귀에 들어오지 않겠지.
제인	가겠어요. 견딜 수 없어요. 내가 살던 곳으로 가겠어요. 여긴, 끝내 악몽이에요. 엄마 만나면 드리려고 오랫동안 아르바이트를 해서 돈을 모았어요. 선물을 사드리고 싶었다구요. 그런데 이게 뭐예요… 이건 정말, 너무 끔찍해요… 아니야, 아니야, 아니야…

지원 세상에서 가장 아름다운 소리를 내는 바이올린이 어떤 나무로 만들어지는지 아니? 좁은 곳에서 온몸을 움츠리고 아주 고통스러운 모습으로 구부러져서 자라고 있는 나무야. 마치 무릎을 꿇은 것처럼 온몸을 제대로 펴지도 못하고 자라는 나무로 만든 바이올린이 가장 아름다운 소리를 낸대.

제인 제발, 제발 그만 좀 하세요. 엄말… 잊겠어요. 우리 인생은 처음부터 어긋나 있었어요. 우리가 합해질 수 있는 끈은 없었어요. 그런 걸 기대한 게 잘못이에요. 그렇지만 지금 내가 살아 있다는 거, 이렇게 숨을 쉬고 있다는 거, 그에 대한 보답으로 이걸 전해 주세요. 병원비라도 보탤 수 있겠죠. 짐을 싸겠어요. 더 이상 같은 땅에서 숨을 쉰다는 게 견딜 수 없어요. 숨이 턱턱 막혀요.

제인, 퇴장하고 혼란스러운 지원.
전화벨이 울린다.

지원 여보세요. 네 그런데요. 네, 잘 아는데요, 왜 그러시죠? 네? 뭐라구요? 그게 정말이세요?

놀라는 지원의 얼굴이 어둠 속에 잠긴다.

4. 배반의 생

며칠 후.

김목사 놀라셨죠.

지원 …

김목사 그러셨을 거예요.

지원 담담하시군요. 마음의 준비가 되어 있으셨나 봐요.

김목사 제인을 보면서 준비를 했지요. 내게도 머지않아 이런 날이 올 것이다, 그런 생각이요.

지원 이름은 수잔이구 스무 살이에요. 입양한 아버지는 이미 몇 년 전 사망했고 어머니하고 살고 있어요. 어머니도 나이가 많아서인지 수잔에게 친부모를 찾을 것을 권했다는군요. 엄마 이름은 가명이었지만 아빠 이름은 실명으로 되어 있었죠.

김목사 내가 직접 안고 갔으니까요. 20년 전이지요. 벌써.

지원 그 애를 보낸 기관을 통해서 여러 다리를 거쳐서 저한테까지 연락이 왔어요. 찾기 시작한 건 꽤 오래된 모양이에요.

김목사 그 애를 한 번이라도 보고 싶어했지요. 늘 마음속에 자릴 잡고 있었어요. 목회자가 되기로 결심한 것도 내가 지은 죄악에 대한 회개에서 비롯됐구요.

지원 잘 됐군요, 준비가 되어 있으니. 그럼 당장 연락을 하죠.

김목사 아니요. 만나지 않겠습니다.

지원 뭐라구요?

김목사 만나지 않을 겁니다.

지원 그게 무슨 말씀이세요?

김목사 만날 수가 없어요. 그렇게 마음을 정리했습니다.

지원 아이를 두 번 버릴 셈이세요?

김목사 제인을 보면 알 수 있지 않습니까. 다시 시작할 수는 없어요. 용서한다는 건 무리라구요.

지원 세상에… 제인과는 경우가 달라요. 미혜는 상황이 좋지 않다구요, 최악이에요. 그렇지만 목사님은 아니잖아요. 목사님은 나름대로 성공하셨고 이제 그 딸에게 무언가를 해주실 수도 있잖아요. 아니 그 애가 꼭 뭘 바라는 것도 아니에요. 그저 아버지라는 사람이 어떤 사람인지 그것만이라도 알고 싶은 거라구요.

김목사 그건 중요하지가 않아요.

지원 알겠어요. 목사님이 지금 가진 것들 때문이군요. 목회자로서의 길을 가는 데 방해가 될까봐서요. 아니 또 있지요. 가족에게 알려지면 그것도 심각한 문제가 되겠지요.

김목사 그런 건 두렵지 않아요. 난 아무 것도 잃을 게 없는 사람입니다. 이미 이십 년 전에 모든 걸 잃었어요. 아이를 무책임하게 버린 그 순간, 소중한 모든 걸 잃었던 겁니다. 더 이상 잃을 건 아무 것도 없어요.

지원 그럼 대체 왜 딸을 만나지 않겠다는 거죠?

김목사 자신이 없어요. 도저히 만날 수가 없습니다. 두려워요. 그 애를 마주할 수가 없어요. 난 차라리 미혜씨가 부럽습니다. 제정신으로는 도저히 그 애를 볼 수가 없어요. 그동안 그 애의 고통의 세월을 생각하면 내가 살아 있다는 게 죄스럽습니다. 도저히 만날 용기가 없어요.

지원 목사님을 위해서군요. 결국은 또 목사님 자신을 위해서예요. 목사님 자신이 고통스러울 게 두려워서 다시 그 애를 버리겠다는 거죠. 전 그렇게밖엔 이해가 안 되는군요.

김목사 이해 못 하셔도 할 수 없지요. 제 마음은 변치 않아요. 제가 용기가

	날 때 먼저 찾아가겠습니다. 아마 더 시간이 지나야 하겠지만요.
지원	좋습니다. 그럼 묻겠어요. 제가 그 쪽에 어떻게 알려주면 될까요? 아버지를 찾지 못했다, 아니면 찾았는데 만나지 않겠다고 한다, 어느 쪽을 원하시죠? 아니 차라리 아주 죽었다고 할까요? 그럼 다시는 찾지 않겠지요.

지원이 나가면 오랫동안 왜소하게 앉아 있는 김목사.

김목사 전 목삽니다. 하나님의 말씀을 전하는 목사, 사람들 앞에서 선과 악에 관해 온갖 설교를 해대는 목사 말입니다. 사랑하지도 않는 여자와 몸을 섞고 불륜의 씨앗을 잉태하였으며 다시 하나님이 주신 귀한 생명을 버린, 더럽고 추악한 죄인이 이러구저러구 하나님의 말씀을 떠들어대고 있었습니다… (자조적으로) 하기야 하나님은 이렇게 말씀 하셨지요. 너희들 중에 죄 없는 자가 돌을 들어 저 여인을 쳐라… 돌을 던져 주세요. 제발… 돌더미에 파묻혀 피를 흘리며 그렇게 죽을 수만 있다면, 전 그렇게 하고 싶습니다. 정말입니다, 정말이에요.

소리 목사님 오늘 오전에는 병원에 입원하고 있는 환자들 심방과 안수 기도가 있구요, 저녁 설교는 개척 교회 초청설교로 잡혀 있습니다.

소리 아빠 놀이동산에 언제 가요. 약속했잖아요.

소리 너희 중에 죄 없는 자가 돌을 들어 저를 쳐라…

소리 내일 아침에는 참신앙회 소속 목사님들과 나라와 민족을 위한 조찬 기도회가 있구요.

소리 아빠, 다른 애들은 아빠랑 매주 산에도 가고…

소리 점심 식사는 이번에 이사로 승진한 김장로님 축하 예배입니다.

소리 여보 요즘 너무 피로해 보여요.

소리	그리고 오후 3시에는 중국 선교사 파송 문제로 교단의 지부회의가 있습니다.
소리	너희 중에 죄 없는 자가 돌을 들어 저를 쳐라…
소리	일을 좀 줄이세요. 이러다 쓰러지겠어요.
소리	저녁 7시에 청년부 간증집회가 있구요.
소리	과로하다 무슨 일 생기면 하나님 주신 사명을 어떻게 다 감당하려고 그래요.
소리	그리고 11시부터 특별 철야예배입니다.
소리	돌을 들어, 돌을 들어 저를 쳐라…
소리	목사님, 저 기도 좀 해주세요.
소리	돌을 들어 저를 쳐라…
소리	마음이 아파서요, 가슴이 콱 막히면서 숨이 안 쉬어져요. 이러다 그냥 심장이 멎어버릴 거 같아요.
소리	돌을 들어, 돌을 들어, 돌을 들어 저를 쳐라…
소리	내가 네 기도를 들었고…
소리	돌을 들어 저를 쳐라…
소리	네 눈물을 보았노라…

목소리들이 회오리처럼 빠르게 섞이며 김목사를 한쪽으로 몰아간다.
김목사, 퇴장하면 다른 쪽에서는 지원이 기도하고 있다.

지원	제가 서 있는 이 자리가 점점 무거워집니다. 하나님께서 주관하신 생명들, 그들의 생에 제가 감히 이렇게 저렇게 관여하고 있으니, 참으로 터무니없는 노릇이지요. (긴 사이) 간절히 바라건대 이 부족한 것을 통해 일하시되, 제발 저의 손으로 하게 마옵시고 오직 주님의 손으로, 주님의 뜻에 따라 하옵소서. 부족하고 죄 많은 저를, 오직 주님의 도구로만 쓰시옵소서.

제인이 들어온다.

제인 방해가 됐나 봐요.

지원 아니야. 왜, 잠이 안 와?

제인 며칠 동안 조금도 못 잤어요. 관장님. 제가 어떻게 태어났는지, 알려주세요. 알아야겠어요.

지원 모르는 게 나은 경우도 많지. 지난번 문제만 해도 내가 경솔하지 않았나 후회하고 있어.

제인 지금 모른 채 돌아갔어도 언젠가는 다시 왔을 거예요. 알지 않고는 못 배겼을 거예요.

지원 남의 인생에 끼어든 기분이 어떤 건지, 아마 모를 거야. 수없이 많은 아이들이 내 손을 거쳐서 이국땅으로 건너갔고, 앞으로도 마찬가지야. 이 서류들을 좀 봐. 저마다 사연을 담고 있어, 모두들 말로 다 못하는 고통을 담고 있지. 미지의 세계로 아이들을 밀어 내면서 잘 살라고, 하나님이 인도하신다고, 곁에서 지켜 주신다고 기돌 하다니, 터무니없는 일이지.

제인 죄송해요. 그렇지만 관장님한테라도 그렇게 하지 않으면 전 터져 버릴 것만 같았어요. 안 그랬음 전 자살이라도 해야 할 판이었다구요.

지원 나무래자는 게 아니야. 그저 내 일이 문득 괴로워져서 그래. 내 인생이 빈 껍데기처럼 느껴져.

제인 한 번만 더 도와주세요. 제 출생에 관해서 알려 주세요.

지원 당장 떠나겠다더니.

제인 아뇨, 이대론 못 가요. 엄마가 왜 저렇게 살아야 하는지 알아야겠어요. 전 스무 살이에요. 모든 걸 각오하고 있어요. 알려주시는 걸 모두 받아들이겠어요. 최악의 상황까지두요.

지원 후회할 일은 더 이상 않겠어.

제인	올 땐 엄마에 대해서 가능하면 좋은 상황이길 기대했지만 세상은 늘 그렇게 절 배반해왔죠. 이제 마지막 배반을 각오하겠어요.
지원	이젠 내가 자신이 없어. 내가 확신이 없다구.
제인	믿어주세요. 관장님, 저, 견딜 수 있어요. 이겨낼게요. 이대로 무너지지 않을게요.
지원	제인이 상상했다는 게 어느 정도인지 모르지만, 정말 믿어도 되겠어?
제인	(끄덕이고)
지원	내가 잘못을 반복하는 게 아니길 바래.
제인	절대루요.
지원	벌써 이십 년 전이군. 미혜가 어느날 다 죽어가는 목소리로 전화를 했었지.

5. 미혜의 지옥

머리와 의상의 약간의 변화로 20년 전으로 돌아간 지원이 여전히 같은 공간에서 일하고 있다.

지원	(전화를 받으며) 여보세요. 말씀하세요. (사이) 괜찮아요. 자, 얘길 해보세요. (긴 사이) 만나서 얘기할까요? 그래요, 주소가…, 알겠어요. 곧 갈게요. 그럼 꼭 기다리고 있어야 돼요.

미혜의 방.

넋을 잃은 표정으로 쭈그리고 앉아 있는 여고생 미혜.

지원   전화한 학생, 맞아요?
미혜   (말없이 고개만 주억거린다)
지원   어디 아픈 거 같은데…
미혜   …
지원   무슨 일이 있었던 거지?

미혜, 두려움으로 몸을 움츠리고 구석으로 달아나면서 날카로운 소리.

미혜   안 돼…, 안 돼 !

지원이 조심스레 다가가고 울면서 무너지는 미혜와 지원의 위로하는 몸짓.

미혜의 이야기…

산길을 터덜거리는 자동차 바퀴소리가 들리고, 교복을 입은 미혜가 차에 탄 남자에게 인사하는 시늉.
남자는 등장하지 않고 미혜는 그와 대화를 하는 것처럼 한 문장마다 사이를 둔다.
여고생 미혜가 조명 아래 홀로 창백하게 서 있다.

미혜   안녕하세요.
미혜   순영이는 컴퓨터 학원 간다구 수업 끝나고 읍내로 가던데요.
미혜   전 안 다녀요. 너무, 비싸서요.
미혜   아니요. 괜찮아요. 늘 다니는 길인데요 뭐. 그냥 가세요.

미혜	아니에요. 전 그냥 걸어가는 게 좋아요.
미혜	걸어가는 게 좋은데…

미혜가 작은 의자에 앉는 것으로 차에 타는 몸짓을 하면 붕 하고 차가 다시 떠나는 소리.
누군가와 계속 대화하듯 사이를 두며 독백한다.

미혜	걸어서 한 시간쯤 걸려요.
미혜	학교요? 일찍 가요. 여섯 시 반에는 나가야 돼요. 그래야 안 늦어요. 겨울엔 정말 춥고 무섭지만, 요즘은 그래도 날도 환하고, 괜찮아요.
미혜	아버지 계실 때는 경운기라도 가끔씩 얻어 타곤 했는데. 아프거나 할 땐 좀 힘들죠.
미혜	엄마요? 장에 나가셨어요. 매일 나가세요.
미혜	나물 뜯어다가 팔기도 하고 밭에서 채소 기른 것도 가지고 나가고, 그러세요.
미혜	아버지 생각이 많이 나죠.
미혜	네?
미혜	어… 왜 이러세요. 이러지 마세요.
미혜	아, 아저씨. 이러지 마세요. 내리겠어요. 내릴 거예요. 차 세워주세요. 아저씨 전 순영이 친구예요. 제발, 이러지 마세요.
미혜	아저씨. 아저씨 제발 이러지 마세요.

브레이크를 밟는 소리가 신경질적으로 들리고, 사이드 브레이크를 당기는 소리가 위협적으로 들린다.

미혜	아저씨, 왜 이러세요. 엄마야. 아저씨, 살려주세요.

미혜	아저씨, 살려주세요. 제발 아저씨, 전 순영이 친구예요. 아저씨 어떻게 이렇게, 안돼요, 아저씨 살려주세요. 아저씨, 제발, 제발…
미혜	저리 비켜, 비켜, 비키란 말이야. 살려주세요. 엄마 나 살려 줘. 엄마…

한동안 정적.

부릉거리는 차가 광포한 소리를 내며 멈추는 소리.
떠밀리듯 의자에서 떨어지는 미혜.
다시 차가 거칠게 출발하는 소리 들리고 널브러진 미혜.
잠시 후 피곤에 지친 초라한 행상차림으로 순옥의 귀가.

미혜	… 난, 엄마한테… 아무 말도 하지 못했어요.
순옥	에미 왔다.
미혜	…
순옥	야, 이 게으른 지지배야, 어쩌자고 밥도 안 해 놓고 있냐, 불도 안 켜구. 게을러빠진 년 같으니, 그래 에미가 쎄빠지게 일하고 왔으믄 없는 찬에 밥이라두 해놔야 될 거 아녀. 철딱서니 없는 년 같으니. 이 에미가 누구 땜시 이 고생 허고 다니는디.
미혜	피곤에 지치고 고생에 찌든 엄마 얼굴, 아아 난 그 끔찍한 일을 차마, 차마 말할 수 없었어요.
순옥	야, 에미 왔어. 내다도 안 보능겨. 워디 아퍼?
미혜	엄마가, 엄마가 날 죽일 것 같았어요. 차라리 그때 엄마한테 맞아 죽었으면… 차라리 그게 나았을 거예요. 애저녁에 그렇게 했더라면, 그랬다면 좋았을 거예요.
순옥	야야, 머리가 뜨거운디 감기 걸렸냐. 약이 워디 있나 찾아봐야 쓰겄다.

미혜	엄만 놀라서 아마 나랑 그 아저씨를 당장 죽인다고 덤벼들었을 거예요.
순옥	자, 이거라두 먹어라, 아스삐링이 최고여. 만병통치니께 먹고 푹신 자면 날겨.
미혜	난 공부도 잘 못하고 엄마를 기쁘게 해 준 적이 한 번도 없는데 이런 끔찍한 일로 또 엄마를 괴롭히는 건…, 난 엄마한테 입을 열 수가 없었어요.
순옥	읎는 사람은 그저 몸이 재산인겨. 아프믄 당장 뭔 돈으루다가 치료허고, 또 일 못 허는 대신 워디서 돈이 난디야. 그저 밥 잘 먹고 잠 잘 자고 그기 보약이지.
미혜	그런데 어쩌면 좋아요.
순옥	밥 해 올팅게 자지 말고 기둘려라잉. 테레비라도 틀어놔야. 시끌시끌 혀야 사람 사는 집 냄새도 나고 그라지.
미혜	나, 이제 어떻게 해야 되죠.
순옥	김치라도 쑹쑹 쓸어 넣고 국 끓여 올팅게 지둘려. 그냥 자믄 안뒤야.
미혜	내가 확 죽어버리면… 아아 차라리 죽는 게 나을까요.
순옥	안뒤야, 절대 끼니 걸르고 자믄 안뒤야. 아플수록이 끼니를 챙겨야 혀. 이놈의 고된 팔자는 원제나 좀 편케 살 날 있을까잉.
미혜	안돼요, 엄만 그럼 너무 외로울 거야. 나만 사랑하는 우리 엄마… 나 하나 보고 사는 우리 엄마…

어두워지고.

| 미혜 | 나 인젠 학교 못 가. 애들이 다 알 거야. 내가 아무리 아닌 척하고 있어도 내가 더러운 애라는 거, 애들은 다 알 거야. 교실에 어떻게 앉아 있어. 더러운 몸으로 어떻게 하얀 교복 입고 앉아서, 무슨 공 |

불 한다고. 엄마 나 어쩌면 좋아. 어떻게 해요. 아버지… 나 어떻게 해. 엄마, 나 어떻게 해요…

희뿌윰하게 날이 밝아오고, 다시 아침.

순옥 야야, 날이 다 밝었어야. 핵교 안 가냐. 얼릉 일어나서 한 숟갈 먹고 가야지. 저 순영이 아부지헌티 전화 넣어 놨다. 너 데릴러 온디야. 아저씨허구 병원이 갔다가 핵교 가라잉. 오늘은 쩌그 먼 장이여. 첫 차 타고 먼저 나갈팅게. 아쉬울 때는 그저 순영이 아부지가 젤이다. 옛정을 생각혀서 내가 뭔 부탁을 하믄 꼭 들어주니께 말여. 너 오늘 많이 아프다고 걸어서 못 가니께 읍내 병원 좀 델꼬 가라고 부탁했응게. 잘 갔다가 핵교 가라잉.

순옥이 나가고 음악으로 미혜의 두려움과 고통에 찬 기나긴 날들이 계속되다가 째지는 듯한 충격음이 들리면서 순옥의 절규.

순옥 왜 반항도 못 헌겨. 왜 죽어라고 내빼지도 못 혔나 말여. 왜 바보 맹키로 고로코롬 당하고만 있었능겨.
미혜 그럴려구 했어, 엄마. 달아날려구 죽을 힘을 다해서 달아날려구 했어. 그런데 아저씨가 너무 힘이 쎘어. 너무나 엄청나게 힘이 쎄서 난 어쩔 수가 없었어.
순옥 아녀, 그려두 죽어라고 한 번 뎀벼들어서 너죽고 나죽자 죽기 살기루 뎀비믄 말여, 그려두 도망갈 수 있었을겨.
미혜 엄마… 엄만 내가 최선을 다하지 않았다구, 그렇게 생각하는 거야.
순옥 그려, 이것아. 월매나 못났으믄 그런 빤히 아는 눔헌티 고래 당할 수가 있능겨.
미혜 아는 사람이니까, 아는 사람이니까… 설마…

순옥　그래 그눔헌티 몇 번이나 그 꼴을 당헌겨.

미혜　맨처음엔 차를 태워 준다구, 그러면서 산으로 날 끌고 갔었어.

순옥　그랑께 왜 넘의 차는 타구 지랄이여. 멀쩡한 다리루다가 걸어서 댕기지 뭣 허러 차는 달랑 올라 탄겨.

미혜　타지 않았어두 마찬가지였어. 이후론 여기저기서 불쑥 불쑥 나타나서는…

순옥　그럼 또 워디서 그랬단 말여.

미혜　한 번은 순영이 방에서.

순옥　시상에 그런 썩을 놈의 인간이 다 있디야. 지 딸년 방에서 딸년 친구 잡아먹는 드런 눔의 인간이 있어. 시상에 그런 인간이 다 있단 말여. 내 이놈을 당장에 쫓아가서 진상을 밝히고 올겨. 이 나쁜 놈 헌티 내 딸 물어내라고 할겨. (뛰어 나가고)

지원과 미혜.

지원　아저씨는 누구지.

미혜　돌아가신 아버지의 친구고… 내 친구 순영이네 아버지예요.

지원　그런 일을 당하리라곤 상상도 못했겠네.

미혜　…

지원　많이 힘들었지.

미혜　순영이 방에서 그 일을 당할 때가 제일 끔찍했어요.

지원　친구 방에서?

미혜　여기서 이렇게 죽는 게 낫겠다구. 순영이가 방문을 열고 들어오기라도 하면 어쩌나, 난 내가 무슨 일을 당하고 있는지도 잊어버린 채 순영이 생각만 했어요. 순영이 생각에 아저씨 제발 빨리 하세요, 이렇게 외칠 정도였으니까요. 순영이 책상과 의자가 나를 내려다보고 있더군요. 우리 둘이 함께 찍은 사진이 걸려 있는 방에서, 순영이가 보는 책과 참고서들이 있는 방에서, 순영이 옷이 마치 순영이인 것처럼 나를 내려다보는 방에서, 순영이 늘 덮고 자는 이불을 깔고, 나는 그 애 아버지한테 사정없이 눌려서 그놈의 일을 당하고 있었던 거예요. 차라리 이 자리에서 죽어라. 내가 이제 엄마랑 순영이랑 순영이 엄마를 어떻게 보나…

지원　그 사람은 뭐라고 했지.

미혜　이 사실이 알려지면 자기도 죽고 나도 죽는다고 했어요. 하교 길에 차에 싣고 가서는 어디다 땅을 파서 묻어버린다고. 쥐도 새도 모르게 나 하나쯤 없앨 수 있다고. 그깟 건 일도 아니라고 했어요.

지원　왜 경찰에 신고하지 않았어.

미혜　무서워서요. 남자들은 다 무서웠어요. 경찰도 남자잖아요. 그 사람들이 나를 좁은 방에 가두고 조사를 하면서 나한테 그 짓을 하는 꿈을 꾸었어요. 처음엔 친절하게 묻고 적고 이야기를 들어주다가 점점 가까이 와서는 몸을 자세히 봐야 한다고 하면서 옷을 다 벗어야 한다고 하죠. 그러고는…

형사　그림을 그려봐. 그렇게 여러 번 관계를 가진 남자니까 성기가 어떻게 생겼는지 알 거 아냐.

미혜　몰라요. 보지 못했어요.

형사　그려 봐. 빨리 그리라니까.

미혜　몰라요. 모르겠어요. 몰라요. 아저씨. 제발 그만 하세요. 제발 그만 두세요.

형사　자 그럼 여기서 한 번 골라 봐. 1번이야 2번이야 아니면 3번이야.

미혜　몰라요, 정말 몰라요.

형사　1번? 2번? 3번? 1번! 2번! 3번!

미혜　제발, 제발…

형사　그 날 무슨 옷을 입고 있었지?

미혜	교복이요.
형사	치마가 너무 짧지는 않았나? 의자에 앉으면 치마가 올라가서 허벅지가 다 보였겠지? 상의는 흰색이고 속살이 훤히 비치고 있었지? 고개를 숙이면 가슴이 다 드러나 보일 만큼 앞이 파져 있었지?
미혜	아저씨, 대체 왜 그런 걸…
형사	왜 저항하지 않았지? 왜 좀 더 큰소리를 질러서 도움을 청하지 않았지?
미혜	난 죽을힘을 다했어요. 그러나 도저히 빠져 나올 수가 없었어요. 너무나 아저씨가 힘이 쎘어요.
형사	왜 병원으로 바로 가서 정액을 보존하지 않았지?
미혜	몰랐어요. 어떻게 해야 하는지 아무 것도 몰랐어요.
형사	좋아, 그렇다면 왜 그 길로 경찰에 달려오지 않았지?
미혜	아무 생각도 할 수 없었어요. 집으로 가야한다는 생각밖엔 아무 생각도 없었어요.
형사	왜 목욕을 했지? 증거가 이미 다 사라졌어.
미혜	그 몸으로 어떻게 잠시라도 숨을 쉴 수가 있어요. 닦고 또 닦아내도 그놈의 더러운 냄새가 내 몸에서 떠나지 않는데 어떻게 닦지 않을 수가 있어요. 아아… 그만 두겠어요. 집으로 가겠어요. 제발, 다 그만 둬요.
순옥	이 나쁜 놈아, 내 딸 내놔라. 이 시상에 싸가지 없는 놈아. 천벌을 받을 놈아.
미혜	동네 사람들도 우릴 믿어주지 않았어요. 터무니없는 모함이라고 아저씨가 큰 소릴 쳐댔고 오히려 내가 차 다니는 길목에서 기다리고 있다가 자기를 수차례 유혹했지만 점잖게 타이르고 차에 태워서 집으로 데려다 주었다고 그러는 거예요. 얼마나 어려우면 저러나 싶어 용돈까지 주었다고 하면서…

순옥	남편 없는 설움에 애비 없는 설움까지… 살기가 어려워지니께 모녀지간이 생사람 잡아서는 돈이나 뜯어낼 속셈으로 저런다고, 그 말을 아이고 시상에, 사람들이 믿드라니께. 그라고는 우리를 시상에 다시 없는 파렴치한 사람들로 몰아붙이드라니께…
지원	아기는?
미혜	… 배가 불러오기 시작했어요… 모든 게 끝장이라는 생각이 들었죠.
지원	그래서 어떻게 했지.
미혜	먹는다는 게 죄스러워서 며칠을 굶었어요. 내가 먹지 않으면 내 뱃속의 아기도 그저 그렇게 죽는 건 아닐까 그런 생각도 했다가… 뱃속에 죽은 아기가 들어있는 모습을 상상하면 너무 끔찍했어요. 그래서 다시 밥을 먹었는데 내가 밥을 먹을 때면 아기가 내 몸을 통해서 그걸 받아먹는다는 느낌 때문에 눈물이 났어요. 어쩌다, 정말 어쩌다 내 몸 속에 이렇게 생명이 생긴 것일까. 정말 살 곳이 아닌 곳에, 하필이면 이런 곳에 자릴 잡았나 싶어 눈물이 막 나왔어요.
순옥	당장 병원 가자. 이 웬수야. 아 조금이라도 더 크기 전에 얼른 떼버려야지.
미혜	엄마 무서워.
아기	(목소리) 엄마, 무서워.
미혜	엄마, 나 무서워.
아기	엄마, 나 무서워.
순옥	하루라도 지날수록 더 무서워지능겨. 아가 조금이라도 자라면 더 끔찍헌겨.
미혜	살려줘요. 살려주세요.
아기	살려줘요. 살려주세요.
순옥	그려 다 살자고 하는 짓이여. 너 살리고 내 살자고, 우리 살자고

하는 짓이여.

미혜 살려주세요.

아기 살려주세요.

순옥이 미혜를 거칠게 끌고 나가면서 암전.

6. 생명, 빗물 속으로

지원 어떻게, 생각해 봤어?

미혜 … 병원에… 가려구요.

지원 영 안되겠니?

미혜 전 겨우 열여섯 살인데… 아일 낳아야 키울 수도 없는데… 어떻게
해요.

지원 두 달쯤 됐지.

미혜 잘… 몰라요.

지원 임신 2개월이 되면 이제 비로소 fetus, 태아라고 부르지. 자식이
란 뜻을 가진 단어야.

미혜 …

지원 눈이랑 입이랑 귀가 생기고 사람 모양을 하게 돼. 조금 있으면 심
장 뛰는 소리도 들을 수 있어.

미혜 그러니까 더 급해요. 사람 모양이 되기 전에 빨리 가야 해요. 선생
님 저 도와주세요. 엄만 이제 와서 유전자 검산가 뭔가 한다고 유
산하지 말고 아일 낳으래요. 아저씨가 거짓말만 하니까 본때를 보

여 준다구요. 그렇지만 난 무서워요. 선생님 모든 게 무섭고 끔찍해요. 아기가 이리저리 휘둘리는 건 더 못할 짓이에요. 선생님 이 대로, 이대로 다시 돌려보내요. 제발 도와주세요.

지원 아주 오랫동안 기다려도 아길 갖지 못하는 사람도 있어.

미혜 전 싫어요. 전 기다리지 않았어요.

지원 너도 언젠가 아길 기다리게 될 거야. 그리고 어쩌면 그 기다림 끝에서 절망을 알게 될지도 몰라.

미혜 나중 일은 몰라요. 상관없어요.

지원 누군가를 사랑하게 되고 결혼하게 되면, 아기를 원하게 될 거야.

미혜 그런 일 절대 없을 거예요. 아무도 좋아하지 않을 거야. 남자를 좋아하게 된다구요? 끔찍해. 아무도 좋아하지 않겠어, 어떻게 다시 그런 일을 겪으라구요.

지원 나도 그렇게 내 생각대로 내 의지대로 세상이 살아지는 건 줄 알았어. 실은 나도… 원하지 않는 때 아길 가진 적이 있었지, 너처럼.

미혜 선생님두요?

지원 난 그 사람을 사랑하는지조차도 몰랐어. 이제 와서 보면 그런 건 생각해 본 적도 없는 거 같애. 같이 일하다보니까 어느 날부터 함께 살기 시작했지. 우린 결혼식도 하지 않았고 영원히 함께 살리라는 맹세도 하지 않았어. 그저 당분간 같이 있기로 했고, 그 끝이 언제인지는 우리도 몰랐어.

민수가 등장하면서 과거로 이동.

민수 그 끝은 참 빨리 왔지.

지원 그래, 참 빨리 왔어. 우린 같이 산다는 것에 대해서 '우리' 라는 것에 대해서 아무 것도 몰랐어. 이념이 맺어준 동지의 개념으로 함께 있을 수 있다고 생각했는데, 그 이념이 공허해지면서 우린 아무 것도 나눌 수가 없었지.

민수	넌 왜 날 거부하는 거야, 대체 왜 그래?
지원	난 너랑 섹스나 할려구 같이 있는 거 아니야.
민수	그건 너무나 자연스러운 거야. 넌 날 사랑하지 않니?
지원	그게 더 깊은 사랑으로 인도한다고는 생각지 않아.
민수	정말 이해할 수가 없어. 난 널 사랑하고 너를 안고 싶어. 널 만지고 싶고 너하고 사랑을 나누고 싶어. 그게 잘못이란 말이야?
지원	난 너하고 자고 싶지 않아. 그런 행위 자체를 혐오해. 증오한다구.
민수	어째서?
지원	난 섹스와 그 결과에 대해서 책임을 질 수가 없어. 책임질 수도 없는 일에 집착하는 건 이성적인 게 아니야. 우린 사랑이라느니 따위의 감정적인 차원에서 결합한 게 아니잖아. 우린 다만 이념을 같이 하는 동지일 뿐이야. 그걸로 족해. 더 이상 아무 것도 요구하지 마. 동의하지 않는 섹스를 강요하면 그건, 강간이야.
민수	물론 시작은 그렇게 했어. 그렇지만 남자와 여자가 성을 매개로 해서 관계를 갖는 건 나쁜 일이 아니야. 우린 그걸 이미 경험한 적이 있잖아. 내가 감옥에 가기 전에 우리가 사랑을 나누던 걸 생각해 봐, 그때…
지원	그만 해. 제발 그만 해. 나쁜 새끼, 그래 넌 그게 좋았니? 그렇게 좋았어? 억지로, 니 멋대로 술기운을 빌어서 일을 저질렀지. 좋았다구? 난 좋지 않았어. 전혀. 난 널 얼마나 혐오했는지 몰라. 난 너한테 깔려서 발버둥쳤어. 니가 얼마나 쾌감을 느꼈는지 모르지만 난, 어땠는지 아니? 단 한 번 너와의 관계로 난… 임신을 했어.
민수	뭐라구? 그게 정말이야? 왜 말하지 않았어?
지원	말했으면, 말했으면? 그럼 니가, 낳아서 잘 키워라, 이랬겠니? 뭐라구 말할지 뻔한데 뭐 하러 말을 해. 난 아기를 죽였어. 아주 간

단하드라. 내 몸에 자리 잡았던 그 가련한 생명이 몇 분 만에 핏물이 되어 쏟아져 내렸지. 의사가 나를 거리의 여자 취급을 하면서 수술하는 동안, 몸을 제대로 간수하지 못한 여자를 경멸하면서 농담처럼 수술을 해대는 동안, 수많은 여자들이 원치 않는 임신으로 자신에게 상처를 입히며 누웠던 거기 그 더러운 수술대 위에 누워서 내가 온몸으로 느껴야 했던 그 치욕과 두려움… 끔찍해. 넌 상상도 할 수 없을 거야. 그렇게 아기를 죽였어. 니가 그렇게도 좋았다고 기억하고 있는 그 잘난 섹스가 날 얼마나 오랫동안 상처 입혔고 슬프게 만들었는지, 니가 그걸 어떻게 알겠니. 수술이 끝나고 병원에서 나왔는데 세상이 끝없이 어지럽게 돌아갔어. 병원 앞에 쪼그리고 앉아서 그 어지럼증이 사라지기를 하염없이 기다렸지. 비가 미친 듯이 퍼붓고, 난 우산이 없었어. 그래, 내가, 멀쩡한 생명을 하나 막 죽이고 나온 내가, 무슨 염치로 우산을 쓰고 비를 가리겠어. 그렇지만 난 그 빗속을 뚫고 걸을 용기가 나질 않았지. 아기를 죽이고 나오는 주제에 그 잘난 몸에 비를 맞힐 용기는 없다니, 참 우습지. 살인을 한 주제에 지 몸엔 비도 못 맞힐 정도로 벌벌 떤다는 게 말이야.

민수 어떻게 그런 일이…

지원 나 그랬어. 정말 힘들었어. 난 수술하고 나서 니가 꼴도 보기 싫었지만 면회를 갔지. 미친년… 오해는 하지 마. 난 단지 내가 맡은 책임을 다하려고 갔던 거야. 널 면회하는 건 나의 일이었지. 바보였어. 왜 내가 그놈의 일에 그렇게 매달렸을까. 난 내가 정말 그 일을 원하고 있는지에 대해서 고민도 안 했어. 늘 초라한 옷에 화장기 없는 얼굴에 세상의 모든 고민을 혼자 다 짊어진 투사처럼 굴었지. 대체 우리가 뭘 할 수 있었겠어. 우린 아무 것도 할 수 없었어. 우린 스스로를 기만하고 있었는지 몰라. 진실이라고 믿고 매달렸던 것들이 정말 진실이었고, 내 모든 것을 걸었던 그 일들이 다른 걸 모두 포기했어야 할 만큼 정말 중요한 것들이었는지, 난 모르겠어. 정말 모르겠어. 난 대학생이 된 후 온통 공장과 학습과 교육과 데모와 운동과 조직과, 그런 것들과 함께 보냈어. 그리고 지금, 이제 남은 게 뭐지? 우린 인생의 낙오자일 뿐이야.

민수   자학하지 마, 우린 시대에 대해 책임을 다하고 있는 거야.

지원   맹세해, 나중에 세월이 많이 흘렀을 때 오늘 내가 당한 이 고통을 함부로 밟고 가지 않겠다고 약속해. 너 혼자 시대의 고통을 짊어지고 꽤나 의미 있는 일을 한 것처럼 잘난 척 하거나 훈장이라도 단 것처럼 떠들어댄다면, 난 절대 널 그냥 두지 않을 거야.

민수   넌 나를 싸구려처럼 매도하는구나. 우린 정신이 올바로 박힌 순수한 젊은이고 그래서 이런 어려움을 견디고 있는 거야.

지원   그런 줄 알았어. 근데 아닌 거 같애. 언젠간 너도 투쟁 경력을 과대포장해서 국회의원 뺏지랑 바꾸는 사람들처럼 될 거 같애. 국회의원 오민수, 80년대 운동권의 투사… 전엔 그걸 몰랐는데 이젠 그게 보여. 니 얼굴에 감추어진 더러운 욕망이 보인다구.

민수   이러지 마. 우린 오늘 이 부패한 세상에서 최선을 다해 살고 있는 거야. 우린 시대와 정면으로 맞서고 있다구.

지원   그만 둬. 그런 말 역겨워. 이 더러운 방에서 섹스나 하는 게, 차라리 그게 더 솔직한 거 같다. 하자구. 하루 종일이라두 하지 뭐. 어려운 일 아니야. 그래서 또 애가 생기면 그놈의 뒷골목에 있는 낙태 전문가한테 가면 되지 뭐. 그 비아냥거림을 들어가며 다시 애를 죽여서 쓰레기통에 버리고 아무 일도 없는 것 같은 뻔뻔한 표정을 짓고 이놈의 방구석으로 돌아오는 거야. 두 번째는 덜 힘들겠지.

민수   그만 해. 내가 잘못했어. 용서해 줘. 아무 것도 몰랐던 날 용서해 줘.

지원   너 보기 싫어. 우리가 함께 뭘 할 수 있지? 난 너 싫어. 내가 잘못 생각했었어. 그만 두자. 너랑 한 곳에서 이렇게 있는 거, 정말 더 이상 참을 수 없어. 널 다신 보지 않을 거야. 널 보면 자꾸만 아기가 생각나. 지금쯤 어디에 있을까. 핏물이 되어 죽어간 그 작은 생명이 자꾸만 생각나. 이 더러운 세상에서, 제일 못난 남자와 제일 멍청한 여자 사이에서 생겨난 그 작은 아기가 생각나서 미칠 것 같다구. 잊지 마. 니가 함부로 그놈의 섹스를 원할 때 우리 애기가 널 지켜보고 있는 걸 잊지 말라구.

지원의 회상이 끝나고 현재로 돌아오면 멍한 미혜의 얼굴에 잠시 창백한 조명.

7. 모진 세상

출산하는 미혜.
아기의 울음소리 희미하게.

미혜   엄마…
순옥   이 웬수야.
미혜   어디… 있어.
순옥   것두 새끼라구 보고 싶냐? 딸이여, 딸. 징그런 놈의 3대구먼 그려. 나가 이제 나이 마흔에 벌써 할머니 됐당게. 잘난 딸년 땜시 벌써 핼미 소리 듣게 됐당게.
미혜   어딨어?

순옥	인큐베탄가 뭐신가 쩌그 통 속에 들었다. 아가 너무 작어서 못쓴 디야. 그냥 두믄 바로 죽는디야. 월매 못 살고 죽는디야.
미혜	거기 있으면 살 수 있대?
순옥	살리자고 는 것이지 그럼 쥑일라고 는 줄 아남.
미혜	엄마 이게 잘 하는 짓이야.
순옥	내도 몰른다. 애를 봉께 여간 맴이 아픈 게 아녀. 짠하다.
미혜	어차피 키울 것도 아니면서.
순옥	그래도 워치케 산 목숨을 거저 죽인다냐.
미혜	그냥 온 곳으로 조용히 돌려보냈으면 좋았을 걸. 아무도 반가워하지도 않는 세상에 굳이…
순옥	이런 싹수 읎는 년 같으니. 야야, 집어쳐라. 에미 맘 아프게 할라고 작정을 혔냐.
미혜	검사는 언제 한대?
순옥	고만 복장 뒤집고 잠이나 한숨 푹 자라. 어린 기 아 낳는다고 월매나 애를 썼는지 얼굴이 고마 사람 얼굴도 아이다.
미혜	검사 끝나면 바로 헤어지는 거야?
순옥	징그런 시상이여. 참말로.
지원	소식이 있어요.
순옥	결과 나왔디야?
지원	네, 디엔에이 검사 결과는 좀 더 오래 있어야 하지만 혈액 검사 결과를 내놓으니까 어쩔 수 없이 자백을 했어요.
순옥	아이고, 이 나쁜 놈. 이 웬수 겉은 놈아, 워쩌자고 갈 길이 구만리 겉은 어린 딸년의 앞길을 이렇게 모질게도 막는디야. 아이고 설마 설마 했는디 워쩌면 사람의 탈을 쓰고 고로코롬 모질게 했디야. 모든 진실이 밝혀졌응께 나 인자 증말로 가만 안 있을 텡께.
미혜	엄마…
순옥	이놈 이 망헐 놈. (나가면서) 선상님, 인자는 그놈이 꼼짝 못 허지

요? 인자는 더 이상 발뺌 못 허지요? 지금이라도 당장 감옥에 떡
허니 처넣을 수 있는 거지요?

지원   (끄덕이고) 몸은 어때?

미혜   …

지원   힘들었지. 잘 했어.

미혜   벌 받을 거예요.

지원   네 잘못 아니야.

미혜   난 지옥에 갈 거예요, 틀림없이.

지원   터무니없는 생각을.

미혜   키우지도 못할 아기를 세상에 낳아놓고.

지원   누군가 좋은 엄마가 되어 줄 거야.

미혜   먼 데로 떠날 거야.

지원   아기를 기다리는 엄마들이 세상엔 아주 많아.

미혜   아무도 나 모르는 곳으로, 애기가 절대 나 찾을 수 없는 멀고 먼
데로 가서 꼭꼭 숨어서 살 거야.

지원   세상에 나오게 해준 것만으로도 용기 있는 일을 한 거야.

미혜   날 용서해 줘, 아기야…

암전.
며칠 후.

순옥   워쩔 수 없능겨.

미혜   마지막으로 한 번만 안아볼게.

순옥   부질없는 노릇이여.

미혜   그래두.

순옥   시상에 워치케 요로코롬 태어나는 년이 다 있냐. 팔자도 드럽게도
억신 년…

미혜　보내는 마당에 웬 욕은 그렇게.

순옥　너나 내나 이 어린것이나 모다 참말로 드런 놈의 팔자여.

미혜　(아기를 안고 **꿈을 꾸듯**) 아기는 어디서 올까.

순옥　에미는 남편 죽어 딸년하고 그저 살아보겠다고 밤낮 없이 일 다니고.

미혜　별나라에서 오나, 아님 하늘나라 선녀님이 보내주나.

순옥　딸년은 빤히 얼굴 아는 동네 놈헌티 몸 버리고.

미혜　달나라에서 옥토끼랑 살던 예쁜 아씨.

순옥　그놈의 드런 피가 또 새끼로 엮여져서 이렇게 시상에 뭐 먹을 거 있다고 나와서는…

미혜　깊은 바다 속 용궁에서 살던 공주마마…

순옥　결국은 다들 뿔뿔이 흩어져야 할 모진 시상에서 하필 이렇게 엮여져서, 참말로 모질다. 참말로 모진 것이 우리네 인생이여.

미혜　애기는 아무 죄 없는데.

순옥　드런 피 받아 생긴 게 죄지, 암 죄구 말구.

미혜　죄 없어두 벌 받나.

순옥　죄 없는 사람이 벌 받는 기 시상 이치지. 죄 있는 사람은 죄다 요리조리 빠져나가고 죄 없는 바보 멍청이들이 그 죄 옴팡 뒤집어쓰고 대신 벌 받으면서 산다니께. 그기 시상 이치여.

미혜　그래서 우리가 죄인이네. 아니 아니 우리가 벌 받고 있는 거 보니까 우리가 좋은 사람이네.

순옥　그려, 인저 알았남. 낭중에 우리가 돈 많이 벌고 돈심이 세지면 말여, 그땐 우리 애기 찾아서 다시 뭉쳐 살자.

미혜　아니. 아니야. 우리 이제 다신 만나지 말자. 만나면 너무 괴로울 거야. 맨날 그 생각 하면서 사는 거 끔찍해. 애기를 안 보면 잊혀지겠지.

순옥　그려, 잊을 수 있을겨. 암만, 하느님이 말여, 우리 다 잊어뿔고 살라고, 거시기 뭐여 건망중이란 거 다 맹글어노신겨.

미혜   나 졸리다.

순옥   그려. 사람은 말여. 시상에 나올 때 지 모거치 먹고 살 거 다 갖고 나온다고 혔응께 너는 걱정 말어. 이 애는 말여 다 잘 될겨. 존 일 있을겨. 좋은 디로 잘 갈겨. 암만 우리집보다야 존 디로 갈겨.

미혜   …

순옥   (아기를 안고) 잘 가그라, 이놈의 가시내야. 지지리 복도 많은 가시내야. 잘 가그라잉. 다시는 우리 만나지도 말고 아는 체도 말고 어디 푹 파묻혀서 고로코롬 살자.

미혜   빨리 가요. 가버려.

순옥   그려, 간다, 간당께…

지원   (서류를 정리한다) 김미순 1988년 3월 13일 생.
생모 김미혜 16세
경위 성폭행으로 인한 임신
입양 기관 소망복지관
… 미국으로 입양 대기중

8. 떠나는 길

먼 길 떠나는 모녀.

미혜   날이 흐리다.

순옥	드럽게도 궁상스런 날씨구먼 그려.
미혜	비가 오려나 봐.
순옥	올 테면 와라. 우린 인자 겁날 거 없응께. 새끼 버리고 떠나는 길인디 게서 더 겁나는 일이 있겄냐 워디.
미혜	구름이 잔뜩.
순옥	난 무서운 거 하나도 없다. 구름이고 비고 눈이고 뭐든지 난 무서운 거 없응께.
미혜	엄마, 나 이제 어쩌지.
순옥	우리 앞으론 말여, 이 악 물고 절대 호락호락한 사람 아니란 걸 보여주믄서 살자 잉.
미혜	엄마 난 무서워.
순옥	뭐시가 무서워. 여자가 뭔 죄로다가 요 꼴로 살아야 한단 말여.
미혜	내가 이러구 여기 떠나면, 어디로 가면, 어디든 가면, 거기서 다시 잘 살 수 있을까.
순옥	이겨낼겨. 우린 다 이겨낼 수 있응께 니는 에미만 믿고 따라오랑게.
미혜	학교에 다시 갈 수 있을까.
순옥	니가 뭘 죄여. 나쁜 놈들은 여적지 활개치고 다니는디 니가 뭔 죄로 핵교도 못 댕긴단 말여. 영 바보 같은 소리 좀 집어쳐.
미혜	애들이 정말 모를까.
순옥	여자는 다 애 낳는겨. 그저 넌 좀 빨리 난 거 뿐잉게 쓸다리 없는 소리 말어.
미혜	이 동네 사는 사람 누군가가 내가 새로 간 곳에 와서는 내 얘기 다 해버리면… 그럼 어쩌지.
순옥	넌 누구보다도 행복하게 잘 살겨. 시상 경험을 그만큼 빨리 혔응게 인저 진짜로 시상 씩씩허게 헤쳐나감서 잘 살겨.
미혜	엄마, 하늘이 점점 어두워진다. 정말 비가 무섭게 오려나 봐.
순옥	우린 이대로 안 진당게. 비가 오든 암만 폭우가 내려도 우린 떠날

	거구만. 그리고 증말로 한 번 잘 살아볼팅게.
미혜	엄마, 다들 나한테 뭐라고 해도 엄마는 내 곁에 있지, 그럴 거지?
순옥	징그런 년, 니는 내 딸이여. 내 속으로 내 배 아파가면서 낳아 놓은 내 딸년이여. 워디 가도 이 에미가 너 하나 꼭 지켜줄 팅게 지발 용기를 내여. 이 못난 년.
미혜	엄마하고만 있으면… 그럼 괜찮을 거야. 난 인제 엄마 안 떨어질 거야. 학교도 안 가고 엄마 가는 데만 그냥 따라다니면서, 엄마, 그러면 아무도 나 어쩌지 못하지. 나한테 어떻게 하지 못하지. 그렇지…
순옥	그려, 니 맘대로 혀. 내는 니 하나 위해 인생 걸었응게. 너만 좋다믄 그뿐이여. 학교 가기 싫으믄 그만 두고 얼라 마냥 에미 뒤꽁지만 쫄쫄 따라댕길라믄 그럭 혀. 에민 니 좋은게. 그동안도 이 딸년 하나를 지켜주지 못한 죄 많은 에밍게, 앞으론 다신 니 맴 아프게 안 할팅게.
미혜	비가, 끝내 비가 오네. 엄마 우리 어떡해.
순옥	잠깐 지둘리자잉. 비는 그칠겨. 지깟 놈의 비가 안 그치고 배기겄냐. 비 그치믄 가자잉, 잠깐만 앉았으믄 그칠겨. 그라믄 그때 떠나능겨.
미혜	엄마, 있잖아. 나 엄마한테 할 말이 있는데… 엄마, 나 이대로는 정말 못 갈 거 같아. 애기 버리고 이렇게는… 못 갈 거 같아.
순옥	뭣이여. 니가 시방 지 정신이여. 미친년이여.
미혜	엄마 나 진짜 미쳐버렸음 좋겠어. 아무 것도 모르고 아무 생각도 할 수 없게 되면 좋겠어. 그럼 차라리 좋겠어.
순옥	정신 차려. 정신 바짝 차려도 살기 어려운 시상이여. 고로코롬 당하고도 정신 못 차렸냐 이 멍청한 것아.
미혜	엄마, 내가 잘못했어. 정말 잘못한 거야. 아기를 낳는 게 아니었는데. 키우지 못할 거라면 낳을 필요도 없었는데.

순옥	안돼여. 넌 다시 학교 가야 혀. 얼라나 키우고 들앉을 수는 없당게. 넌 안즉 학생이여.
미혜	엄마 부탁이야. 아기 버리지 마.
순옥	버리긴 워따 버린다구 그려. 좋은 집에 보내달라고 맡기는 기지 왜 버린다고 그려.
미혜	좋은 집이든 나쁜 집이든 내가 키우는 게, 그게 도린 거 같애. 나 애기 버리고는 못 살 거 같애. 벌써부터 가슴에 커다란 돌덩이가 하나 들어 앉았는데… 나 숨도 안 쉬어지고 밥도 못 먹을 거 같애. 엄마 제발 부탁이야. 학교도 잘 다닐게. 용기를 내서 앞으로 잘 살게. 엄마 그럴러면 애기를 버리곤 안 돼. 정신차리고 제대로 잘 살게. 엄마 맘 상하지 않게 좋은 딸 될게. 그렇지만 애기를 버리곤 안돼. 엄마, 부탁이야.
순옥	이 웬수 겉은 기, 이기 뭐를 안다고 벌써 에미 노릇을 할려 들어. 이 못난 기…
미혜	엄마, 제발, 부탁이야…
순옥	이 못난 기 에미 노릇을 할려고 그려. 이 시상에 못난 기…
미혜	엄마… 죄 없는 애기를 낯선 세상으로 밀어내고 나만 살겠다고 도망치는 거 정말, 견딜 수 없어.

9. 선택

현재로 돌아오면 고통으로 일그러진 제인의 얼굴.
양부모의 목소리 멀리서 들려온다.

제인   엄마…

남자의 소리 (다정하게) 이리 온, 우리 아가…

제인   엄마, 나… 나… 사실은… 너무… 너무 힘들었어.

여자의소리 널 증오한다. 난 널 증오해.

제인   지금까지 내가 버틸 수 있었던 건… 실은, 엄마에 대한 분노, 바로
        그거였어.

남자의 소리 널 사랑한다, 얘야… 넌 내 사랑하는 보물이야…

제인   아주 어릴 때부터… 난…

여자의소리 넌 더러운 몸뚱일 가졌어. 난 아길 원했는데 넌 아기가 아니야.
        네 몸엔 버림받은 탕녀의 추악한 피가 흐르고 있어.

제인   양아버지…

남자의 소리 자 여기 키스해라. 어서, 착하지. 그래, 그렇게… 으음…

제인   그 사람은 늘 어린 날 안고 잤는데, 난 그놈의 털북숭이 커다란 몸
        뚱이가 너무 끔찍했어.

여자의소리 난 다 알고 있어, 니가 내 남편의 품 안에서 무슨 요사를 떨고
        있는지 다 알고 있어.

제인   엄마도 나도… 정말 우린, 왜 이렇게 됐지…

남자의 소리 난 널 사랑해. 아무도 내게서 널 빼앗지 못해. 절대 그럴 수 없어.

제인   우린 왜 이렇게 살아야 하는 거야…

여자의소리 난 널 경멸해. 네 부모가 널 버릴 때부터 넌 그런 운명을 타고
        난 거야. 세상의 온갖 조롱을 받으며 멸시 당하도록 말이야.

제인   난 경찰서에 그 사람을 신고하러 몇 번씩이나 갔지만, 끌려가는
        건 언제나 나였어.

남자의 소리 자, 넌 이제 성숙한 여자가 됐구나. 우린 이제 아무 거리낌 없이
        사랑을 나눌 수 있어. 넌 이제 다 컸어. 그렇지, 아, 넌 정말 아름
        다운 몸을 가졌구나.

제인   그는 명사였고, 난 한국 땅에서 버림받은 불쌍한 고아고, 자비로

운 아버지의 양녀에 불과했어.

여자의소리 난 죽을 때까지 널 미워할 거야. 내가 살면서 한 가장 어리석은
짓은 널 이 집안에 들여놓았다는 거, 바로 그거야.

제인 그가 경찰에게 끌려가는 대신 내가 청소년 보호시설에 끌려갔어.

남자의 소리 자 이 속옷을 한 번 입어 봐. 아 넌 정말 아름다워. 눈부셔. 오 세
상에, 네가 아니었다면 내가 어떻게 살 수 있었겠니…

제인 보호시설에서 나오기 위해서 난, 내가 거짓말을 했다고 오히려 거
짓 자백을 해야 했어.

여자의소리 내 집에서 나가. 니 엄마, 널 낳은 저주받을 여자가 있는 곳으
로 가 버려. 다신 돌아오지 말고 내 눈 앞에서 사라져.

제인 기숙사에 있기를 원했지만 그는 날 놓아주지 않았어.

남자의 소리 날 혼자 두지 말아라, 제인. 난 너 없인 절대로 살 수가 없어.

제인 난 집에서 가장 가까운 거리의 학교를 가야 했고, 단 한 번도 밖에
서 자는 게 허락되지 않았어.

남자의 소리 저 여잔 곧 죽을 거다. 개의치 마라. 저 여자가 여태 살아 있는
건 다 네 덕분이야. 네가 없었다면 난 저 여잘 일찍감치 요양원에
가둬버렸을 걸, 그럼 아마 더 일찍 죽었을 거야.

제인 난 엄격한 집안에서 훌륭한 교육을 받은 숙녀로 포장됐고 그는 선
량한 양아버지로 칭송을 받았지.

여자의소리 아아, 날 죽여 줘… 날 그만 괴롭혀…

제인 그렇지만 엄마, 괜찮아, 다 괜찮아요. 이젠 독립했어.

남자의 소리 우린 다른 곳으로 가서 새 삶을 시작하자. 저 여잔 곧 죽어.

제인 엄마와 함께, 여기 이 저주받은 땅에 남겠어.

남자의 소리 우린 새로운 인생을 사는 거야.

제인 난 돌아가지 않아요. 엄마가 있는 이 더러운 땅에, 우릴 사정없이
사지로 내몬 이 악독한 땅에, 남겠어. 외면하지도 돌아서지도 않
고, 이놈의 사악한 땅을 똑바로 보겠어. 절대로 달아나지 않고, 맞

서겠다구…

지원이 제인을 보고 있다.

제인 고통스럽게 구부러진 나무가 좋은 소리를 내는 바이올린이 된다
구, 그렇게 말씀하신 적 있죠?
지원 그래.
제인 그럴지도 모른단 생각이 들어요. 아름다운 소리까지는 몰라도 비
틀린 나무도 바이올린이 될 수 있다면 그것만으로도 족하단 생각
이 들었어요. 그동안 감사했습니다. 엄마가 저를 알아보시면 연락
드릴게요. 관장님, 그럴 날 오겠죠.

지원, 고개를 끄덕인다.
제인이 지원에게 인사하고 나가려는 차에 김목사가 들어선다.
목례하고 나가는 제인을 유심히 돌아본다.

지원 목사님. 곧 수잔한테서 전화가 올 거예요. 3시쯤 전화 통화를 하
기로 했거든요.
김목사 …
지원 목사님 뜻을 존중하겠어요.
김목사 실은 그것 때문에…
지원 (긴장하고)
김목사 많이 생각했습니다. 그리고 내린 결정이에요. 전…

이때, 전화벨이 울린다.

지원 … 수잔이에요. 정각 세 시네요.

전화벨이 계속 울리는 가운데 두 사람의 긴장된 표정 사이로 서서히 암전.

(줄거리)

1. 어느날 갑자기

소망복지관 이지원 관장은 80년대 운동권시절의 애인이 국회의원에 당선되어 텔레비전에서 인터뷰하는 프로그램을 보면서 잠시 과거를 떠올린다. 이때 생모를 찾는 해외입양아 제인의 전화를 받는다. 그리고 며칠 후 미국에서 대학에 다니고 있는 제인이 찾아온다.

2. 상처의 나날

지원은 제인의 생모인 미혜를 찾기 시작하지만 겨우 찾아낸 미혜의 상황은 비참했다. 10대에 성폭행과 임신, 출산을 겪은 정신적 상처로 정신병원을 전전하다가 결혼을 했으나 제대로 살지 못하고 쫓겨났다. 급기야 어머니의 사망 이후에는 거리를 전전했고 비슷한 처지의 어떤 남자와 살게 되었다. 그러다 화재로 상처를 입고 목숨만 부지하고 있는 형편이었다. 평소 친분관계가 있던 김목사와 의논을 하자 그는 미혜에 관해 알리지 않는 것이 좋겠다고 한다. 그러나 지원은 판단할 권리는 제인에게 있고 자신은 사실을 알려줄 책임이 있다고 한다.

3. 불쌍한 우리 엄마

지원은 제인과 미혜를 만나게 해준다. 엄마를 용서하고 대신 위로받기를 원했던 제인은 자기를 알아보지도 못하는 미혜가 안타깝고 원망스럽다. 제인은 그들의 인생이 처음부터 어긋나 있었고 다시는 합해질 수 없을 것이라고 하며 돌아가겠다고 한다.

4. 배반의 생

그때 지원에게 또 한 통의 전화가 온다. 김목사가 이십 년 전에 아이를 입양기관에 맡긴 적이 있으며 그 딸 수잔이 아버지를 만나기 원한다는 것이다. 충격에 휩싸인 지원이 김목사에게 딸에 관한 소식을 전하자 김목사는 담담하게 받아들이며 딸을 만나지 않겠다고 한다. 딸을 두 번 버릴 셈이냐고 따지는 지원에게 그는 자신의 죄는 돌이킬 수 없으며 만날 용기가 없다고 한다.

5. 미혜의 지옥

며칠 후 침착해진 제인은 엄마의 과거와 자신의 출생에 관해 알려달라고 한다. 망설이던 지원은 20년 전 미혜의 이야기를 들려준다. 여고생 미혜는 아버지가 돌아가시고 행상을 하는 어머니와 근근이 살고 있었다. 그러던 중 친구 순영의 아버지이자 아버지의 친구이기도 한 동네 아저씨로부터 수차례의 성폭행을 당하고 임신까지 하게 된다. 혼자 속을 끓이다가 복지관으로 전화를 걸어 지원과 상담을 시작한다. 마침내 사실이 밝혀지지만 엄마는 유산을 하라고 하고 미혜 또한 그에 따르려고 한다.

6. 생명, 빗물 속으로

그러자 지원은 자신의 대학시절을 이야기 해준다. 운동권 학생이었던 지원은 남자친구 민수와의 사이에서 준비 없이 아이를 갖게 되자 유산한다. 그 이후 아기에 대한 죄책감으로 고통 받은 일을 이야기 해주면서 힘들겠지만 미혜에게 아이 낳기를 권한다.

7. 모진 세상

미혜는 결국 아기를 낳는다. 순옥은 어린 딸과 손녀 사이에서 3대에 걸친 여자의 불행한 운명을 본다. 아기의 유전자 검사를 통해 순영이 아

버지는 수감되는 것으로 사건이 일단락되고 아기는 지원을 통해 입양
된다.

8. 떠나는 길
미혜와 순옥은 악몽 같은 땅을 떠나 새로운 곳으로 향한다. 미혜는 아
기를 버린 죄책감에 시달리고 순옥은 딸을 지키지 못한 것에 대해 괴로
워한다.

9. 선택
제인도 자신의 과거를 털어놓는다. 사회적으로는 명사인 양아버지가
어릴 때부터 자신을 성추행 해왔으며 병들어 누워 있는 양어머니의 저
주를 받으며 고통스럽게 살아왔다는 것이다. 생모에 대한 분노를 생에
대한 의지로 바꾸어 지내온 과거를 이야기하면서 오히려 엄마에 대한
이해와 동정심을 갖게 된다. 마침내 제인은 이 잔인한 땅을 떠나지 않
고 무너져가는 엄마를 지키겠다고 결심한다.
한편 김목사의 딸 수잔의 전화가 올 시간이 다가오고 지원은 어떻게 해
야 할지 갈등에 싸인다. 그때 김목사가 지원을 방문한다. 그의 결심을
미처 듣지 못한 상황에서 전화벨이 울린다. 두 사람이 긴장되어 전화를
돌아보는 가운데 연극은 끝이 난다.

■ 작가의 의도

여성의 몸은 개인 차원의 몸을 넘어서서 당대의 가장 적나라한 사회적
문제를 집약하고 있는 사회적 의미로서의 몸이라는 관점에서 이 작품
을 구상하게 되었다. 몇 년 전 한 여고생이 동네 남성들로부터 지속적
으로 강간을 당한 실제 사건을 모티브로 하여 여성의 몸을 둘러싼 성폭
행, 임신, 출산, 미혼모, 해외입양 등의 사회문제를 하나로 집결시킨 작

품이다.

연극이란 사회적 고발에 머무는 것이 아니라 그것을 넘어서는 미적 진실을 추구하는 예술이기 때문에 비록 사회성이 강한 소재라 할지라도 절제되고 미적인 표현이 중요하다. 그래서 사건 자체를 적나라하게 드러내는 방식보다는 인물의 내적 고통과 여성간의 인간적 이해와 연대를 문학적으로 표현하고자 했다. 특히 모성성, 모녀관계, 여성간의 유대감을 통해 용기 있게 자신의 생과 대면하고 끈기 있게 살아가는 여성의 삶의 의미를 추구하였다.

물고기 배

— 작/강은빈, 연출/이정하 —

공연기간 : 2012년 7. 1(일) 19:30, 7. 2(월) 19:30

공연장소 : 통영시민문화회관 소극장

단체명 : 한국연극연출가협회

출연진 : 아버지 役_이영호, 하덕부 / 어머니 役_류지애 / 아들 役_김성철 /
딸 役_황세원 / 주인 役_정선아 / 주인아들 役_노상현

제작진 : 협회장_김성노 / 연출_이정하 / 작가_강은빈 / 예술감독_박명희 /
연기지도_박상하 / 드라마트루기_민병은 / 조연출_김종운 /
무대디자이너_임은지 / 의상디자이너_김정향 / 조명디자인_황동균 /
음악감독_서상완 / 무대감독_김희동 / 기술감독_이다슬 /
조명오퍼_이선미 / 음향오퍼_이도연 / 조명기술팀_천세영, 안경회

■등장인물

딸	20대 중반
엄마	50대 후반
아들	30대 초반
아빠	60대 초반
가게주인	70대
주인아들	30대 초반

· 때　　　현대, 새벽녘.
· 곳　　　안좌도로 향하는 배의 여객실

■무대
무대는 배 안의 여객실이고 양쪽의 문 앞으로는 신발을 벗어 놓을
수 있는 공간이 있으며 등장인물들은 신발을 벗고 여객실 안에 들어
와 맨바닥에 앉을 수 있게 되어있다. 무대 양쪽으로 출입문이 있고
오른 쪽 뒤편엔 작은 간이 편의점이 있다. 물건을 진열해 놓은 진열
대 뒤로 앉을 수 있는 의자가 있고 편의점 주인은 그 곳에 앉게 된
다. 진열대 가장 오른쪽에 물을 끓일 수 있는 커피포트가 있다. 그
옆으로 컵라면과 일회용 커피 등등이 있다. 무대 바닥엔 사람들이
덮을 수 있는 이불이나 담요도 있어 그 곳이 마치 작은 집 같다는 느
낌을 준다. 여객실의 왼쪽 뒤편엔 '구명 동의함' 이라고 크게 써진
캐비닛이 있고, 무대 양 옆으로 직사각형의 유리 창문이 있다. 창문
앞엔 여러 가지 알록달록한 찰흙으로 된 조각품들이 있다. 무대 앞
엔 큰 유리어항이 있고 그 위엔 어린 아이가 쓴 글씨체로 '물고기
집' 이라고 쓰여 있다. 그 곁에 다리를 온 몸으로 감싼 채 벽에 기대
앉아 있는 딸이 있고 그 왼편에 엄마가 멍한 눈으로 창밖의 바다를
보고 있다. 둘은 까만색 장례예복을 입고 있으며 서로 다른 곳을 바
라보고 있다. 창문으로 희뿌연 안개 같은 빛이 새어 들어오고 있다.
둘은 한동안 말이 없이 앉아 있다.

엄마 (콧노래 비슷하게 흥얼거린다) 며칠 후 며칠 후 요단강 건너가 만나
리. 며칠 후 며칠 후 요단강 건너가 만나리. 날빛보다 더 밝은 천
국 믿는 맘 가지고 가겠네. 믿는 자 위하여 있을 곳 우리 주 예비
해 두셨네.

딸 그만 좀 불러. 지겨워 그 노래.

엄마 (딸의 말이 끝나기도 전에) 며칠 후 며칠 후.

딸 (좀 더 크게) 그만 하래두?

엄마, 노래 멈추고 한동안 말이 없는 두 사람.

엄마 노래가 끊기면 안 되는 거야. 장례 때 노래가 끊기면 너무 외로운
거야.

딸 너무 늦었어.

엄마 뭐가 늦어.

딸 이렇게 죽고 나서 부를 노래였음, 왜 진작에 안 불렀어. 왜 진작에
외롭지 않게 안했어. 입도 있고 혀도 있었는데.

엄마 (말 없다)

딸 그 노래 진짜 듣기 싫어. 그 노랠 들으면 가슴이 찌르르해져. 근데
이상하게 그날엔 눈물이 안 나왔어. 슬펐는데 눈물이 찔끔찔끔 나
오고 말아버려.

엄마 그런 슬픔을 견뎌야 하는 나이가 돼서 그래.

딸 슬픔을 견뎌야 하는 나이가 있다구 엄마? 난 아직 너무 어린가봐.
이럴 때 어떻게 해야 하는지를 모르겠어. 나는 아직 준비가 안 되
어 있다고.

엄마 너 다 컸어. 언제까지 어린애처럼 굴래?

딸 모두들 나한테 넌 다 컸다고 말해. 하지만 난 어렸을 때부터 항상
어른스러운 척해야 했다는 거 알아? 도대체 그럼 난 언제 애다울

수 있어?

엄마   넌 항상 애처럼 굴어.

딸   지금껏 나를 받아 준 사람 하나 없으니 계속 그럴 수밖에. 그치만 엄마는 나보다 더 해.

엄마   나도 아무도 없어. 누가 내 얘기 하나 들어주기나 하니?

딸   (사이) 난 아직 실감이 안나. 세상에는 뭐 하나 바뀐 것이 없어. 난 미치겠는데 무슨 일이라도 일어났냐면서 더 잘 돌아가지. 세상은 무섭도록 냉정해.

엄마   하루에도 몇 명이 죽고 몇 명이 태어나는데 세상은 아무렇지도 않지.

딸   그런 얘기 하지 마. 무서워. 난 죽고 태어나는 게 너무 무서워.

엄마   불쌍한 내 딸.

딸   그런 얘기도 하지 마. 익숙하지 않아.

엄마   뭐가.

딸   내 딸이라는 말. 위로하는 말도. 다 어색해.

엄마   (말 돌린다) 니 오빠는 왜 안 들어와 추운데.

딸   곧 들어오겠지. 배에 영구차 싣고 있으니까.

엄마   영구차는 진작에 다 실었을걸.

배의 엔진 소리가 들린다.

딸   이제 가나 부다. (두리번거리며) 첫 배라 그런지 사람이 없네.

엄마   도초에서 정박하고 온 배라 그래. 선원들이 거기서 정박하고 이 배안에서 하룻밤 자구 오는 거야.

딸   밤엔 춥겠다. 무섭진 않나? (사이) 그래도 다 같이 자니깐 괜찮겠지.

엄마   배가 집이야.

딸   배가 집이면 선원들은 집 떠날 일 없겠네. 일도 집에서 하고 사는 것도 집에서 살고.

엄마 집이 점점 지겨워지는 거지.

딸 집이 왜 지겨워? 가족이랑 있는데. 엄만 지겨웠어? 그래서 떠났어?

엄마 내가 떠나긴 뭘 떠나. 이렇게 살아 있는데. 먼저 떠난 건 너네 아빠잖아.

딸 아빠 죽기 전까지도 우리랑 있었어. 엄만 아니잖아.

엄마 나는 너만 보고 살았어.

딸 난 그렇다 쳐도 오빠는?

엄마 니 오빠 알아서 잘 컸어.

딸 사람이 어떻게 알아서 잘 커? 말이 돼?

엄마 그래서 가끔 찾아가고 했잖아.

딸 지금에서야 얘기하는데 엄마 다시 우리 집 나간 지 오년 동안 열 번은 와봤어?

엄마 그러길래 첨부터 합쳐 사는 게 아니었어. 십칠 년을 따로 살던 사람이랑 다시 살아지니?

딸 엄만 엄마 얘기만 하지 말고 제발 나를 좀 이해해봐.

엄마 너는? 너는 나 이해해?

딸 (복받쳐서) 해. 하는데, 씨발. 하기 싫어서 안 해. 왜 맨날 내가 이해 해야 돼. 부모는 엄마 아빤데. 내가 이해 당해야 정상이지.

엄마 (사이) 나에게도 내 인생이 있는 거야. 너도 너네 인생 있잖아.

딸 (아무것도 보기 싫다는 얼굴로) 어지럽고 토할 거 같애.

엄마 내가 누가 있니? 아무도 없다.

딸 엄만 항상 그래. 그런 말이나 하면서 내 입 막아버리지. 그럼 난 말없이 엄마를 이해해야 돼. 그러곤 결국 아빠처럼 이렇게 죽어버 리겠지? 내 얘긴 듣지도 않고 할 말도 못하게 죽어버리면 끝이니 까. 평생 우리에게 이해라는 건 없어.

딸은 얼굴을 무릎 사이에 파묻는다.

둘은 말없다. 빗소리만 들린다.

아들 등장.

아들 내가 이럴 줄 알았다니까. 밖에 비 존나 와.

엄마 어쩔 수 없잖아. 삼일장이니.

아들 굳이 거기로 가야돼? 난 가기 싫어.

엄마 아빠가 거기에 묻어 달라하셨잖아.

딸 삼일 안에 안 묻으면… 울 아빠 왠지 영영 멀리 떠나버릴 거 같애.

아들 벌써 떠났어.

딸 그래두 우리 가족 지켜 줄 거라고 했었잖아.

아들 그런 건 없어. 니 알아서 살아야 돼. 알어? 이제 정신 똑바로 차리 라고 했지.

딸 알어. 나도 알어. 하지만 난 아빠 말 믿어.

아들 정신 나간 새끼.

딸 다들 끝까지 안 믿지만 난 알어.

아들 알긴 뭘 알어. 내가 속은 게 얼만데. 아빠 끝까지 날 속였어.

엄마 넌 애한테 왜 자꾸 그래? 또 속이긴 뭘 속였다고.

아들 항상 좋을 거랬잖아. 좋아질 거라고만 했잖아!

엄마 이렇게 아빠 덕에 고향에 가고 좋지 뭐.

아들 좋긴 뭐가 좋아 이게.

딸 가면 어렸을 때 생각나잖아. 나도 가기 싫어.

아들 거기서 나와서 서울로 가는 게 아니었어. 그래서 이렇게 된 거라 고. 뿔뿔이 흩어져서 고생만 개같이 하고.

딸 나한테 어렸을 때 얘기 하지 마. 난 오늘만 살아.

엄마 니네 나한테 이러지들 마라. 나도 피해자야. 너네도 니 아빠랑 살 아봐서 알잖아. 어떤 인간인지.

아들	나한테 아빠 욕 하지 말랬지.
딸	니 아빠라는 말 좀 하지 마. 다들 나한테 니 아빠. 니 엄마. 니 오빠.

사이.

딸	비 오니깐 춥다. (엄마와 멀리 떨어져 난로 곁으로 몸을 가까이 가는데 입을 손으로 가리며 구토증세를 보인다) 아.
엄마	너 왜 그래? 멀미하나 보다.
딸	(엄마의 손을 피하며 일어난다) 신경쓰지 마.

아들은 딸의 모습을 본다.
주인아들(주아) 등장.
주아는 말더듬이에 정신지체가 있는, 모자란 사람이다.

주아	표.
엄마	어디 있더라? 너한테 있지?
딸	아니. 오빠한테.
엄마	아들이 갖고 있어요.
주아	표.
엄마	아들한테 있다고. 저 쪽에 저 쪽이 내 아들이에요.
주아	표… 표 줘요. 있어야 배 타… 탈 수 있어.

엄마와 딸 서로 쳐다본다.

딸	저기, 아저씨 저희 오빠한테 있어요. 저쪽에 저 사람말예요.
주아	그럼 내… 내려요.
딸	(차근차근히) 아저씨가 표 걷는 일 하시는 거예요?

주아	(딸의 얼굴을 빤히 쳐다보며 말없다)
딸	알았어요. 제가 받아 가지고 올게요.

딸, 일어나 오빠에게로 간다.

딸	표 줘.
아들	너한테 없냐?

아들, 주머니를 뒤적거린다.
안주머니에서 뭔가를 꺼내는데 손엔 담배만 쥐어져 있다.

아들	나도 없는데?
딸	차에 두고 온 거 아니야?
아들	니가 갔다 와.
딸	비 오구 추워.
아들	이따 준다 그래.
딸	아, 지금 달래.

아들, 주인아들에게.

아들	저기요. 우리 읍동에서 내릴거거든요? 좀 이따 내릴 때 줄게요. 딴 사람 꺼부터 걷어요.
주아	(말없이 아들을 빤히 본다)
아들	뭘 꼬나봐. 이따 준다니깐?

딸, 둘이 시비 붙을 거 같아 주인아들을 어항 쪽으로 끌고 간다.

딸	이 물고기들 아저씨가 키우는 거예요?
주아	모… 모두 열 마리.
딸	키우기 안 힘들어요?
주아	(고개를 젓는다)
딸	(어항 속 물고기들을 세어 본다) 한 마리가 병들었나 봐요. 배가 볼록하네.
주아	새끼를 밴 거예요.
딸	아, 그렇구나… 엄마.
엄마	왜?
딸	엄마, 우리 낳을 때 아팠어?
엄마	니 오빠 낳을 땐 죽는 줄 알았다.
딸	애를 낳는 게 더 아플까 지우는 게 더 아플까?
엄마	그거야 낳을 땐 엄마가 아프고 지울 땐 아기가 아프겠지. 너, 그걸 왜 물어?
딸	그냥.
엄마	그냥은 뭐가 그냥이야?
아들	너, 그딴 걸 왜 물어?
딸	그냥.
딸	(자신의 배를 만져본다)
주아	(딸의 배를 만져 주려한다)
딸	(당황하며) 왜 이러세요.
주아	배가 볼록… 고기들이 아프다.
아들	당신 뭐야?
주아	고기가 배가 볼록하면 아프다.
아들	물고기가 아프던 말던 우리랑 무슨 상관이야.
주아	(아들 얘기 무시하며 물고기 밥을 준다) 많이 먹고 빨리 자라라.
딸	(자신의 배를 다시 만진다)

아들   너 뻘짓하지 말랬지?

딸   안 해.

아들   근데 왜? 니 엄마처럼 살고 싶어?

딸   안 해. 안 한다고.

엄마   무슨 말이야 그게?

대답 없는 두 사람.

아들   쟤한테 물어봐.

엄마, 딸을 바라본다. (배의 기적소리—작게)

딸   찬바람 좀 쐬고 와야겠어. 표 가지고 올게요. 차 키 줘.

아들   이상한 새끼들 만나고 다닌다 했어 내가. 그런 새끼들 만나서 구
           질구질하게 살지 말라고 했잖아. 왜 말을 안 들어? 엄마처럼 살기
           싫으면 지워.

딸   알았어. 알았다고 좀.

엄마   똑바로 얘기해 봐.

아들   뭘 얘기해. 모르겠어?

엄마   어떤 새끼를 만났고 무슨 일이 있었는데!

딸   엄마처럼 살기 싫어서 그 남자 애기 낳으면 나도 엄마처럼 살게
           될까봐 그래서 지울 거야. 지금 그 남자랑 살면 우리 같은 애들 키
           우게 되니까 그러니까 없앨 거야. 나도 다 알아들었어. 차 키 줘.

아들, 딸에게 차 키를 주면 가지고 딸 퇴장하려는데 엄마, 딸의 팔을 붙
든다.

엄마	너 뭐 할려고 그래?
딸	엄마랑 상관없는 일이야. 내가 다 알아서 해.
엄마	상관이 없다니. 생명이 니 뱃속에 있는 거야. 지금 이게 니 알아서 할 일이니?
딸	엄마. 그래서 엄마 뱃속에 있던 생명들, 잘 키웠어? 어? 나도 자신 없어.

엄마, 딸의 팔을 놓으면 딸, 우산 가지고 퇴장.
아들, 한숨 깊게 쉬며 담배에 불을 붙이려한다.

주아	담배는 나… 나가서 피워요. 나… 나가서 나가서.
엄마	(신경질적으로) 이봐요, 표는 이따가 준다니깐 왜 그렇게 집착해요?
주아	표… 표가 없으면 내려야 되는 거… 거지. 이 배엔 타… 탈 수가 없어요. 배 타… 탈 거면서 표를 왜 안 가지고 와… 왜… 왜.
엄마	그러길래 쫌 이따가 준다 하잖아요. 안 준다는 것도 아니고.
주아	지… 지금이 아니면 안 돼요. 다른 사람들도 다 지금 주… 주잖아. 없으면 자기만 손해.
엄마	사람들도 없구만.
주아	어… 없어도 주잖아. (궁시렁대며) 표두 안 주구 담배나 피우구.
엄마	(화제를 바꾸려고) 저 매점 장사 안 해요? 주인이 없네.
주아	곧 온다.
엄마	새우깡 하나 얼마예요?
주아	이… 이천 원.
엄마	에으. 비싸다.
주아	배니까.
아들	지금 새우깡이 먹히냐.

아들, 담배에 불을 붙이며 우산 가지고 퇴장한다.

엄마　여서 일한 지는 얼마나 되요? 낯익은 얼굴이 아닌데?

주아　(말없다)

엄마　아, 내가 요 섬사람이었어요. 서울로 올라간 지 이십 년이 되어가
　　　도 다 알지.

주아　사람들은 다 나갔어요. 이… 이제는 다 외… 외지인이야.

엄마　외지인? 그렇지. 우리도 이젠 외지인이지. 여기를 와도 외지인.
　　　저기를 가도 외지인.

엄마는 외지인이라는 단어를 가만히 생각해 본다.

등이 구부정한 가게 주인 등장. 몸을 털면서 편의점에 들어가 앉는다.

주인　갑자기 뭔 비가 이리 와.

주아　오늘은 배… 배 뜨면 안 된다. 위… 위험하잖아.

주인　곧 그치는 소낙비여. 열차야. 밥은 다 먹었냐?

주아　(끄덕인다)

주인　근데 왜 여기 이러구 앉았어? 표는 다 걷었어?

주아　아직. 여기서 안줘. 표도 안 주구 담배나 피운다.

엄마　딸애가 가지러 갔어요. 커피 한 잔 얼마예요?

주인　천 원.

엄마　주세요. 아드님이 사명감이 대단하시네. 우리가 이따 표 준대두
　　　절대 안가시구 지키구 섰어.

주인　(웃는다) 울 아들이야 다 잘 하지.

엄마　막둥인가 봐요. 어려 보이는데. 열차?

주인　울 막내가 열차. 열 번째라고 열차.

엄마　열 명을 어쩌 낳고 키우셨어요? 대단허시네.

주인 그러게 애들 낳다 어가 다 헐어버렸는가 변비가 나가지고 이리 고
생이여. 아가는 곰방 빠쳐뿐디 옴마옴마 어찌나 안 나오는지.

엄마 애 하나만 낳아도 자기 몸 다 망가지는 거죠 여자는. 열 명을 낳으
셨으니 어디 몸이 성하시겠어요.

주인 내 인생에 애들 키운 거 말고는 남은 기억이 없어.

주인 아들은 주인의 배를 꾹꾹 눌러 준다.

엄마 애 하나 키우는 게 얼마나 힘든 일인데. 애가 애를 키우겠다고.
아휴.

주인 먼 말이여?

엄마 딸애가 임신했나 봐요.

주인 애아빠는?

엄마 몰라요. 쟤가 누굴 만나는지 어떻게 알겠어요. 저번에 한번 지 남
자친구 데려 왔길래 밥 사준 적은 있죠.

주인 그래두 엄마한테 지 애인 확인 받고 싶었나보지.

엄마 아니, 그래도 어떻게 결혼도 하기 전에 임신을 해요. 아직 어려요.

주인 그래서 결혼한대?

엄마 지울려나 봐요. 지 오빠랑은 얘기 끝난 거 같은데.

주인 아니, 자기 자식을 막 죽이는 게 쉽나 어디?

엄마 자식은 아직 아니죠.

주인 한 인간의 씨앗이 뱃속에 있는겨. 아직 나오지는 않았어두 자기
죽이려는 이야기 하나하나 다 듣고 있어. 불쌍하잖아. 지 새끼 버
리는 게 그리 쉽나?

엄마 어려워요. 몇 십 년을 같이 산 남자는 버릴 수 있어도, 내 속으로
나온 내 자식 버리는 건 쉬운 일이 아녜요.

주인 잘해줘. 벌써 나온 자식도, 아직 안 나온 자식도 잘 해주란 말여.

보고 싶어도 못 보는 사람 있어. 감사한 줄 알란말여.

침묵, 거센 빗소리와 파도소리가 들린다.

주아   고기가 배가 볼록하면 헤엄치기가 아프다.

엄마   오랜만에 배 타니깐 많이 바뀌었어요.

주인   세상이 다 바뀌었지. 어디? 안좌 읍동? 팔면?

엄마   읍동이요.

주인   으응. 거가 고향이구만. 그 영구차 주인이여. 거가 이젠 젊은 사람
은 다 떠나부렸지.

엄마   섬 살 땐 참 좋았죠. 그땐 나도 젊었고 애들 아빠랑 순수하게 살았
지. 애들도 맘껏 뛰어 놀고. 서울 가선 애들의 그 웃음을 본 적이
없어요. 활짝 웃는 법을 잊었나 봐요.

아들, 우산을 접고 들어온다.

아들   무사히 도착할 수 있을지 모르겠어. 갑자기 무슨 비가 이렇게 와.

엄마   조금 오다 그칠 거라고 했잖아. 일기예보에서는.

아들   그러게. 씨발 이러다 다 뒤지겠네.

주인   바닷바람이 워낙에 쎄나서 비가 더 들이치느만. 문 좀 꽉 닫고 들
어와.

엄마   니 동생은 왜 안 들어오니. 날도 추운데.

아들   알아서 오겠지. 맨날 지 알아서 한다더니 알아서 한 거 하나 없지
만. 생수 한 병 주세요.

아들, 젖은 몸을 털며 문을 꽉 닫는다.

주인	그란디 왜 다시 들어가 죽은 사람 데리구.
엄마	기어이 배에 올라서 그 땅에 묻혀야 하겠다고 우겼어요. 애들 아빠가.
주인	그러지. 고향에 돌아가고 싶은 게지. 그 맘 알지. 내 다 알어. 우리 바깥양반도 평생 일한 바다에 묻히고 싶다고 바다에 뿌려달라 하대. 바다가 고향이여.
주아	일등항해사. 우리 아부지.
엄마	우리 애들 아빠는 납골로 가기로 다 얘기 끝났었어요. 자기가 준비를 다 해놨더라구요 글쎄.
주인	근디 왜 맘이 바뀌었대?
엄마	몰라요. 어느 날 갑자기 고향에 묻어 달라 하더라구요. 나한테 마지막으로 간곡히 부탁한다면서. 그렇게 부탁하는 건 처음 있는 일이었죠. 그래서 가는 거예요. 그 부탁이 처음이자 마지막 부탁이었어요. 나한텐.
주인	고향땅에 돌아가면 할 말이 있는 게지.
엄마	섬에서 나와서 처음엔 조그만 딸 데리고 여자 혼자 도시에서 살기 참 힘들었어요.
주인	혼자? 아들은 어쩌구 딸내미만?
엄마	섬에서 나와서 애들 아빠랑 헤어졌어요. 나랑 애들 아빠랑 둘 다 돈을 벌었는데 언제부턴가 대화가 안 통하더라구요. 그래서 헤어졌죠. 아들은 지 아빠랑 살았어요. 그래도 잘 컸어요. 어디서 돈을 벌어왔는지 집 한 채 사가지고는 다 같이 살자더라구요.
아들	그때 아빠가 암 걸린 걸 알았으니까. 마지막이라도 같이 살려고 한 거야. 엄마는 아무것도 모르고 집만 좋다고.
엄마	난 진짜 아무것도 몰랐지. 그렇게 아픈 줄은.
아들	그러니 다시 나갔겠지. 그 새를 못 참고. (사이) 난 아빠의 죽음이 고의인지 타의인지 헷갈려.

엄마   병 걸려 죽은 게 고의 타의가 있나. 자살한 것도 아니고 누가 죽인 것도 아닌데.

아들   자살일 수도 타살일 수도 있다는 거야. 병들어 죽은 게 자살인지 타살인지 둘 다인지. 병이 아빠 죽이려고 온 건지, 아빠가 죽고 싶어서 병한테 간 건지. (사이) 우리가 잘못한 거야. 그래서 그렇게 된 거라고.

엄마   누가 잘못한 건 없어. 그냥 때가 된 거지.

아들   그 때라는 게 참 무섭다. 마치 신이 우리 죽을 때를 정해놓고 그때가 오면 짠하고 보여주는 거야. 그럼 사람들은 우왕좌왕하고 어찌할 바를 모르겠지? 그럼 신은 우리의 모습을 보면서 키득키득댈걸. 생각해봐. 우리가 기쁘거나 기분 좋을 때는 우릴 지켜보는 게 재미가 없겠지만 우리가 어찌할 바를 모를 땐 얼마나 재미있겠어? 나는 다 알고 있었는데 너넨 몰랐지? 이러면서.

엄마   하나님은 그런 분이 아니야.

아들   아니라고? 하나님이 신이라면 어떻게 그렇게 치사하게 인간 관리를 해?

엄마   치사하다니 뭐가?

아들   도와달라고 애쓰고 용 써야만 그래도 도와줄까 말간데 그게 사랑의 신이 맞아? 아니지.

엄마   도와주신댔어. 좀만 더 참고 기다리면.

아들   나도 어린애처럼 단순하게 믿으면 다 될 줄 알았지. 변한 건 없어. 다 그대로야. 아니 오히려 더 커지지. 나 혼자 말도 안 되는 것들을 꿈꾸고 믿었어.

엄마   뭘 그렇게 믿고 꿈꿨는데?

아들   말해봤자지. 난 아빠 말을 믿었다고. (울컥하지만 참으며) 열심히 살다 보면 언젠간 진짜 언젠간 좋은 날이 올 줄 알고 있었는데. 내가 너무 순진했던 거야.

주아　어린 애기같이 순진 해야지. 아님 못산다.

주인　다 자기 업보여. 업보. 하늘님이 뭔 잘못이여. 다 인간들이 지들 멋대로 하니까 그런 거지.

아들　있는 새끼들은 항상 잘 대해주시고 없는 새끼들은 니들 알아서 살 으라고 하는 게 제대로 된 신이냐구요.

주인　모를 일이야. 나중 가서 바뀔지 어째 알어.

아들　결국 불쌍한 건 우리지. 우린 이렇게 밖에 못살아.

주인　그런 것이 어딨어?

아들　타고 나기를 이렇게 타고 난 거라고요. 복 없이.

엄마　니가 생각하는 복이라는 게 뭔데?

아들　편안한 삶. 걱정 없이. 다른 놈들은 다 그렇게 살아.

주인　뭐 얼마나 살아봤다고 그런 소리가 나오냐?

아들　살만큼 안 살아봐도 다 알아요. 다 한 만큼 돌려받는 게 세상이지. 엄마 아빠가 당신들 멋대로 하고 싶은 대로 참지 않고 사니까 이 렇게 된 거죠. 조금씩만 참았어도 결과가 이렇게 되지는 않았어.

엄마　우리가 뭘 못 참았다고 그래?

아들　아빠가 아팠던 건 우리 가족이 평생 짐이었던 거야. 엄마가 나가 고, 나, 내 동생 우울하게 살고, 맨날 싸우고.

엄마　내가 나간 건 너네 아빠 때문이야.

아들　그럼 누굴 탓해야 돼? 우린 엄마아빨 탓하고 엄만 아빠를 또 아빠 는 우리를. 아우 빌어먹을. 그럼 결국 신이 잘못한 거라니까?

주인　모든 게 제 자리로 돌아가게 돼있어. 억지를 부리고 살지를 말어. 제 힘으로 용 써봤자 안 되는 건 안 되는 거여. 나이가 들면 다 알 지. 그때 그럴 필요 하나도 없었는데 자기가 어거지를 그렇게 부 리는 거여. 욕심 때문에 어거지를 부려서 지 뜻대로만 억지로 살 라고 하니까 안 살아지는 거여. 그럴 땐 죽어도 제대로 안 되지. 힘을 주욱 빼야 되지.

엄마	맞아요. 결국 내 힘으로는 아무것도 안 돼요.
아들	어차피 저희 이제 잘 살아보고 싶은 생각 하나도 없어요. 그럴 힘도 없고.
주인	갑자기 아부지 떠나보내고 얼마나 서글프겠어. 내가 보기엔 청년도 아직 애기구만.
아들	저는 애였던 적 한 번도 없어요. 남의 일에 그렇게 신경 쓰지 마세요. 할머니.
주인	넘이 어딨어. 다 섬사람인디.
아들	저희 섬사람 아니에요. 그런 기억 없고 우리한텐 가족도 남이에요.
주인	남이긴. 에휴. 하여간에 그 바람에 네 가족이 이렇게 다시 모였구먼. 배에 죽은 사람 산 사람이 다 타고 있네.

배의 기적소리가 들리자 갑자기 주인아들, 주위를 두리번거리더니 밖으로 뛰어 나가려다 등장하던 딸과 부딪혀 넘어진다.

딸	아야.
주인	어딜 그렇게 급히 나가냐? 으엉?
주아	표… 표를 아직 다 못 받았잖아. 깜빡 잊고 있었어. 깜빡!
아들	(신경질 내며) 아, 뭐야 이 새끼. 왜 사람을 치고 다녀?
주인	열차야. 요따. 아가씨가 가지고 왔어. 고만 앉아. 고만.
주아	표… 표를 받아야 돼. 표를.
아들	아, 거 더럽게 집착하네. 누가 떼먹어? 어?
주인	어릴 적에, 지 아부지가 살아계실 적에 표 걷는 일을 시켰는디 여직까지 안 잊어버리구 저런다오. 자꾸 까먹으니께 지 아부지가 단단히 일러주고 가셨어. 그게 자기한테는 이 배를 지키기 위해 할 수 있는 전부인 거지. 물고기 한 마리 죽이지 않고 매일 관리하는 거랑 표 걷는 일. 그 두 가지에 얼마나 목숨을 거는지.

아들　그 따위가 뭐가 중요하다고. (딸이 가지고 온 표를 쥐어주며) 야. 여기 있다. 새끼야.

주아　배… 배가 아무리 깨끗해도 표… 표를 든 사람이 없으면 아무것도 아니다. 물고기 한 마리 한 마리를 죽이지 말고 자… 잘 보살피거라. 울 아부지가…

아들　모질이 새끼.

주인　아니, 왜 아까부터 남의 새끼 보고 자꾸 이 새끼 저 새끼여?

아들　저 새끼가 당신 새끼요? 아까부터 존나 짜증나게 하드만.

주인　(열 받아서 의자에서 일어나며) 뭐여? 당신 새끼? 그려. 내 새끼다. 이 노무자식이 버르장머리가 너무 없구만.

아들　저런 띨띨한 자식이 있으면 집안에서 얌전히 키워야지 왜 덱꼬 바다 위까지 나와서 사람 빡 돌게 하는 거요?

주인　뭐여?

엄마　야, 너 왜 그래?

아들　내가 뭐 틀렸어?

엄마　쟤는 항상 매사에 다 불만이지.

아들　내가 불만 없게 생겼어 지금?

엄마　뭐가 그렇게?

아들　(화에 받쳐) 아빠 죽었지. 돈은 없지. 날씨는 춥지. (힘없이) 씨발. 하는 일도 없는데 동생은 저 지경이지.

주인　(의자에 앉는다) 남의 하나밖에 없는 자식한테 말 함부로 하지 마러.

엄마　언젠 뭐 우리 상황이 좋았어? 새삼스럽게 왜 그래.

아들　왜 엄만 자기 자식 편 안 들어?

엄마　편 들 일이 있니?

아들　항상 이렇지. 이럴 거면 나 왜 낳았냐? 나도 우리 같이 살 집 얻기 전까진 혼자 잘살았어. 그때가 좋았지. 좋은 차도 굴리고.

엄마　다시 가게 열어서 살어. 왜 그래?

아들	가게 팔고 그 집 산 거 아냐. 우리 다시 잘 살아 보겠다고.
엄마	집 팔고 다시 사라.
아들	그게 말이 돼? 엄마야 쉽지. 그래. 괜히 나 혼자 지랄했지. 애초에 나이 다 먹고 합쳐 사는 게 아니었어. 살던 곳 살던 사람 다 다른데 합쳐져 봤자지.
엄마	나도 니가 다시 같이 살자고 했을 때, 그때만큼은 후회 안했어. 말했잖아.
아들	(무슨 말을 하려다가 참고 그냥 바닥에 앉는다) 어휴.
주인	아무리 그래도 말이여. 이 세상 다 준대두 자식이 제일이지. 내 새끼가 제일이여.
아들	제일은. 니미.
주인	(슬픈 눈으로) 내 아홉 자식들은 다 얼루 갔는지 지들 아버지 죽고 나니 다 흩어져 버리더라고.
주아	돈 많이 벌면 그때 다시 찾아오께요. 어무니. 그러고 안 온다.
엄마	다 어디 갔어요?
주인	몰라요. 소식도 없소. 밥은 잘 묵고 다니는지, 손주들은 건강한지. 나는 매일 한 새끼 한 새끼 걱정 돼 잠도 잘 안오요. 우리만 이렇게 배 위에 남은 거여.
엄마	그래도 배 한 척이라도 남겨두셨네. 우리 애들 아빠 남긴 거 하나 없이 갔어요.
주인	남은 거 없소. 아부지 죽더니 배 팔어 돈 노나 가지고 다 흩어집디다. 남은 건 이 새끼 하나요.
딸	엄만 아빠가 남겨 둔 거 없어서 그게 그렇게 불만이었지?
엄마	불만?
딸	아빠가 남겨 둘 거 있었으면 첨부터 그렇게 나갔을 거냐구.
엄마	그런 거 아니야.
딸	그런데 왜 그런 말 했어?

엄마　무슨 말.

딸　그날 밤에 아빠 술 많이 먹고 온 날 밤에. 조금만 기다리면 우리 모두 곧 좋아질 거란 얘기. 그런 얘기 좀 그만하라며.

아들　그 말은 나도 안 믿어.

딸　다들 아빠 희망을 밟아 놨어.

엄마　그런 날들이 하루 이틀이었니? 나는 더 못 참겠더라. 그리고, 먼저 나가라고 한 건 니네 아빠잖아!

딸　왜 그 말만 기억해. 그거 진심 아니었어. 아빤 엄마가 와이셔츠 한 번, 그거 한 번 다려주길 바랬다고도 했어. 아빠가 진짜 원했던 건 그냥 우리 집. 그 뿐이었다고. 우린 항상 찡얼대기만 하지. 누구 하나 아빠 얘길 들어주진 않았잖아.

엄마　니 아빠 일 그렇게 되고나서 몇 년은 내가 일해서 너네 다 먹여 살렸어.

딸　그 얘기가 지금 왜 나와. 그리고 그게 그렇게 두고두고 말할 일이야?

엄마　내가 얼마나 뼈골 빠지게 고생했는지 아니?

딸　다른 부모들은 평생 그래. 몇 년이 아니라고. 다들 자기희생은 할 줄 몰라. 자기만 살면 되는 거지. 다 똑같은 사람들이야 우린.

엄마　내가 보통 사람이랑은 다른 거 너도 알잖아. 친구도 없이 혼자 사는 사람인거.

아들　스스로 다 떠나보낸 거지. 첨부터 엄마 곁에 아무도 없었던 건 아냐.

딸　엄마 혼자 보기 싫은 거 안 보고 잘 살아 보겠다고 간 거야. 그게 해결책인 거지.

아들　다 필요 없는 얘기들이야. 책임회피 그만하자.

딸　맞아. 엄마처럼 우리도 쉬운 길로 갈 거야. 우리, 각자 살기로 했어. 나도 오빠랑 둘이는 안살아. 이제 보기 싫은 건 안 보고 살 거야.

엄마	나도 너네 보기 싫어. 만나면 싸움이잖아. 이제 그만해. 관두자. 다 끝났어. 다.

한동안 흐르는 침묵.

주인	다들 떨어져 살아봐야 알지. 그때 알어. 다 죽을 때 되면 아는 거여. 내 남은 새끼들도 다 그때 알게 되겠지. 그때.
딸	내 삶은 긴 터널이야. 끝도 없고 앞도 안 보이는 어둡고 긴 터널. 언제 끝인지, 끝엔 뭐가 있는지도 몰라. 그냥 터널 속에 들어왔으니까 마치 장님처럼 더듬더듬 하면서 가는 거뿐이야.

배가 몹시 흔들린다.

엄마	엄마야. 배가 왜 이래?
주인	날씨가 요상하더니만은. 꽃샘추위에 이리 변덕이지.
아들	밖에 눈에, 비에 엄청 내리던데.
딸	아 어지러워. 미칠 거 같애. 어지러워.

바람 부는 소리와 번개 소리.

엄마	세상에.
주인	뭔 일이여! 무슨 일이 일어난 겨.
오빠	인젠 놀랄 가슴도 없어.
주아	배, 오늘은 배 뜨면 안 되는 날이다.

배는 더욱 흔들린다. 파도소리, 빗소리가 세차게 들린다.
주인 아들은 어항의 물이 넘치자 어항의 뚜껑을 닫고 붙들어 안는다.

아들	내 이럴 줄 알았어. 그러길래 내가 오늘 가지 말자고 했지.
엄마	이러다 우리 다 죽는 거 아니야? 좀 나가봐라 어떻게 되는 건지.
아들	뭐 어떻게 되는 거야!
주인	뭣이여. 뭣이여.
주아	으아. 크… 큰일 났어. 큰일.

다들 창밖을 살핀다. 아들, 우산 들고 밖으로 나간다.
딸과 주인아들, 그 뒤를 따라 나간다.
가게 주인도 나가려고 하자 엄마가 말린다.

엄마	어르신은 여기 계세요. 바람이 너무 세서 다치시면 큰일이에요.

가게 주인, 나가려다 문에 난 작은 창으로 밖을 보며.

주인	아니, 세상에 살다 살다 이런 풍랑은 첨이네.
엄마	기상도 확인 안하고 배가 막 떠요?
주인	확인 다 했겠지. 이상 없을 거 같으니까 배가 떴지.
엄마	근데 왜 이래요?
주아	배… 오늘은 배… 배 뜨면 안 되는 날이다.
주인	이런 일이 한번도 없었는디.

딸, 겁에 질려 급하게 들어온다.

엄마	뭐래?
딸	몰라. 파도가 우리 집어 삼킬 만큼 커.
엄마	아깐 그렇게 조용하더니 왜 이래?
주인	이렇게 무서운 게 자연이여.

딸	출발할 땐 엄마 품처럼 고요하더니 지금은 성난 사자처럼 우릴 물
	어뜯으려고 달려오는 거 같애. 바람은 우리 다 날려 버릴 거 같고.
	이 큰 배가 아주 작은 통통배가 된 거 같애. 무서워.
엄마	오빠는?
딸	몰라. 오빠가 선장실까지 찾아갔는데 다들 너무 정신이 없어.
엄마	구조요청 같은 거 했대?

아들, 홀딱 젖어서 급하게 들어온다.

아들	빨리 구명조끼 입어. 빨리.
엄마	뭐래? 어떻게 되는 거래?
아들	날씨가 이런 걸 지네들이 어떻게 되는지 무슨 수로 알아. 하늘에
	달려 있는 거지. 밖은 위험하니까 일단 조끼 입고 들어가 있으래.
주인	내 아들은? 내 아들은 왜 안 들어와?

등장인물들이 죽음의 위협을 느낄 정도로 배가 더욱 흔들린다.
주인아들, 문을 열고 들어오다가 물에 미끄러져 넘어진다.

주아	크… 큰일 났어. 큰일 바… 바다가 화… 화가 무척 났어.
주인	아이고. 나가지 말고 여가 가만히 있어.

주인 아들은 여객실에 있는 물건들을 챙긴다.

주아	도… 도망가야 돼. 파… 파도가 쫓아온다.
주인	도망가긴 어디를 도망가. 도망 못헌다. 가만히 있어 여가. 응?

아들이 구명 동의함에 가서 문을 여는데 당황해서 잘 안 열린다.

왔다 갔다 정신 없는 주인 아들과 부딪친다.
아들은 신경질과 울분이 섞인 말투와 행동이다.

아들 왜 나한테는 이런 일만 생기는지 모르겠어. 내가 뭘 그렇게 잘못
살았는데!

딸 엄마.

엄마를 부르는 딸의 목소리가 애처롭다.
정신 나간 사람처럼.

딸 어떻게 해. 얘는 빛도 못 보고 죽으면은?… 너무 불쌍하잖아.

아들 씨발. 야! 이 와중에 뭔 헛소리야 너.

딸 불쌍하잖아. 우린 어쨌든 태어나서 이렇게 살고 있지만은 얘는,
아무것도 못보고 죽는 얘는. 얘가 무슨 죄냐구, 다 나 때문인데.

아들 어차피 이리 죽으나 저리 죽으나 그 새끼는 죽어.

딸 불쌍해.

아들 불쌍하긴 뭐가 불쌍해. 태어나는 게 더 불쌍해. 난 나를 태어나게
한 모든 것들을 원망해왔어.

딸 항상 그런 것만은 아니잖아. 우리 웃고 좋을 때두 많았잖아.

아들 지금 그런 건 생각 안나.

딸 불쌍해. 불쌍해. 너무나 불쌍해. 빛도 못보고 죽는 게.

아들 어차피 이리 죽으나 저리 죽으나 죽는 건 똑같다고.

엄마 어떻게. 이렇게 죽으면 너희들 가여워서 어떻게. 이런 날이 이렇
게 빨리 오리라곤 생각도 안 해봤는데.

주인 아가. 우리 니 아부지 곁에 가나부다. 열차야.

주아 아직, 물… 물고기들 밥 안줬다.

주인 아까 줬잖아. 괜찮여.

주아 그… 그래도 물고기들 죽이지 말라구 아부지가…

주인 물고기들은 바다에 빠져도 안 죽는다. 지금 우리가 더 문제여.

아들, 구명 동의함에서 조끼를 꺼내 주인과 주인아들, 엄마, 딸을 준다.
하나가 모자란다.

엄마 이게 다야?

아들 일단 입어.

엄마 너 입어.

아들 싫어.

엄마 너 입어.

아들 싫다고.

엄마 다른 사람 위하는 것처럼 굴지 마.

아들 다른 사람 위하는 척하는 거 아니야. 지금 나만 생각하는 중이야.
일단 내가 죽고 싶어서 이러는 건데 누굴 위해줘. 난 다른 사람을
위한 마음은 조금도 없어. 그러고 싶지도 않아. 그런 사랑 받아 본
적도 없고. 나는 모든 게 원망스럽고 화가 나.

엄마 그러지 말고 입어. 이거라도. 엄마가 지금 해줄게 이거 밖에 없으
니까.

아들, 엄마를 거세게 뿌리치지만 엄마는 끝내 아들에게 조끼를 입히며
슬쩍 눈물을 닦는다.

딸 오빠. (벌벌 떨리는 목소리로) 이리 죽든 저리 죽든 죽는 게 똑같으
면 한 번 태어나 같이 살아 보고 죽는 게… 그게 좋은 거 아니야?

아들 뭐가?

딸 우리 이렇게 살고 있는 거, 엄마 아빠가 안 낳았으면 이렇게 배 위

에 있지도 못할 텐데. 태어나기도 전에 아무것도 못 보고 죽는 거 보단…

아들 헛소리 하지 마.

딸 그것보단 지 엄마 아빠가 어떤 사람인지 이 세상은 어떤 곳인지 정도는 알고 죽는 게, 그게 더 낫지 않아?

아들 너도 살아봐서 알잖아. 얼마나 좆같은지.

엄마 지금 너희만 살릴 수 있다면 뭐든 할 텐데. 아이고. 하나님 아버지.

주인 아이고. 열차야. 내 아들아. 일로 와. 일로.

주아 엄마. 엄마.

주인아들은 주인 곁에 가 엄마 품에 꼬옥 안긴 아이의 모습이다.
무대는 어수선하다.
엄마는 딸의 어깨를 본능적으로 감싸 안는다.
아들은 그들 곁에 가서 그들을 붙잡고 허공을 향해 소리친다.
배안에 위험경보음이 윙윙 울린다.

아들 아빠! 왜 우리 까지 같이 죽이려고 그래! 왜!

엄마 딸아. 일로 와.

아들 이렇게 죽을 거라면 태어나지 않는 건데.

엄마 미안해. 태어나게 해서.

아들 그딴 소리 들으라고 내가 지금까지 산 줄 알아?

엄마 그러면 어떡하니? 엄마가 이거밖에 안되는데. 이만큼밖에 품을 수가 없었어. 엄마 품이 작아서 너희를 이만큼밖에 못 품겠는데 어떡하니.

아들 그런 무책임한 얘기하지 마.

엄마 아니야. 지켜주신다고 하셨는데. 그렇게 기도했는데.

아들 백날 기도하면 뭐해. 한 번 찾아오지도 않았잖아.

엄마   엄마가 이제는 잘 해보려고 했는데. 이제 품어 주려고 했었는데.

주인은 매점의 떨어지는 물건들을 줍기 바쁜데, 주인 아들은 어항 쪽으로 가더니 가만히 어항 속의 물고기 한 마리를 꺼낸다.
물고기가 파닥거린다.
무대의 조명이 켜졌다 꺼졌다 하며 어항에 핀 조명 떨어진다.

주인   열차, 뭐 하냐, 지금.
주아   무… 물속이 너무 위험하니까 꺼내는 거야. 안전하게 살으라고.
아들   병신새끼, 얘네들은 물속에 사는 게 안전한 거야.

아들은 주인아들이 물고기를 꺼내는 것을 막는다.

주아   지금은 너무 위험하니깐 꺼… 꺼내는 거야. 여… 여긴 너무 위험하니까.
아들   그렇다고 꺼내면 다 죽는다고 등신아.
주아   엄마 뱃속에 다시 들어가야 해. 이 세상에 있는 건 너무 아파. 얘네들을 꺼내서 다시 넣어야 해.
아들   그걸 니가 어떻게 하겠다는 거냐? 어?

딸, 주인아들 곁으로 가서 물고기를 빼앗는다.

딸   그렇다고 엄마 뱃속에 다시 들어갈 수 없어요.

주인아들은 물고기를 주려 하지 않지만 딸이 계속 손을 내밀자 건네준다.

딸　(물고기를 받으며) 물고기는 물속에 사는 게 안전한 거예요.

딸, 물고기를 받아 어항에 넣는다.
배의 전기가 나가는 소리와 함께 무대 암전된다.
무대에 '아빠와 크레파스' 노래가 나오며 암전 된 사이 등장인물들 모두
퇴장한다.
파도소리와 빗소리는 조금씩 작아지지만 계속 들린다.
무대의 불이 켜지면(촛불같이 작은 불들 혹은 푸르스름하고 몽롱한
조명) 딸은 무대에 배를 땅에 대고 노래하면서 누워서 그림을 그리고
있다.

딸　어젯밤에 우리 아빠가 다정하신 모습으로
한 손에는 크레파스를 사가지고 오셨어요 음음
그릴 것은 너무 많은데 하얀 종이가 너무 작아서
아빠 얼굴 그리고 나니 잠이 들고 말았어요 음음

엄마 등장.
무대 오른편에 앉는다.
아들 등장하여 무대 왼편에 앉는다.
수의를 입은 아빠, 촛불이 켜진 연꽃을 들고 등장하여 딸에게 다가간다.
엄마와 아들은 아빠가 온 줄도 느끼지 못하는 듯 다른 곳만 응시하고
있다.

딸　(어린 아이 같은 말투로) 아빠. 나 그날 아빠가 나한테 해준 얘기 기
억해. 아빤 다음 날 아무것도 기억 못한다고 했지만 나는 안 까먹
었어. 다들 아빠가 하는 얘기 이해 못하고 방으로 들어갔지만 나
는 아빠가 하는 말 다 알아들었어.

아빠, 딸의 머리를 쓰다듬는다.

딸 (울먹이며) 아빠 우리보다 더 힘들었잖아. 우린 항상 원망하고 불평
했지만 아빤 내색 안 했었잖아. 맘에만 담아두고 앓다가 병이 돼
서 그날 한 번 그렇게 한 거잖아. 근데 그 한마디에 다 떠나버렸잖
아. 나 다 알어.

사이.

딸 근데 아빠. 나 아직 그리다가 말았는데 아빠 왜 벌써 왔어.

아빠, 말없이 웃는다.
딸은 그림을 드는데 아빠의 영정사진이 스케치 되어 있다.

딸 나 아직 다 못 그렸는데.

아빠는 들고 있던 연꽃을 딸에게 주고 딸이 그리고 있던 영정사진을 든
다. 아빠의 웃는 얼굴이 맑고 투명하다.
엄마와 아들은 연꽃을 본다.
엄마와 아들은 딸의 양옆으로 다가가고 아빠는 딸이 그리고 있던 그림
을 들고 딸의 뒤에 선다.
딸은 연꽃을 품에 안고 소리 내서 맑은 웃음을 웃는다. 엄마와 아들도
연꽃을 바라보며 따라 웃는다. 그들의 모습이 한 가족의 가족사진 같다.
그들 위로 하얀 꽃잎이 눈 오듯이 떨어진다.
딸이 연꽃의 불을 끄자 무대는 조용히 어두워진다.
무대 다시 밝아지면 엄마와 딸은 가까이에 앉아 난로 불을 쬐고 있고 딸
만 구명조끼를 입고 있다.

그들 앞에 놓인 즉석어묵 세 개.

엄마   배 안고파?

딸   응.

엄마   진짜?

딸   참을 만해.

엄마   배를 굶으면 안 되지. 홀몸도 아닌데. 이거 먹어.

딸   언젠 뭐 신경 써줬어?

엄마   신경은 쓰여. 항상 쓰여.

딸   됐어.

엄마   너도 신경 쓰이잖어. 아직 빛도 보지 않은 니 새끼.

딸   (배를 만지면서 자신의 배를 쳐다보며) 내 새끼?

구명 조끼를 입은 아들 등장.

아들   아우 추워라. 아으.

엄마   일로 와. 불 쬐.

아들, 난로에 멀찌감치 떨어져 앉는다.

엄마   일로 와서 불 쬐라고. 춥잖아.

아들   (그 곁으로 가며) 비는 다 그쳤어. 어떻게 이 큰 배안에 구명조끼가 달랑 몇 개뿐이냐? 우리 진짜 뒤질 뻔한 거 알어?

딸   할머니랑 아들은?

아들   밖에서 선원들이랑 난리 났어. 하늘님이 살려주셨다나 뭐래나.

엄마   틀린 얘기는 아니지.

아들   아니, 내 말은 죽일 위기까지 왜 가게 하냐고. 굳이 살려 줄 거면.

안 그래?

엄마   인생이 어떻게 강같이 평안하게만 흐르겠니. 때론 니가 의도하지 않았던 상황들이 너를 이끌어 가는 게 인생인데 그때마다 나 이거 안 해 하면서 때려치면 되겠어? 이겨가는 방법을 배워야지.

아들   엄마나 다 때려치지 말어.

엄마   내가 뭘 때려쳤는데?

아들   우리.

엄마   그래서 너도 니 동생 뱃속에 있는 핏줄을 보지도 않고 때려치라고 그랬니?

딸   오빠 때문이 아냐. 어쩔 수가 없잖아. 난 못해. 난 애야. 애가 애를 키워?

엄마   알긴 아네. (사이) 내가 도와줄게.

딸   참나. 우리도 제대로 못 키웠으면서 뭘 도와?

아들   또 하다 말려고? 그냥 말을 마. 제발.

엄마   하다 말려고 그러는 거 아니야. 나, 사실 장례식 끝나면 너네 데리고 다시 살아보려고 했어. 너희야 곧 시집, 장가가겠지만, 가기 전까지만이라도… 아빠 묻고 나면 우리 살았던 데 가보자. 내 인생에 그때 말고는 행복했던 기억이 없어. 정말이지… 거기 가보자. 거기 가보자.

엄마, 운다.

아들   아니, 갑자기 울긴 왜 울어? 어이가 없네.

엄마   그럼 내 새끼들이 죽다 살았는데 눈물이 안나? 나는 오십 넘게 살아 봤지만 너넨 좋은 기억 하나 없이 젊은 나이에 이렇게 죽기 너무 불쌍하지 않겠어?

아들   좋은 기억이 왜 없어. 있어. 어렸을 때 좋았잖아.

딸	오빠도 기억나지? 그때처럼 생각 없이 웃어 본 적이 없어. 웃는 방법을 잊었거든. 어떻게 웃는지를 모르겠는 거야. 얼굴 근육이 맘대로 안 움직여.
엄마	니가 어릴 적 기억을 잊고 오늘만 살려고 하니까 그렇지. 그럼 안 돼. 과거 없이 지금이 있는 줄 알아? 다 너를 이렇게 만든 게 지난 시간들이야.
딸	어쩔 수 없었어. 좋은 기억이 별로 없는 걸.
엄마	좋은 기억만 있다면 좋겠지만 안 좋은 기억들이 고통이 되어서 너를 더 성숙하게 했잖아. 넌 다른 애들보다 품도 넓고. 그 넓은 품으로 이제부터 좋은 기억 만들면 돼. 니 애기랑 같이.

사이.

아들	배 안 고프냐? 이거 먹어라.
딸	다들 내가 배가 고픈지는 왜 물어.
아들	먹으라구.
딸	(오뎅 먹으며) 오빠.
아들	너 그렇게 부를 때마다 무슨 얘기 할까 겁나는 거 아냐?
딸	아직두 아빠한테 화나 있어?
아들	그런 적 없어.
딸	항상 화나 있잖아.
아들	화난 거 아니야. 그냥 내가 그런 놈인 거야. 내가 평소에 좋은 자식이 아니어서 어떻게 할 줄을 몰랐던 거뿐이야.
엄마	그럴 필요 없어.
아들	누가 필요해서 그래? 그냥 그렇게 돼서 그런 거지.
엄마	좋은 자식인지가 아닌지가 뭐 중요해. 이렇게 같이 있는 게 중요하지.

딸	아빠가 속인 건 애초부터 없었어. 우리가 각자 잘못한 거야. 그래서 못 얻었을 뿐이야.
아들	나도 알어. 그냥 미안해서 그런 거야.
엄마	니가 내 아들인 게 중요한 거지 미안하긴 뭐가 미안하니.
아들	그 아들이라는 자리가… 참 어려운 거거든. 나한테는.
엄마	니가 뭘 해야만 내 아들이 되는 건 아니잖아.
아들	아는데. 그 자리가 내가 감당이 안될 때가 있다고.
엄마	그게 말이야. 난 내가 있던 자리를 벗어나면 행복할 줄 알았는데, 아니더라. 내가 너희 엄마인 걸 버리면 다시 새롭게 시작할 수 있을 줄 알았는데 아니더라. 나는 그곳에 있게 태어났던 거야. 너희 옆에, 그 집에, 너네랑 함께 있는 사람으로 태어났는데, 그걸 벗어나면 행복할 줄 알았던 내 생각이 어리석었던 거야. 너희도 마찬가지야. 있던 자리를 벗어나는 게 가장 불행이야. 뭐든 피하지 마. 어디로 가야 할지 막막할 때가 있잖아. 그땐 내가 있었던 가장 첫 번째 자리, 거기로 돌아가. 쉬운 것만 보고 내 눈에 좋은 것만 보려는 것이 가장 불행한 길이야.
딸	이 세상 모든 사람들이 이해 받기만을 원한다면 그 사람들은 누가 이해하지?
아들	빌어먹을. 신이 해주겠지. 해줄 만하거든.
딸	그렇게 해줄까?
엄마	아님 다른 사람을 이해할 수 있게 힌트를 주겠지. 차갑던 마음이 따뜻해지는 경험을 할 수 있게.

사이.

딸	나, 아까 아빠 꿈꿨다. 되게 밝게 웃더라.
아들	난 아빠 밝게 웃는 거 본 적 한 번도 없어. 니 표정이랑 똑같애.

딸	꿈속에선 밝게 웃었어. 편한가봐. 천국이. 우리도 다 같이 웃었어.
아들	그럼 우리도 천국 갔냐?
딸	가고 싶어?
아들	가면 편하겠지. 있다면 지금 가고 싶다.
엄마	넌 아직 갈라면 멀었어.
아들	왜? 세상 살기 지겨워 죽겠는데.
엄마	그 때라는 게 말이야. 아직 너는 안 왔거든. 고생 좀 더 해봐야지.
아들	고생하기도 싫고 책임질 일 만들기도 싫어. 나는 결혼도 안할 거야.
엄마	결혼은 안 해도 늙은 이 애미랑 불쌍한 니 동생은?
아들	아우 몰라.

아들, 벌렁 누워버린다.

엄마	너네 말이야. 처음에 낳았을 때 되게 이뻤다. 특히 니 오빠는 참 이뻤어. 낳자마자 내가 뭐부터 했게? 손가락이 열 개고, 발가락이 열 개, 눈은 두 개, 코는 한 개, 귀도 두 개. 하나하나 세어보면서 우와 다 있다. 다행이다. 이랬지.
아들	나 주워 온 거 아녔어? 난 지금까지 그렇게 알고 있었는데. 다리 밑에서 주워 왔다며.
엄마	(웃으면서) 얘가 그 얘기를 듣고 혼자 숨어서 우는데 어찌나 귀엽던지.
아들	그런 적 없어.
엄마	또 안 그랬대요.
아들	우리 안 닮았잖아. 난 진짜 주워 온 줄 알았지.
엄마	니 발가락. 내 발가락. 세상에 이렇게 웃긴 발가락이 어디 있어?
아들	(미소 지으며) 하긴 우리 발가락은 진짜 못생겼어.

딸, 아들, 엄마 힐끔거리며 서로의 발가락을 본다.

그러다 딸, 옆에 있는 어항에 간다. 어항에 물고기 밥을 넣는다.

딸   나 낳았을 때는?

엄마   너 때는 엄마가 많이 힘들었는데 그래서 낳았지. 내 소망이 될 거 같았거든.

딸   후회, 안했어?

엄마   (끄덕인다)

엄마, 딸의 손을 끌어 자기 옆에 앉힌다.

엄마   어떤 애야?

딸   누구?

엄마   애아빠.

딸   오빠같이 생겼어.

아들   나같이 생긴 놈이 흔하냐?

딸   오빠는 아빠 닮았잖아. 성격이 똑같애.

엄마   내가 너네 아빠를 안 만났더라면 너네는 없었겠지. 나는 후회 안 한다.

딸   엄마. 오늘은 더 얘기하지 말어. 우리 지금 고향에 가고 있잖아.

딸, 엄마 다리를 베고 눕는다.

아들   (창밖을 보며) 아빠 왜 이렇게 추운 날, 땅에 묻히려고 했을까?

엄마   곧 봄이 올 거야. 그럼 따뜻해질 거야. 섬엔 벌써 봄이 왔을지도 모르지. 남풍이 부니까.

딸   오빠! 우리 살던 집에 봄 되면 가장 먼저 피던 꽃나무 뭔지 알어?

아들	기억 안 나.
딸	하얀 꽃잎이 막 바람 불면 눈 내리는 거처럼 되게 이뻤는데. 엄만?
엄마	가보면 알지 뭐.

아들, 난로의 불을 높인다. 딸, 고개를 들어 창문을 본다.

아들	날이 다 밝았네. 언제 도착해?
엄마	다 왔어. 곧 도착해.

기적 소리가 우렁차게 울린다.
주인 아들 등장.

주아	다… 다 왔어요. 다 왔어. 표… 표는 다 냈어?
아들	저 새끼 아직도 표 타령이네. 니 손에 있잖아. 띨띨아.
주아	아… 깜빡했어. 깜… 깜빡.
아들	니 손에 든 거나 잊어버리지 마라.
주아	빠… 빨리 내려요.
아들	가자.

아들, 엄마와 딸을 일으킨다.

암전.
막.

꽃잎

— 작/김미정, 연출/장창석 —

이 극은 하루 동안의 이야기이다. 극에 등장하는 젊은 동백과 젊은 우진은
동백과 우진의 과거 모습이다. 과거의 인물들은 치매에 걸린 우진이 현실
과 과거를 자꾸 혼동하여 생기는 환영들이며 우진과 하루를 보내게 되는
동백의 회상에서 등장하는 인물들이다. 과거의 인물들은 마치 흑백영화처
럼 무색의 옷을 입어 현재의 인물인 동백과 우진과는 차별성을 둔다.

공연기간 : 2016년 7. 17(일) 19:30
공연장소 : 통영시민문화회관 대극장
단체명 : 극잔 벅수골
출연진 : 우진 役_박승규 / 동백 役_손미나 / 젊은우진 役_이규성 / 젊은동백 役_정희경 /
우체부 役_유용문 / 코러스 役_윤연경 / 코러스 役_박준희 / 코러스 役_김지아 /
제작진 : 작가_김미정 / 연출_장창석 / 기획 및 조연출_제상아 / 홍보_장영석 /
무대감독_허동진 / 조명감독_이금철 / 조명_장종도 / 조명오퍼 및 크루_김영환 /
음향감독_배철효 / 음향오퍼_김동진 / 분장감독_이지원 / 분장_김채희 /
의상감독_김나라 / 촬영 및 기록_장천석 / 소품_양 현 / 진행_최운용

■등장인물
동백 : 70대 중반
우진 : 80대 초반
젊은 동백
젊은 우진
우체부 : 우진과 동갑
동백의 시어머니
어린 영선 : 동백의 딸
큰 영선 : 동백의 딸
통영댁
사천댁
시장 상인들
뱃사람들

■프롤로그
한겨울이다. 어느 바닷가의 어느 외딴 집. 동백과 우진이 집안에 쓰러져 있다. 영선이 발견한다. 동백의 입에는 꽃잎이 잔뜩 물려있다.

■무대
무대의 왼쪽에 외딴 집이 있다.
작은 방과 방에 딸린 부엌 그리고 좁은 마루가 있다. 작은 마당이 있고 한쪽에 동백나무 한 그루가 있다.
나머지 무대의 뒤쪽으로는 기역자로 앉을 수 있는 계단이 있고, 그 너머에는 바다가 있다.

1.

밤이다. 달이 밝다. 집안에 희미한 빛이 비추어진다.
동백이 마당을 빗자루로 쓸고 있다.
암전.

무대가 밝아지면 동백이 하늘을 쳐다보며 한숨을 쉰다.
암전.

무대가 밝아지면 동백이 마루 밑에 쪼그리고 앉아 신발들을 바라본다.
작은 등을 구부리고 고개를 신발에 닿을 듯이 숙이고 있다.
암전.

무대가 밝아지면 동백이 방에 앉아 자신의 얼굴이 담긴 사진과 흰 삼베
옷을 보자기에 싼다. 보자기를 옷장 위에 둘까 옷장 안에 둘까 여기저기
넣어 보다가 망연자실 들고 바라본다.
암전.

무대가 밝아지면 동백이 마루에 앉아 손으로 방문의 나무 살을 하나씩
만져보고 창호지 사이에 발라놓은 꽃잎을 만져본다.
암전.

동백나무만이 비추어진다. 동백이 천천히 걸어가 동백나무 앞에 선다.
동백꽃 하나가 툭 떨어진다. 동백이 떨어진 동백꽃을 주워 손 위에 올려
놓고 바라본다.

동백   동백아. 니 참 이상하다. 이레 이쁘게 피어가 봉오리 채 툭 떨어지니 말이다.

동백이 조심스럽게 꽃을 바닥에 내려놓는다.
무대가 전체적으로 밝아진다.
동백이 부엌에 들어가더니 채반에 고구마 몇 개를 담아 가지고 나와 나무 밑에 놓는다.

동백   겨울에는 사람이나 짐승이나 다 배가 고파. 배가 고푸면 서럽지. 서러워.

동백이 마루 밑에서 상자를 꺼내어 손으로 쓰다듬더니 먼지를 닦는다.
상자를 가지고 마당의 한쪽으로 가서 바닥에 내려놓는다.
우진이 들어와서 기웃기웃 마당 안을 들여다본다.
손에 낡은 가방을 들었다.

동백   (주머니를 뒤지며) 성냥이…

동백이 부엌으로 들어가서 성냥을 가지고 나온다.
우진이 마당 안으로 들어온다.
두 사람이 서로 마주친다.

우진   저… 동백 씨!
동백   (아무 말 못하고 우진을 보다가 눈을 한 번 비비고 다시 본다) 인자는 헛끼 다 보이네.
우진   잘 지내셨어요?
동백   (손으로 입을 막으며) 싸악케라. 헛끼 아닌가벼.

우진	여전하시네요. (우진이 집을 한 바퀴 둘러본다. 상자를 바닥에 있는 상자를 본다)
동백	(동백이 얼른 상자를 들어 마루의 한쪽에 밀어 놓는다) 도깨비도 아니고…
우진	(동백나무를 보고 동백이를 한 번 본다) 붉은 색이 예쁘네요.
동백	잠깐만요.
우진	예?

동백이 우진의 얼굴을 만져보고 머리를 잡아당긴다.

우진	아!
동백	진짜네. 꿈인가 샜더만.
우진	(웃는다)
동백	(침을 꼴깍 삼킨다) 요는 우짠 일로…
우진	여행을 왔습니다.
동백	여행요?
우진	네. 걷다보니까 여기까지 와 버렸네요.
동백	걸어요? 오데서 걸어 왔어요?
우진	그냥 계속 걸어왔습니다.
동백	(그제야 우진을 위 아래로 본다) 얼매나 헤매고 다녔나 상 그지 꼴을 하고 있네.
우진	많이 지쳐서 그러는데 아무데서나 앉아 다리 좀 펴고 가겠습니다.
동백	집구석이 말이 아인데. 요 콩알만 한데서 어데 다리를 필라꼬요?
우진	잠깐… 부엌에서 자도 됩니다.
동백	아이고, 이리 추운데 부엌에서 우찌 잘라꼬?
우진	괜찮습니다.
동백	안됩니더. 문이라꼬 아구나 맞나? 잘 닫끼도 안하고, 바람은 얼매

나 매 부는데.

우진 이골이 나서 저는 괜찮습니다.

동백 해풍에 턱 돌아가요.

우진 그럼 어디 헛간이라도.

동백 헛간이 있으면 벌써 자고 가라꼬 했지요.

우진 …

동백 안 그라요? 여가 어데라꼬 쉬었다 가네 마네 하냐꼬요. 여자 혼자 산다고 쉬퍼 보이나?

우진 허허.

동백 어? 어? 웃네. 웃어. 내 말이 우스워요? 안 그람은 이 밤에 와서 그렇게 쉽게 재워달라카나? (작은 소리지만 우진은 들을 수 있는 소리로 궁시렁댄다)

우진 이곳이 많이 그리웠습니다.

동백 (궁시렁대다 우진의 말을 듣고 말하는 걸 멈춘다. 그리고 조금 사이를 두고) 치. 이깟 집이 그리워 봤자지.

동백이 마루에 앉는다.
우진도 조금 떨어져서 앉는다.
우진이 지친 듯이 잠시 머리를 기대고 눈을 감는다.
동백이 우진을 바라보고 가슴을 손으로 쓸어내린다.

동백 아이고, 가심이야. 가심이 뒤비질라 카네.

우진이 잠시 꿈이라도 꾸는 듯 중얼거린다.
동백이 우진에게 가까이 가서 귀를 대본다.
우진이 입으로 바람소리를 낸다.

동백   뭔 소리고? 히잉 히잉 말소리 겉네. 말 꿈을 꾸나?

우진이 눈을 뜬다.
동백이 놀라서 얼른 자기 자리로 가서 딴청을 한다.
우진이 동백나무 앞으로 가서 동백꽃을 만진다.

우진   누이야. 동백꽃 피어나는 꽃 소리 들어본 적 있느냐.
동백   (혼잣말로 그러나 우진의 뒷모습에서 눈을 떼지 못한다) 동백꽃 피는 소리가 오데 따로 나능가베.
우진   사각사각 맨발로 하얀 눈 한겨울 캄캄함을 밟아 올 때.
동백   맨발로 눈을 와 밟노? 발 얼그로.
우진   밤새 동백꽃 피어나는 꽃 소리 아련히 나의 잠속에 묻혀가고 있다.
동백   (자기의 얼굴을 손으로 만져 본다) 그라고 봉께 달빛 땜에 그라나? 동백꽃 빛이 홍시 거치 붉네.

우진이 뒤돌아선다. 먼 곳으로 여행을 온 사람의 표정이다.
동백이 달빛에 비추어진 우진의 얼굴을 보고는 어지러운 듯 방의 창에 머리를 대고 눈을 감는다.

동백   앤총, 꿈인 거 겉타. 저 달빛 속에 저 사람이 있는기…

배의 엔진소리가 멀리서부터 들리더니 가까워 온다.
시끌벅적 사람들 소리가 들리면서 무대가 밝아진다.
우진이 왼쪽으로 가서 손짓을 한다.
배를 어항에 잘 대게 하고 닻을 내리는 시늉을 한다.
70년대의 복장을 한 사람들이 들어와 배를 대고 생선을 내리고 여자들은 커다란 고무대야를 들고 와 생선을 나른다.

여자들은 조금이라도 더 먼저 한번이라도 더 나르려고 하는 경쟁이 치열하다.

생선을 한 번씩 나르고들 돌아와 고무대야를 댄다.

젊은 동백이 가장 먼저 들어와 고무대야를 댄다.

젊은 동백은 아이를 업었다.

사천댁이 그 다음에 댄다. 통영댁이 들어와 맨 앞에 고무대야를 댄다.

동백이 자신의 고무대야를 다시 앞으로 밀어 논다.

통영댁   (자신의 고무대야를 다시 앞으로 밀어 놓으며) 가시네야! 내가 먼저 왔는데 오데 다라이로 놓노.

젊은동백   아까부터 요다 놓고 있었는데 몬 봤어요? (통영댁의 고무대야를 뒤로 뺀다)

통영댁   (자기 대야를 다시 들어 앞으로 댄다) 이기 눈깔이 삣나. 찬물도 우아래가 있는 기고 생선 다라이를 들이미는 것도 갱우가 있어야 하는 기지. 요서 하루 이틀 생선 나리나? 하모 내가 먼저 왔다꼬 안 카나?

젊은동백   그으는 난 모리겠꼬. 내는 경우대로 안한 기 엄써요.

우진이 생선을 퍼 준다.

젊은 동백이 통영댁의 고무대야를 밀치고 자신의 고무대야를 댄다.

통영댁이 젊은 동백의 앞으로 고무대야를 댄다.

젊은 동백이 통영댁을 밀치고 생선을 담는다.

통영댁이 젊은 동백의 머리채를 잡는다.

젊은 동백이 머리채를 잡힌 채로 고무대야를 댄다.

젊은 우진이 잠깐 하던 일을 멈춘다.

젊은동백   뭐해요? 게기 안 담아요?

통영댁 아재도 머리 안 뜯기고 싶푸모 단디이 하이소. 누구 다라이에 게
기를 먼저 놓는 기이 맞나.

사천댁 (두 사람을 말리며) 아이고. 너뜰 와 그라노?

통영댁 오데 겡우도 없이 아무데나 다라이를 들이 민다 안카나.

젊은 우진이 통영댁의 고무대야에 생선을 담으려 한다.

젊은동백 뭐하요? 와 그다가 먼저 담아요?

사천댁 아이고 성. 동백이 머리 좀 놔요!

통영댁 내 다라이에 괴기 다 찰 때까지는 안 된다.

젊은 동백이 통영댁의 고무대야에서 생선을 자기 대야로 옮겨 담는다.

통영댁 니 이게 머하는 기고? 미쳤나?

통영댁이 젊은 동백을 밀친다.
젊은 동백이 다시 자신의 고무대야에 통영댁의 생선을 옮겨 담는다.

젊은동백 뭐해요? 요다가 먼저 담으라꼬!

통영댁이 다시 젊은 동백을 밀친다.

통영댁 니. 자꾸 이랄래?

사천댁 동백아. 니 그라지 마라. 통영댁, 성님 다라이 다 차모 그 담에 니
해라.

젊은동백 (젊은 우진에게) 게기나 담으라꼬. 아직 내 다라이에 게기 안찼다.

젊은 우진이 젊은 동백의 고무대야에 생선을 담는다.

통영댁이 젊은 동백의 고무대야를 잡고 빼려하자 젊은 동백이 고무대야

가 찰 때까지 잡고 있다.

통영댁이 젊은 동백의 고무대야 기어코 빼앗아 밀어버린다.

생선이 흩어진다.

젊은 동백이 생선을 손으로 담아 다시 젊은 우진 앞으로 온다.

통영댁   아요. 고마 징그러바라. 니 거치 징그러븐 년 처음 봤다.

사천댁   동백아. 그냥 먼저 하라고 하지. 성님은 허리 아파서 마이 담지도

몬한다 아이가.

젊은동백 내도 애새끼하고 묵고 살아야 한다 아이가. 내는 겡우 없는 꼴은

몬 본다꼬.

통영댁   그래. 내 겡우 엄다. 아이고 늙으모 죽어야지.

사천댁   우찌. 이리 인정머리가 없노. 한 동네 살면서. 알면서도 속아 주는

게 인심이지.

젊은 우진이 담는 것을 멈춘다.

젊은동백 더 담으소 고마.

젊은우진 지금도 무거울 텐데요.

젊은동백 괜찮타 쿵께나. 더 담으라꼬요.

젊은 우진이 몇 삽 더 퍼서 담아준다.

젊은 동백이 머리에 이는데 휘청한다.

젊은 우진이 도와주려는데 통영댁이 자신의 고무대야를 들이민다.

젊은 동백이 휘청휘청 나간다.

다른 사람들도 고무대야를 채워서 나간다.

다른 사람들의 동작이 점점 느려진다.

젊은 동백이 다시 들어와 고무대야를 젊은 우진의 앞에 둔다.

젊은 우진이 삽질을 하고 젊은 동백은 손으로 생선을 담는다.

그 상태로 두 사람의 동작은 정지되고 다른 사람들은 아주 느리게 무대를 빠져 나간다.

사람들이 모두 나간다.

젊은 동백이 고무대야를 머리에 이려 하는데 워낙에 무거워서 잘 안된다.

젊은 우진이 머리에 이어준다.

젊은 동백이 나가다가 중심을 못 잡고 휘청휘청 넘어지려고 한다.

젊은 우진이 얼른 가서 젊은 동백의 머리 위로 손을 내밀어 고무대야를 잡고 넘어지려는 젊은 동백의 몸을 자신의 가슴으로 막아준다.

젊은 동백이 고개를 들어 자신의 머리 위를 본다.

젊은 우진과 눈이 마주친다.

젊은 동백이 잠시 이게 무슨 상황인가 파악이 안 되는 듯하더니 얼른 몸을 뺀다.

젊은 우진이 고무대야를 들고 성큼성큼 밖으로 나간다.

그 모습을 바라보던 젊은 동백은 한 발작을 떼다가 다리에 힘이 풀려 주저 앉는다.

주저앉아 두 손으로 얼굴을 만져본다.

젊은우진 (돌아와 서서) 뭐합니까? 다리가 아파요?

젊은 동백이 일어난다.

젊은 우진이 나간다.

젊은 동백이 일어나서 젊은 우진이 나간 반대쪽으로 나가려 한다.

몇 미터 가다가 그제야 방향이 잘못된 것을 깨닫고 젊은 우진이 나간 곳으로 얼른 쫓아간다.
우진이 동백을 바라본다.
동백이 눈을 뜬다.

동백 이상하구로. 뭐 한다꼬 잠이 드노. 이 판에. (일어서서 우진을 바라
보며) 거서 뭐하고 섰어요?

우진과 동백은 그렇게 서로를 바라본다.
무대가 노을빛이 된다.

우진 그 노래…
동백 노래요?
우진 애기 동백꽃…
동백 그 노래는 와요?
우진 (말없이 동백을 바라본다)
동백 추워요. 들어가요.
우진 그럼.
동백 들어와요. 퍼뜩.

동백이 방으로 들어간다.
젊은 동백이 빈 고무대야를 들고 들어와 객석을 등지고 앉는다.

젊은동백 휴. 쌔가 빠지 퍼날라도 다라이에 우리 무울 게기는 없네.

젊은 동백이 다리를 손으로 주무른다.
멀리 바다를 바라본다.
젊은 우진이 들어오다 말고 젊은 동백이 있는 것을 보고는 멈칫 한다.

166

젊은동백　(노래 부른다)

산에 산에 하얗게 눈이 내리면

들판에 붉게 붉게 꽃이 핀다네.

님 마중 나갔던 계집아이가

타다 타다 붉은 꽃 되었다더라.

젊은 우진이 넋을 잃고 젊은 동백을 바라본다.

젊은동백　님 그리던 마음도 봄꽃이 되어

하얗게 님의 품에 안기었구나.

우리 누이 같은 꽃 애기 동백꽃.

봄이 오면 푸르게 태어 나거라.

우진　(젊은 우진의 옆으로 가서 젊은 동백을 같이 바라본다) 낮부터 그 눈빛이 낯이 익다익다 했어. 울 엄니. 죽은 형 따라 죽는다고 바다로 걸어 들어가던 날 아침에 그 눈을 하고 나를 바라 봤는데. 딱 그 눈이야.

젊은동백　(일어나며) 휴. 동백꽃이 피면 내 신세도 펴질라나.

젊은 동백이 나간다.

젊은 우진이 동백이 앉았던 자리에 앉아 바다를 바라본다.

우진이 젊은 우진을 한 번 보더니 젊은 동백이 나간 곳을 바라본다.

우체부가 들어온다. 1970년대의 우체부의 모습이다.

동백　(내다보며) 안 들어오요?

우진이 우체부를 따라 시선을 두더니 방으로 들어간다. 방의 조명은 꺼진다.

우체부	(젊은 우진의 옆에 가방을 탁 놓으며) 뭐 하노.
젊은우진	어? 왔나?
우체부	오늘 고기 좀 잡았다꼬?
젊은우진	그럭저럭. 너는?
우체부	하이고 오늘은 낙점이 할매 댁까지 댕겨왔다. 갔더니 할매가 얼마나 반가워 하는지 하도 밥 묵고 가라케서 저녁까지 먹고 왔다.
젊은우진	낙점할매 아직도 여전하셔?
우체부	하모 똑같지. 이빨이 상해가 잘 못 자시는 것 빼고는 여전하다 아이가.
젊은우진	우리 집은 여전하고?
우체부	거는 다른 사람이 산다.
젊은우진	누가?
우체부	니 서울 있을 때 내가 니 아부지한테 부탁해서 다른 사람 살라꼬 졸랐다 아이가.
젊은우진	누구?
우체부	내 친구 마누란데. 사천 살다가 이사 왔다. 시어머이랑 딸이랑.
젊은우진	니 친구? 나도 모르는 친구가 있어?
우체부	하모. 니 메이로 친구 없을까베? 그놈은 바다에서 죽었다. 어머이가 자꾸 그놈 생각이 나서 살던 집에서 몬 살겠다케서 니 집으로 오시라 켓지. 참 이상하다 아이가. 니도 니 아부지도 그 집에서 몬 살겠다케서 요로 이사 왔는데, 바로 그 집에 제수씨네가 들어가 살고. 하긴 누구든지만 살믄 그 집이 사람 사는 집이 되는기지.
젊은우진	집은 비워 놓으면 폐가 되는데 잘 됐네.
우체부	하모. 잘 됐지.
젊은우진	(혼잣말로) 그럼 혹시 그 여자가…
우체부	우진아!
젊은우진	왜?

우체부	니 아부지가 뭐라 안 하시나?
젊은우진	뭘?
우체부	잘 댕기던 대학 때려치우고 내리 와서 배 타는 것 말이다.
젊은우진	뭐라고 안 하실 리가 있나.
우체부	너거 아부지가 내를 찾아 오싯더라 아이가. 니 좀 말려 달라꼬.
젊은우진	나도 아버지 맘 편하게 해드리고 싶은데 잘 안 된다.
우체부	와? 남들은 대학 몬가서 난리고 고향 못 떠서 난린데. 니 대학 갔을 때 개천에서 용 났다꼬 동네잔치 했다 아이가. 기억 안나나?
젊은우진	생기길 이렇게 생겨 먹었는데 어쩌냐?
우체부	하기사 울 아부지도 우체부로 평생을 사시면서 산골까지 편지 배달하싯다 아이가. 자식은 우체부 안 만든다꼬 해싸도 내도 요서 이라고 있다.
젊은우진	우체부가 뭐가 어때서 그래.
우체부	다리품 파는 직업 말고 앉아서 편하게 하는 직업 가지라는 거다.
젊은우진	나도 우체부를 할 걸 그랬어. 나는 한 군데에 박혀서 뭘 하는 걸 못하는 놈이다. 화가 치밀어 올라. 몸을 움직여야 맘이 편해…
우체부	왜 안 그라겠노. 앞으로 우짤긴데?
젊은우진	돈 좀 모아지면 사진관을 차릴 거야.
우체부	사진관? 하하하.
젊은우진	하하하? 우습냐? 그래도 나 제법 찍는다. 대학 다닐 때 사진 배우러 다녔어.
우체부	폼 나네. 괜찮은 생각이긴 하다. 내는 니가 바다에 못 나갈 줄 알았다.
젊은우진	쉽진 않지. 처음에는 바다만 봐도 울렁거리더라. 그런데 어쩌냐? 거기에 다 있는 걸.
우체부	그래. 니가 그리 생깃다.
젊은우진	저…

우체부	와?
젊은우진	아니다.
우체부	싱겁그로.
젊은우진	그럼 우리 집에 새로 들어와 사는 여자가 니 친구 마누라란 말이지?
우체부	그렇다니까.
젊은우진	혹시 얼굴이 작고 머리는 하나로 묶고 애기 업고 다니는 여자 아닌가 해서.
우체부	니 우찌 아노?
젊은우진	어장서 봤다.
우체부	어장서? 생선 나리나?
젊은우진	그래.
우체부	제수씨 깡이 보통 아이다. 시어머이하고 딸까지 덱고 일하는 거 바라. 약한 사람이 강한 척하고 사는 기 보기 안됐다 아이가.
젊은우진	그래…
우체부	와?
젊은우진	눈빛이 인상적이더라.
우체부	눈빛? 눈빛이 왜?
젊은우진	그런 게 있다.
우체부	싱겁그로.
젊은우진	어디 가서 대포나 한 잔 하자.
우체부	그라던지.
젊은우진	제수씨 이름이 동백이 맞아?
우체부	니가 이름을 우에 아는데?
젊은우진	아까. 어장서 그렇게 부르더라. 다른 사람들이.
우체부	맞나? 이름이 좀 특이하제?
젊은우진	(일어나 나가며) 술이나 마시러 가자고.

우체부	(따라 나가며) 니가 살끼가? 니 아부지 배 만선 기념으로다 니가 살
	끼가? 충무실비집 어떤노?
젊은우진	울 아버지한테 사달라 케라.

우체부와 젊은 우진이 나간다.
방에 조명이 들어온다.
동백과 우진이 쭈뼛쭈뼛 서 있다.

동백	앉아요. 아무데나.
우진	…
동백	천정 안 무너짐미더.

우진이 자리에 앉는다. 동백도 앉는다.
한동안 서로 눈치만 보고 말이 없다.
동백이 추운 듯 손을 비빈다.
우진이 방바닥을 만져본다.

우진	방이 미지근하네요.
동백	나무 좀 더 넣고 와야 되긋네. (일어나다 주저앉는다)
우진	어지러워요?
동백	요새 그라네. 일어날 때 천천히 일어날라 카는 거로 사람이 급해
	가 맨날 까무요.
우진	피가 모자라면 그렇다는데.
동백	병원에서도 그라데요.
우진	소 지라를 생으로 먹으면 좋은데.
동백	으이그. 고마 됐소. 비유 상하거로 그거로 우찌 묵어요.
우진	콩고물에 찍어서 먹으면 괜찮아요.

동백	(고개를 절레절레 흔든다) 속 싱간스럽그로.
우진	선짓국을 드시던지요.
동백	몰캉기리는 기 더 싫코예.
우진	미역이나 다시마 같은 것도 좋데요.
동백	그거는 하도 무서 씨밀징이 나요.
우진	우유도 좋다는데…
동백	우유 무우모 설사가 나요.
우진	약으로 먹어야지 그렇게 다 가리면 되나요?
동백	아. 언제부터 몸에 좋다는 것 일일이 챙겨 묵고 살았다꼬 그래요. 나이 무우모 기운 없는 기 맞지.
우진	…
동백	오밤중에 도깨비 매이로 나타나서 뭘 무우라 마라 케싸요. 우리가 그런 말 할 사이도 아이그마.

우진이 일어난다.

동백	어데 가요 또.
우진	네?
동백	또 오데를 가냐꼬요. 인자 들어왔는데.
우진	군불 좀 더 때고 오려고요.
동백	내가 간다니까!
우진	동백씨.
동백	와요!
우진	하룻밤 신세지는데 그 정도는 해 드리고 싶습니다.
동백	(잠시 말이 없다가 조금 누그러진 말투로) 나무가 별로 없을긴데…
우진	내일 아침까지는 때겠어요?
동백	그라던지…

우진이 나간다.

동백 무울끼 없는데 아침도 못 멕이고 보내긋네. (들으라는 듯이) 아이고
애 터져라이.

동백이 생각났다는 듯이 앉은뱅이 상으로 간다.
상 위에는 종이와 연필이 놓여있다.
동백이 한 자 한 자 힘 주어가며 무언가를 적는다.
연필심에 침을 묻혀 가며 적는다.
우진이 부엌에서 나와 방으로 들어가려다가 마루 위에 있는 상자를 발
견하고 열어본다.
편지가 잔뜩 들어있다. 우진이 보고 놀라며 방을 한 번 쳐다본다.
우진이 편지를 뒤적거리더니 하나를 꺼내어 본다.

우진 (편지를 읽는다) 어제 그 뜨거운 어장에 앉아서 구슬픈 노래를 부르
던 동백 씨가 자꾸 생각이 납니다. 왜 그런지 나도 모릅니다. 이름
이 동백이라는 얘기를 친구놈한테 들었습니다. 참 아름다운 이름
입니다. 그 이름의 주인과 참 잘 어울리는 이름입니다.

우진이 상자를 가지고 방으로 들어간다.
동백이 적던 것을 얼른 주머니에 숨긴다.
우진이 쭈뼛쭈뼛 서 있다.

동백 천정 안 무너진다 안카요.

우진이 자리에 앉는다.

동백	오데서 자꾸 찾아가 오요?
우진	마루 위에 놓여 있던데요. 종이라 이슬 맞으면 상할까봐.
동백	이슬 맞으면 맞았지. 가꼬오긴 왜 가꼬와요. 넘에 꺼를…
우진	이걸 모아 두셨어요?
동백	조요! (상자를 빼앗아 방 한쪽에 둔다)
우진	부엌에 먹을 게 하나도 없어요. 땔감도 다 떨어지고.
동백	딸내미 집 좀 갈라꼬 다 치웠어요.
우진	네…
동백	그러이 아침은 못해조요.
우진	괜찮습니다.
동백	그랑께 해필 추운 날 이 먼데를 찾아오요. 오기를.
우진	제가 여기에 온 것이 그렇게 싫으십니까?
동백	누가 싫타쿠나? 대접할 끼 없어서 그렇치.
우진	저는 오래된 벗을 만나서 좋기만 합니다.
동백	좋기는. 앤총…
우진	동백씨도 아침을 못 드시겠네요.
동백	내야. 한 끼 굶는다꼬 마 죽는 것도 아이고.
우진	저…
동백	와요?
우진	동백 씨!
동백	와요?
우진	아닙니다.
동백	싱겁그로. 왜 자꾸 이름은 불러싸요.
우진	동백이라는 이름은 누가 지어 줬나요?
동백	자다 봉창 뚜드리요? (잠시) 그기 와 궁금한데요?
우진	그냥 예전부터 참 많이 궁금했습니다.
동백	동백이 내 이름인 것도 까묵고 안 살았것소. 옛날에는 이름이라는

카는 기 짜다리 있었나? 고마 부리모 이름이지. 내도 그렇고. 얼굴도 모리는 울 어머이가 내를 낳아서 울 할무이 집 동백나무 밑에 놓고 가 뺏다카데요. 그라이 울 할무이가 동백이라고 불럿다 아이요.

우진 예. 그럼 할머니가 키워 주신 겁니까?

동백 울 할무이 허리가 꼬꾸라질 때까지 내 미이고 입히고 하다가 돌아 가셨어요. 요새는 할무이 생각이 많이 나네요.

우진 할머니가 이름을 잘 지어 주셨네요.

동백 그라는 그쪽은 와 이름이 우진이요?

우진 형 이름이 우석이 제 이름이 우진이. 어머니가 좋아하시던 옛 소설 속 주인공들 이름이에요.

동백 어머이가 글도 읽을 줄 알았나보네.

우진 좀 서툴게라도 읽긴 읽었지요.

동백 그쪽도 좋은 소설 마이 읽었어요?

우진 조금 읽었습니다.

동백이 옆으로 눕는다.
우진이 이불을 덮어준다.

동백 (이불을 빼앗아 자기가 덮으며) 됐어요. 그쪽도 이불 갖고 저쪽 가서 누우요.

우진이 이불을 가지고 한쪽 끝으로 가서 눕는다.

동백 내는 살면서 재미난 소설 책 한 권도 못 읽어 봤어요. 글 쓰는 사람들이 내 얘기 갖고 글 쓰모 소설 열댓 권은 될 낀데 안 그래요?

우진 그렇지요.

동백	재밌는 얘기 알모 하나만 해조 보이소.
우진	저는 말 재주가 별로 없어서요.
동백	긴긴밤 뭐 할긴데요. 한 번 해 보이소.
우진	…
동백	됐심미다.
우진	김유정의 동백꽃이라는 소설이에요. 두 아이는 닭을 키워요. 그런데 점순이는 자기 닭과 주인공네 닭을 늘 싸움을 붙여요. 주인네 닭은 늘 상처를 입구요. 점순이네는 마름이고 주인공네는 그 마름이 붙여준 논을 얻어 농사를 짓지요. 그래서 주인공은 점순이에게 뭐라고 하지도 못해요.
동백	점순이가 주인공을 좋아하능 갑네…
우진	그걸 어떻게 알아요?
동백	그걸 몰라예? 남자들이 다 벅수라서 모리지.
우진	(웃는다) 어느 날 주인공이 집 울타리를 고치고 있는데 점순이가 와서 말을 걸고 감자를 줍니다. 그러면서 "느 집은 이것 없지? 봄 감자가 맛있단다" 그럽니다. 가뜩이나 닭 때문에 화가 나 있는데 점순이가 자기네보다 낫다고 놀리는 것 같아 주는 감자를 어깨로 밀어 거절합니다.
동백	점순이 맘 상했긋네…
우진	가무잡잡한 점순의 얼굴이 홍당무처럼 빨개지지요.
동백	맞아예? 그라모 제목이 와 동백꽃이라예?
우진	점순이가 노란 동백꽃 위에 앉아서 주인공을 기다립니다.
동백	거짓말. 노란 동백꽃이 오데 있어요. 내는 한 번도 못 봤네.
우진	강원도에 있는 생강나무 꽃인데 산동백이라고도 한답니다. 그 향이 좋지요.

젊은 우진이 집으로 들어와 마루에 앉는다.

젊은 동백이 들어와 동백나무 밑에 앉는다.

노란 동백꽃 그림자가 진다.

우진이 웃는다.

동백 애기하다 말고 와 웃어요?

우진 아닙니다. 점순이가 꼭 누구를 닮은 것 같아서요.

동백 열일곱 살 점순이가 내를 닮았다꼬요?

우진 그런 말은 안 했습니다.

동백 그래 갖꼬? 또 해보이소.

우진 그 다음에는… (우진이 갑자기 멍해진다)

동백 아이고 답답해라. 빨리요.

우진 …

동백 어?

우진 (우진이 하품을 한다)

동백 졸려요?

우진 (다시 멍한 상태로 아무 말이 없다)

동백 … 기맥혀라. 야그하다 말고 잠들었네.

동백 (동백도 하품을 한다)

우진 (문득 정신이 든다. 동백이를 바라본다) 동백 씨?

동백이 코를 곤다. 우진이 웃는다… 우진이 뒤척이다 잠이 든다.

동백이 코를 골다가 자기 코 고는 소리에 놀라 일어난다.

한숨을 쉬고는 방문을 연다.

젊은 우진이 방문 앞에 앉아 눈을 감고 있다.

젊은 동백이 일어나 젊은 우진에게 다가와 뭐라고 속삭이고 나간다.

풀피리 소리가 들린다.

젊은 우진이 벌떡 일어나 주위를 둘러본다.

동백	바람이 억수로 부는데 그기 딱 풀피리 소리같이 들리네. 풀피리 소리가 들리문 님이 오시는기고. (우진을 바라본다) 어데를 헤매고 댕기다가 왔노. (방바닥을 만져본다) 하이고마. 나무도 제대로 못 때나? 냉골이네. (일어나 부엌으로 나간다)

무대의 빛이 바뀐다. 젊은 동백이 사라진다.
풀피리 소리만이 들리다가 사라진다.
무대에 노을빛이 든다.
젊은 동백이 고무대야를 들고 들어온다. 가을이다.

젊은우진	(일어선다)
젊은동백	옴마야. (주변을 둘러본다) 뭐해요? 요서.
젊은우진	(떨리는 목소리) 없어서… 편지… 답장이 없어서 찾아 왔습니다.
젊은동백	팬지요?
젊은우진	제가 편지를 많이 보냈습니다. 받아 보셨지요?
젊은동백	받기는 받았는데.
젊은우진	답장이 없어서… 동백 씨 마음이 어쩐지 알고 싶어서 왔습니다.
젊은동백	내 마음이요?
젊은우진	마지막으로 한 번만 확인해 보고 싶어서요.
젊은동백	저어. 그랑께나. 그 팬지에다…
젊은우진	사진 찍는 게 익숙하지 않으신 줄 아는데요.
젊은동백	사진…
젊은우진	동백 씨 얼굴이 이름처럼 동백꽃을 닮아서요.
젊은동백	와요? 내 얼굴 벌게진 기 보여요?
젊은우진	네?
젊은동백	(얼굴을 두 손으로 만져본다)
젊은우진	사진에 담은 모습을 보시면 마음에 드실 겁니다.

젊은동백 팬지에다 내 얼굴 사진을 찍겠다고 쓴 걸 내가 아직 하겠다 말겠
다 말이 없어서 와 봤다 이거네요?

젊은우진 네.

젊은동백 아무리 그래도 그렇지. 요까지 오모 우짤낀데요. 괜히 사람들 눈
이 있는데.

젊은우진 몇 번이나 이 집 앞을 왔다가 그냥 돌아갔습니다.

젊은동백 (혼잣말로) 아이고 가심이야. 와 이리 뛰노. 가마이 좀 있어. (가슴을
때리며 여전히 혼잣말로) 까막눈이한테 편지를 보내니 내가 우찌 알
겠노.

젊은 우진이 편지를 꺼내서 젊은 동백의 손에 쥐어준다.
젊은 동백이 깜짝 놀라서 손을 뺀다.

젊은우진 내일 만날 곳과 시간을 편지에 적어 놨습니다.

젊은동백 예?

젊은우진 저… 편지에 제 마음도 적어 놨습니다.

젊은동백 말로 하모 되지. 그걸 꼭 편지를 써서…

젊은우진 가볼게요.

젊은 우진이 나가다가 발을 헛디뎌 넘어진다.

젊은동백 괜찮아요?

젊은우진 괜찮습니다.

젊은 우진이 나간다.

젊은동백 (젊은 우진이 나간 쪽을 보며) 머 하그로. 말로 하모 되지. 사람을 코

앞에 놓고 팬지를 주노.

시어머니가 부엌에서 나온다. 허리가 많이 구부러졌다.
머리에 하얀 천을 둘렀다.
상에다 막걸리와 김치를 담아가지고 들고 온다.

시어머니 왔냐?

젊은동백 (놀라서 젊은 우진이 나간 쪽을 바라본다) 어머이. 부엌에 계셨네? 또
머리 아파예?

시어머니 아이다. 아이고. 군불 때다가 깜빡 잤따.

젊은동백 저, 점심은 자셨어예?

시어머니 언냐. 굴 작업장서 국수 한 그릇 말아조서 무긋따.

젊은동백 영선이는요?

시어머니 사천댁한테 갔다. 그 집 딸이랑 논다꼬.

젊은동백 네. (생선을 널면서 시어머니 눈치를 본다) 막걸리 한 잔 하실라꼬예?

시어머니 하모. 니도 한 잔 할래?

젊은동백 아이고. 울 어머이 와이라노? 아까버서 우짤라꼬?

시어머니 굴 작업장서 한 되 받아주더라.

젊은동백 그라모 그렇지. 한 잔 조 보이소.

시어머니 (동백에게 막걸리를 따라 준다)

젊은 동백이 시원하게 마신다.
시어머니가 동백의 입에 김치를 넣어준다.

젊은동백 맛있네. 내가 부모 복 남편복은 없어도 시어머이 복은 있다니까.

시어머니 (막걸리를 마시며) 하 맛난다!

젊은 동백이 일어나서 생선을 마저 넌다.

젊은동백 어머이. 예전에 술 자시고 애기 동백꽃 노래를 많이 불렀지요?

시어머니 노래만 불렀나? 춤도 췄지.

젊은동백 내도 어머이 캉 마이 불렀어요. 그렇치요?

시어머니 니 소리가 더 좋지.

젊은동백 어머이. 내 노랫소리가 듣기 좋아요?

시어머니 좋지.

젊은동백 그래예? (웃는다)

시어머니 우리 동백이 얼굴이 막걸리 한 잔에 저 동백꽃잎 메이로 뻘개졌네.

젊은동백 (시어머니를 쳐다본다)

시어머니 내는 가서 영선이나 덱꼬 올란다.

시어머니가 흥얼흥얼 노래를 부르면서 나간다.
젊은 동백이 시어머니가 나간 후에 생선 널던 것을 마저 널고 마루에 앉는다.
주머니에서 편지를 꺼내어 바라보더니 한숨을 쉰다.

동백 사진을 찍고 싶다고 그렇게 팬지를 보냈나.

젊은 동백이 방으로 들어가서 상자를 열고 편지를 넣고는 다시 마루로 나가 막걸리 한 사발을 벌컥벌컥 마시더니 상을 들고 부엌으로 간다.
젊은 동백과 교차하여 동백이 나온다.
동백이 방문을 열고 우진을 바라본다.
우진이 뒤척인다.

동백   (방바닥을 만져본다) 인자 좀 미적지근하네. 그래도 아침에 뭐라도
        해서 먹이야 할긴데. (짐승들 먹이로 놓아두었던 채반이 있는 곳으로
        간다) 이기라도 멕이야 되나.

        동백이 채반을 들고 일어선다.
        우진이 방문 앞에 선다.
        파도 소리가 들린다.

우진   어머니!

        동백이 뒤를 돌아본다.

우진   어머니. 안돼요. 그러지 마세요.

        우진이 마당으로 나와 동백을 안는다.
        동백이 우진을 뿌리치려 하지만 우진이 울면서 동백을 잡고 마당을 이
        리저리 헤맨다.
        채반의 고구마가 바닥에 떨어진다.
        두 사람이 밟고 다녀서 고구마가 뭉개진다.

동백   별꼴이네. 보소.
우진   (울음을 멈추고 동백을 바라본다. 동백을 놔준다)
동백   (바닥에 쭈그리고 앉아 고구마를 주워 담는다) 아이고 아까바라. 아니
        와 오밤중에 깨서 생난리를 치요.

        우진이 망연자실 서 있다.
        아직도 울음 끝이 남아 있다.

| 동백 | 이럴 줄 알았시모 그냥 둘 걸. 짐승들이라도 묵게. 아까바라 아 |
| | 까바. |

동백이 그래도 성한 고구마를 모아다가 채반 위에 담아 나무 밑에 놓고
일어서다 하늘을 본다.

| 동백 | 어? 눈이 오네. (동백이 혀로 눈 맛을 본다) 달다. 시원하다. |

동백이 중심을 못 잡고 휘청한다.
동백의 신발이 벗겨진다.
우진이 달려가 동백을 잡아준다.

| 우진 | (동백의 발을 보고) 신발이… |

우진이 자신의 신발을 가져다가 동백에게 신긴다.

우진	신발이 좀 큰가 봅니다.
동백	이거넌…
우진	(동백을 쳐다보며) 신발이 발에 맞아야 다리가 안 아픈데요.
동백	하이고마 그쪽도 맨발이구로. 얼른 방으로 들어가이소.

우진이 맨발로 성큼성큼 방으로 들어간다.
동백이 자신의 발을 보고는 이상하다는 듯이 방을 바라본다.
동백이 신발을 벗어 자신의 신발 옆에 나란히 놓고는 방으로 들어간다.
우진이 누워있다.
동백이 자기 자리로 가서 눕는다.

동백	인자 가이소. 눈 더 오모 못 가요.
우진	바다가 너무 뜨거워요. 바람이 한 점 안 불고 파도는 미동도 없구요. 벌써 며칠 째인 줄 몰라요. 찬물이라도 먹어야 기운이 날 텐데요.
동백	팬지…
우진	거친 뱃사람들은 날이 덥고 고기가 안 잡힐수록 더욱 더 거칠어집니다.
동백	여봐요. 정신 좀 차리소.
우진	비다. 비가 온다.

젊은 우진과 뱃사람들이 들어와 그물을 힘차게 당긴다.

우진	(일어나 앉는다) 어제는 언제 그랬냐는 듯이 비가 오고 그 비가 폭풍이 되어 배를 두 조각을 낼 것처럼 무섭게 달려들었습니다. 그런데 그물이 터질 것처럼 꽁치 떼가 들어왔습니다.
뱃사람들	만선이다! 만선이야! 배 까라 안끗따.
젊은우진	(뱃사람들과 같이 그물을 당긴다) 영차! 영차!
우진	그렇게 비바람과 싸우고 그물을 당기고 하다 보니 언제 그랬냐는 듯이 폭풍우는 잠잠해졌습니다. 뱃사람들은 밤새 그물에 걸린 꽁치를 떼어내고 그물을 정리합니다.

젊은 우진과 뱃사람들이 빙 둘러앉아 노래를 부르며 그물을 정리한다.
젊은 동백이 방으로 들어온다.
치마 속에서 편지를 꺼내어 열어본다.

동백	그때 그랬지. 읽지도 못하는 것을 기다리고 받고 간직하고…

젊은 동백이 편지를 상자 속에 넣는다.
상자를 한 번 만져보고는 웃는다.
젊은 동백이 나간다.

우진   (혼잣말로) 만선이다. 만선이야.

동백   여행을 다닌다더마넌 오데를 헤매고 다니노? 내까지 정신이 아득
        한 기 분간이 안 되네.

우진   (문득 정신이 들어 동백을 바라본다)

동백   좀 자이소.

우진이 다시 눕는다.
동백이 우진의 이불을 덮어준다.
우진이 잠이 든다.
동백이 상자를 열어 편지를 꺼낸다.

동백   오늘도 동백 씨를 많이 기다렸습니다. 기다리다 보니 동백꽃 하나
        가 또 하나가 툭 바닥으로 떨어지더군요. 제 마음이 그렇게 바닥
        으로 떨어지는 것 같았습니다. 몇 해 전 여름에 동백 씨를 만난 후
        부터 제 발밑에는 떨어진 동백꽃 피가 가득 고여 있습니다. (편지
        를 바닥에 내려놓는다) 자꾸만 팬지를 보내니까 내 맘도 머가 가득
        들은 거 메이로 무겁고 아리고 하는 기라. 내도 모르게 멍하이 앉
        아서 이 사람 생각만 하고.

        겨울이다.
        젊은 동백이 무대에 서서 누군가를 기다린다.
        젊은 우진이 뛰어 들어온다.
        젊은 동백이 부끄러워 고개를 돌린다.

젊은 우진이 웃는다.
젊은 우진이 젊은 동백에게 다가오려는데 사천댁이 들어온다.

사천댁　야야. 동백아. 니 집으로 좀 가봐라. 사단이 났다.
젊은동백　와요?

통영댁이 화가 나서 젊은 동백의 집에 서 있다.
시어머니가 풀이 죽어 앉아있다.
머리카락이 헝클어져 있다.

통영댁　내사 기맥혀 말도 안나오네. 오데 갔노?

젊은 동백이 사천댁과 같이 집으로 간다.
가다말고 젊은 우진을 한 번 돌아본다.
젊은 우진이 고개를 끄떡인다.

젊은동백　(집으로 들어가다 시어머니를 보고) 어머이!
통영댁　너 어머이 미쳤나? 노망이가?
젊은동백　와 그러는데?
통영댁　내가 게기 배 따고 있는데 고마 내 뒤통수를 때리고 욕을 막 하는
기라.
젊은동백　니 제정신이가? 오데서 말도 안 되는 소리를 하고 지랄이고. (시어
머니에게) 어머이! 이기 머이요? 저년이 때렸어요?
통영댁　아이고 억울해라. (소매를 걷어 올린다. 물린 자국이 선명하다) 봤나?
우짤긴데? 니가 니 시어머이 보고 이래 하라캤나? 니 내한테 감정
많은 거야 안다. 하지만도 감정 있으모 니가 와서 얘기 하모 될끼
지. 내가 잘못한 거는 미안하다 하고 니가 잘못한 거는 니가 미안

젊은동백	하다 쿠모 될 거를. 오데 어머이를 시키가 내를 이 꼴로 만드노?

젊은동백 어머이. 어머이가 물었어요?

시어머니 (눈빛이 흐리멍텅하다) 정식아! 악아. 정식이 와 안 오노? 밥 때가 다 됐는데.

젊은동백 어머이.

시어머니가 쭈그리고 앉아서 토한다.
젊은 동백이 시어머니의 등을 두드려준다.
시어머니가 고개를 드는데 코피가 난다.

젊은동백 어머이!

사천댁 어머이 오데 아픈 거 아이가?

젊은동백 어머이. 개안습니까?

젊은 동백이 시어머니를 업는다.

젊은동백 아지매. 우리 영선이 좀…

사천댁 걱정 말고 갔다 오이라. 괜찮아야 될 낀데.

젊은 동백이 울면서 나간다.
사천댁이 따라 나간다

통영댁 (따라 나가면서) 이게 무슨 일이고. (자기의 팔을 본다) 아이고 아파라.

동백 그 날. 거서 얼마나 기다리고 있었을까. (자기 방을 돌아보며) 평생 모은 내 짐이 왜 저거 뿌이 안되노.

동백이 작게 흐느낀다.

무대가 점점 어두워진다.

2.

무대가 밝아지면 젊은 우진이 마루에 앉아 있다.
젊은 동백이 시어머니를 업고 집으로 들어온다.
젊은 우진이 말없이 시어머니를 안아서 방으로 들어갔다가 나온다.

젊은동백   뭐하는 거예요?

젊은우진   어머니가 오늘 집으로 오신다고 그래서 기다렸습니다.

젊은동백   (부엌으로 가서 물 한 그릇을 떠다가 준다) 드릴 기 이것밖에 없네요.

젊은우진   (물을 받아 맛있게 먹는) 죄송합니다. 주인도 없는 집에 와서.

젊은동백   어머이가 오늘 오는 걸 우찌 알았어요?

젊은우진   사실은 몰랐습니다.

젊은동백   예?

젊은우진   매일 이 집에 와서 마당도 쓸고 마루도 닦고 장독도 닦고 비 오는
날에는 군불도 때고 그랬습니다.

젊은동백   (새삼스럽게 집을 둘러본다)

젊은우진   (괜히 발을 땅에다 대고 쿵쿵 댄다)

젊은동백   머한다꼬 씰데없이 그런 일을 해요?

젊은우진   (동백나무를 바라보며) 어제 밤에 여기 와서 이 마루에 앉아 보니 동
백나무에 꽃이 피면 참 예쁘겠다는 생각이 들었습니다.

젊은동백   이쁘지요. 이뻐요.

젊은우진   동백꽃이 다섯 번 피고 지면 돌아오겠습니다.

젊은동백　우진씨…

젊은 우진이 동백의 손을 잠시 잡았다가 놓고는 나간다.
젊은 동백이 우진이 나간 곳을 따라 나가서 한참을 바라본다.
마루 위에 그릇이 놓여 있는 것을 발견한다.
산딸기가 담겨져 있다.
젊은 동백이 산딸기를 한 입 먹는다.
얼굴 한가득 환한 웃음을 짓는다.
방에서 시어머니가 부르는 소리가 들린다.

젊은동백　예, 어머이.

젊은 동백이 방으로 들어간다.
동백이 편지를 쓰고 있다.
젊은 동백이 방바닥을 걸레로 닦는다.

동백　　참 좋제?
젊은동백　어머이. 참 이상한 사람이에요. 누가 기다린다캤나?
동백　　좋은 사람이야.
젊은동백　자기 멋대론데요.
동백　　기다리 보까?
젊은동백　기다리도 될까요?
동백　　기다리모 진짜로 올까?
젊은동백　아참 영선이.

젊은 동백이 급하게 문 밖으로 나가서 사라진다.
젊은 우진이 계단에 앉아 편지를 쓰고 있다.

우진이 솔방울을 잔뜩 들고 왼쪽으로 들어온다.
젊은 우진을 바라보다가 그 옆에 앉는다.

우진   편지를 쓰나 봐요.

젊은우진   다음달 15일 오후 세시에 부산항에 도착할 겁니다. 제 편지를 보
            시고 제 마음을 받아 주신다면 목에 노란 스카프를 두르고 저를
            마중 나와 주세요.

우진   나도 편지를 참 많이 썼어요. 그러다보니 한평생이 가고 한평생이
            다 되가니 마음속에는 오로지 한 가지 생각만이 남아요.

우체부가 마루에 앉아 있다.
소형 카세트 테이프를 들고 있다.
1980년대의 음악이 흘러나온다.
젊은 동백이 들어오다 말고 들어온 쪽을 향해 소리친다.

젊은동백   영선이 니. 할무이 기저귀만 사가지고 바로 들어와. 안 그라모 엄
            마한테 맞을 줄 알아.

우체부   제수씨.

젊은동백   오셨어예?

우체부   어머이는 좀 우떻심미까?

젊은동백   조금씩 움직임미더.

우체부   고생이 많네예.

젊은동백   물 한 잔 드릴까요? 그것밖에 없네.

우체부   아임미더. (편지를 준다)

젊은동백   (편지를 받는다)

우체부   우진이. 다음 달에 들어온답니다. 거다 날짜랑 시간 적어 놨다꼬
            꼭 마중 나와 달라꼬 부탁을 해사서.

젊은동백 …

우체부 우진이 중학교 다닐 때에 우진이 형님이 바다에 안빠져 죽었심미까. 그 바다에 어머이까지 돌아가셨어예. 맹랑하던 놈인데 그때부터 말이 없어져가. 그래도 무던한 놈입니다. 배 타고 고생해도 하나도 안 힘들다카면서 좋아했던 놈입니다. 처음에 동백씨 좋아한다 캤을 때 미친놈이라고 욕 많이 했습니다. 그래도 십년 넘게 그 마음 가지고 있능거 보이 인자는 존경스럽심미다.

젊은동백 …

우체부 (카세트 테이프를 동백에게 주며) 이거 지난번에 영선이가 가지고 싶다 카데요.

젊은동백 어데요. 아임미더.

우체부 갑니다. 그리고 그 편지에 다음달 15일 3시에 부산항으로 온다캤나? 한 번 확인해 보이소. 내가 들은기 맞나 가물가물 해갖고요.

우체부가 나간다.
젊은 동백이 편지를 바라본다.
통영댁이 들어온다.

젊은동백 다음달 15일 3시에 부산항이라 캤제?

통영댁 니 뭐하노? 오늘 홍합 캐러 가는 것 모르나?

젊은동백 (편지를 주머니에 얼른 넣으며) 와예. 가입시더.

젊은 동백이 부엌에 들어가서 망과 호미를 가지고 나와 통영댁을 따라 나간다.

우진 약속을 담은 편지는 잘 전해졌는데 약속을 한 사람은 그 곳에 가지 못했어요.

젊은 우진이 자리에 반듯이 눕는다.
낯선 여자와 아이가 들어와 젊은 우진의 옆에 앉는다.

젊은우진 동백 씨.

젊은 동백이 목에 노란색 스카프를 두르고 오른쪽으로 위로 나와 서
있다.
우진이 젊은 동백의 옆으로 가서 선다.
동백이 편지를 편지함에 넣는다.
편지함에서 편지 하나를 꺼낸다.

동백 이건 처음 보는 긴데. (읽는다) 배가 떠나는 날 병에 걸렸습니다.
고열에 시달리는 내 눈에 계속 동백 씨 얼굴이 보였습니다. 나는
파도에 휩쓸려 바다에 빠졌다가 섬 아가씨한테 구출당한 청년. 동
백 씨는 나를 구해준 아가씨. 열이 내리고 정신을 차려보니 나는
필리핀의 어느 섬에 낯선 아가씨와 같이 있었습니다.

우진 그런데 열에 들떴던 그 한 달이. 동백 씨의 손을 잡고 누워 별을
바라보던 그 한 달이 정말로 행복했습니다.

동백 정말로 행복했습니다.

우진 만을 남기고 들어간다.
우진이 방문 앞으로 와서 선다.
동백이 방문을 열고 문 밖으로 나온다.

우진 동백 씨.

동백 오데를 그리 쏘다녀요.

우진 미안합니다. 제가 너무 늦게 왔지요.

동백　들어와요. 추워요.

동백과 우진이 방으로 들어간다.
우진이 구석에서 솔방울을 손으로 닦는다.

동백　우찌. 그쪽이 꼭 죽으러 온 사람 같아요. 십년을 사진만 보내고는 한 번도 안 찾아오더마넌. 어제 왔던 사람처럼 와서 이상한 짓만 하고예.

우진　(솔방울을 동백에게 주며) 밖에 나갔더니 산딸기가 빨갛게 익어서 따왔어요. 동백 씨 먹으라고.

동백　산딸기?

우진　빨간 산딸기가 지천이네요. 토끼랑 노루랑 새들 먹을 거 남겨놓고 따 왔어요.

동백　이 양반이 미쳤나? 한 겨울에 산딸기가 어디 있다고 솔방울을 가지고 와이라요?

우진이 동백을 말없이 본다.

동백　와요?

우진　여기 방이며 부엌이며 싹 다 정리해 놓고 먹을 것도 하나 없고 땔감도 하나 없는 게 죽으려고 작정한 사람 같아서요.

동백　딸내미 집에 간다니까.

우진　그래도 그렇지.

동백　가서 안올낍미더. 요는 다시 안 와요.

우진　그래요. 다시는 오지 말아요.

동백　(우진을 바라보며) 난 괜찮으니까. 걱정 마이소.

우진　(대답 대신 웃는다)

동백   (우진의 옷을 만져본다) 옷이 다 젖어뿟네.

동백이 옷장으로 가서 남자 웃옷을 꺼내 준다.

동백   갈아 입으이소.
우진   아닙니다.
동백   그냥 입어라케도예. 감기 걸린다꼬요.

우진이 옷을 갈아입는다.
옷을 갈아입는 폼이 어설프고 단추를 엇갈려 채운다.

동백   (단추를 잘 채워주며) 나이가 몇 살인데 단추 하나도 잘 못 끼워요.
우진   (동백을 바라본다. 눈빛이 아득하다)
         사랑하는 것은, 사랑을 받느니보다 행복하나니라.
동백   그거는…
우진   오늘도 나는 에메랄드빛 하늘이 환히 내다뵈는
         우체국 창문 앞에 와서 너에게 편지를 쓴다.
동백   내도 그 시를 알아요. 한글학교서 배웠어요.
우진   행길을 향한 문으로 숱한 사람들이 제각기 한 가지씩 생각에 족한
         얼굴로 와선,
동백   편지를 읽어보고 싶어서 한글학교에 갔어요.
우진   총총히 우표를 사고 전보지를 받고 먼 고향으로 또는 그리운 사람
         께로,
         슬프고 즐겁고 다정한 사연들을 보내나니.
동백   글을 배우고 집에 돌아와 편지를 읽으니 얼마나 좋던지. 열여섯
         살 애기 마냥 폴짝 폴짝 뛰고…
우진   사랑하는 것은, 사랑을 받느니보다 행복하나니라.

오늘도 나는 너에게 편지를 쓰나니.

동백 울고, 웃고 또 울고 웃고. 휴.

우진 동백 씨. 배고프죠? 내가 산딸기를 따 왔어요.

동백 그 시의 마지막이 이렇게 끝나요. 그리운 이여 그러면 안녕. 설령 이것이 이 세상 마지막 인사가 될지라도

우진 사랑하였으므로 나는 진정 행복하였네라.

동백 사랑하였으므로 나는 진정 행복하였네라.

우진이 솔방울을 본다.

우진 분명히 산딸기를 따 왔는데. 겨울인데 딸기가 있는 게 참 신기하다고 그러면서.

동백이 우진을 붙들고 자리에 앉힌다.

동백 좀 쉬어요.

우진 (어린아이처럼 쭈그리고 눕는다) 그럼 잠깐만…

동백 (우진의 머리를 자신의 무릎에 베어주며 머리를 만져준다. 자장가처럼 노래를 부른다) 산에 하얗게 눈이 내리면 들판에 붉게 꽃이 핀다네. 님 마중 나갔던 계집아이가 타다 타다 붉은 꽃이 되더라.

우진 참 마음이 편하네. 마음이 편해. 어쩌나. 동백 씨 배고플 텐데…

우진이 잠이 든다.

동백 (우진의 어깨를 만진다) 옷은 그쪽 줄라꼬 사논 깁미더. 언젠가 한 번은 올 것 같아서… (사이) 우리 딸이 내 데불로 온다캤어요. 머리에 난 혹 떼는 수술 시키준다꼬 온다캤어요. 소원이 딱 하나 있었

는데 제발 덕분에 우리 딸이 오기 전에 죽었시모 시푼기. (우진을 한 번 본다) 인자는… (주머니에서 편지를 꺼내어 본다) 동백이는 우진 이를 사랑합니다. 많이 기다렸습니다. 그리고 행복했습니다. (우진 의 웃옷 주머니에 편지를 넣는다)

동백이 우진의 어깨에 머리를 대고 눈을 감는다.
방 불이 꺼진다.
젊은 우진이 무대에 앉아 있다.
사진기가 앞에 있다.
젊은 동백이 휠체어에 시어머니를 태우고 고등학교 교복을 입은 아이를 데리고 왼쪽으로 들어온다.
젊은 우진과 젊은 동백이 서로 보고 놀란다.

젊은우진 어서 오세요.
젊은동백 가족사진이랑 어머이 사진을 찍으러 왔어예.

젊은 우진이 사진을 찍어준다.
가족사진과 어머니 사진을 찍는다.

젊은우진 다 찍었습니다.
젊은동백 영선아. 할무이 모시고 먼저 나가있어라.

영선이 시어머니를 모시고 나간다.

젊은동백 제 사진도 한 장 찍어 주우이소.

젊은 우진이 말없이 카메라를 준비한다.

젊은우진　자. 웃어요. 하나 둘. 셋.

젊은 동백이 환하게 웃는다.

젊은동백　사진 한 장 찍기가 참말로 어렵네. 십오 년 만이네… 그치요?
젊은우진　예…
젊은동백　내는 글을 몬 읽어예. 그래서… 한 번도 답장을 몬 했십니더.
젊은우진　동백 씨.
젊은동백　글은 몬 읽어도 마음은 읽을 수 있더라꼬예. 부산에서 그 마음이 뭔지 알았슴니더. 하늘이 무너지는 느낌이지예? 내는 평생에 딱 한 번 그런 일을 겪었어도 죽을 것 같았는데, 그쪽은 내 팬지를 그렇게 기다렸을 걸 생각하니까 괜히 미안해지고 비가 잔뜩 들은 것처럼 마음이 축축해지더라꼬요. 진작 글을 모린다꼬 말할 꺼를. 그게 그리 챙피하데요. 정말 미안해예.

젊은 동백이 고개를 숙인다.

젊은우진　(탄식한다) 아!
젊은동백　사진은 딸이 찾으러 올 깁니더.

젊은 동백이 나간다.
젊은 우진이 괴로워하다가 나간다.
상여소리가 들리고 시어머니의 영정사진을 들고 영선이 지나간다.
우체부가 그 뒤를 따라 간다.
젊은 동백이 그 뒤를 따라간다.
젊은 우진이 그 뒤를 조금 멀리 따라 간다.
방에 불이 들어온다. 우진은 아직 자고 있다.

동백은 보자기를 앞에 두고 앉아있다.

동백   또 십년. 이번에는 어디서 찍었는가 글씨는 하나 없고 사진만 찍
        어서 보내네. 참 싸악케라. 내도 인자 편지를 읽을 줄 아는데… 네
        가 떠난 뒤에 바다는 눈이 퉁퉁 불어 올랐다. 해변의 나리꽃도 덩
        달아 눈자위가 붉어졌다. (사이) 처음에는 그쪽이 먼저 시작했는지
        몰라도 아마 나중에는 내가 더 많이 좋아했을 끼라요.

        우진이 일어난다.

동백   다 지난 일이네요.

        동백이 일어나려다가 고꾸라진다.
        우진이 놀라서 동백을 업고 밖으로 나간다.

동백   뭐하요? 어서 내리 놔요.
우진   가야해요. 여기 있다가 동백 씨 얼어 죽고 굶어 죽어요.
동백   안 죽어요. 안 죽으니까 내리 놔요.
우진   내가 분명히 산딸기를 따왔는데. 겨울인데도 산딸기가 다 있다 그
        러면서… 산딸기를 따왔는데…

        우진이 엎어진다.
        동백이 저만치 나뒹군다.
        우진이 동백에게 다가간다.
        노란 동백꽃이 바닥에 깔린다. 풀피리 소리가 들린다.
        무대의 모든 것들이 잠시 멈춘 듯하다.
        젊은 동백이 상복을 입고 들어와 사진관의 유리창을 바라본다.

젊은 동백의 얼굴이 사진관 진열장에 걸려있다.
무대는 사진만이 밝게 비추어지다 점점 어두워진다.

3.

밤이다.
무대가 밝아지면 우진이 상 위에서 흙을 만지고 있다.
방 여기저기에 조그만 보따리가 놓여 있다.
동백은 축 늘어져 있고 머리가 아픈 듯 얼굴을 자주 찡그린다.

동백   (우진을 보면서) 휴. 세월에는 장사가 없다더마년.

우진이 혼자 중얼거린다.
우진이 동백을 바라본다.

동백   와요?
우진   (흙으로 된 떡을 준다) 먹어요.
동백   이건…
우진   (동백의 입에 가까이 대고) 먹어요. 배고파요.
동백   이건 흙… (흙덩이를 손으로 받는다)

우진이 하나를 집어서 먹으려고 한다.
동백이 그걸 빼앗는다.

동백   안돼요. 내가 다 먹을랍니다. 묵지 말아요.

우진이 고개를 끄떡인다.
동백이 흙을 입에 넣는다.

우진   맛있어요?
동백   (흙을 씹으며 눈물을 흘린다) 맛있네요. 맛있으니까 내 혼자 다 묵을
         랍니다.

우진이 웃는다.

동백   부엌에 가서 물 좀 떠다죠요.

우진이 밖으로 나간다.
동백이 흙을 뱉고 흙덩이들을 숨긴다.
우진이 돌아온다.

우진   (자리를 권하며) 손님! 여기 앉으세요.

동백을 자리에 앉힌다.
우진이 사진을 찍는 흉내를 낸다.

우진   웃으세요, 할머니! 영정사진은 밝게 나와야 사람들이 덜 슬퍼해요.

동백이 환히 웃는다.
우진이 사진을 찍는다.

동백   예쁘게 잘 나오겠지요? 우리 동백 할매 예쁘다꼬 다들. 그리 말하
      겠지요?
우진   예. 그럼요.

      우진이 가지고 온 가방에서 사진을 꺼낸다.
      동백이 젊었을 때 사진이 들어있다.
      동백이 사진을 바라본다.
      우진이 가방을 거꾸로 쏟는다.
      가방 안에서 우표가 안 찍힌 편지들이 쏟아져 나온다.
      편지 안에는 여러 가지의 말린꽃들이 가득 들어있다.
      동백이 상자 안에서 엽서를 꺼내어 본다.

동백   철철이 꽃을 보내줘서 잘 말려서 문에다 붙였지요.

      젊은 우진이 왼쪽으로 나온다.
      바지를 걷고 강물을 걷듯이 걷는다.

우진   (편지를 읽듯이) 여기는 섬진강입니다. 강을 따라 매화꽃이 흐드러
      집니다. 강에서 은어 낚시하는 낚시꾼들이 평화로워 보입니다. 신
      발과 양말을 벗고 얕은 강을 따라 걸어봅니다. 물고기들이 발가락
      사이로 지나가는 게 느껴집니다. 동백 씨와 함께 왔으면 좋았을
      거라는 생각을 멈출 수가 없습니다.

      또 한 장을 꺼낸다.

동백   절 꽃이 아주 예쁘게 피었네. 우리 집 방문에도 꽃들이 피었어요.
우진   백담사에 왔습니다. 절 앞의 계곡물에 돌을 던져봅니다. 내 마음

처럼 파장이 일어납니다. 절에서 절 밥 한 그릇 얻어먹으니 배가 불러 행복합니다. 동백 씨와 같이 먹었으면 좋았을 거라는 생각이 듭니다. 마음이 참 아리고 또 벅찹니다.

동백이 누워서 눈을 감는다.
젊은 우진이 누워서 별을 본다.
젊은 동백이 어딘가에 앉아 하늘을 본다.

우진 바라건대, 저 별들이 동백 씨 머리 위에도 비추게 해 주십시오. 어느 시골 마을 툇마루에서 별을 보며 잠이 드는 밤입니다.

우진이 동백의 옆에 눕는다.
동백이 우진의 손을 잡는다.
작은 빛들이 어지럽게 방안을 돌아다닌다.
우진이 손을 내밀어 빛들을 잡으려 한다.

동백 추워…
우진 너무 추워요. 우리 동백 씨 너무 추워. 안 되는데…

우진이 일어나서 방을 둘러보더니 편지들을 모아 화로에 넣는다.
편지에 불을 붙인다.

동백 (눈을 뜨고 보더니 깜짝 놀라서) 안돼요. 그거 태우모 안돼요.

동백이 겨우 일어나 화로로 가서 불을 끄려 한다.
우진이 말린다.
화로가 엎어진다.

불이 번진다.
동백이 주전자를 들어 물을 붓는다.
타다만 편지들을 붙들고 운다.
우진이 동백의 눈물을 닦아준다.

우진 동백 씨. 일어나 봐요. 배가 고파서 그래요?

동백이 거의 기절한 듯 누워 있다.
우진이 동백의 머리를 들어 자신의 무릎 위에 올린다.
꽃잎을 한 장씩 떼어서 동백의 입에 넣어준다.
동백의 입에 꽃이 가득하다.
우진이 허허 웃는다.
젊은 동백과 젊은 우진이 웃는다.
무대가 서서히 어두워진다.

에필로그

무대가 밝아진다.
젊은 동백이 동백나무 아래에 앉아 있다.
그 옆에 빈 의자가 하나 놓여있다.
사진기가 조금 떨어져서 놓여있다.
젊은 동백이 길을 자꾸자꾸 쳐다본다.
젊은 동백의 얼굴이 점점 환해진다.

젊은 우진이 성큼성큼 걸어온다.

젊은 동백이 앉으라고 손바닥으로 빈 의자를 툭툭 친다.

젊은 우진이 의자에 앉는다.

서로 바라보고 웃는다.

젊은 동백이 사진기 있는 곳으로 가서 사진기를 조절하고 다시 자리에 와서 앉는다.

두 사람 다 약간 굳은 자세로 카메라만 노려본다.

사진기 플래시 깜빡거리기 시작한다.

젊은 우진이 젊은 동백의 뺨에 뽀뽀를 한다. 플래시가 터진다.

두 사람 다 눈을 감는다.

무대가 환해진 상태에서 두 사람의 움직임이 멈춘다.

그리고 잠시 후 무대가 서서히 어두워진다.

아카섬이 남긴 것은

— 작/김정리, 각색 및 연출/박장렬 —

공연기간 : 2017년 7. 16(일) 15:00, 19:30
공연장소 : 통영시민문화회관 대극장
단체명 : 연극집단 反
출연진 : 인영 役_이가을 / 노년의 순지(인영의 할머니) 役_김담희 /
재훈(인영의 아버지) 役_정종훈 / 민선(인영의 엄마) 役_김지은 /
보경(민선의 친구) 役_권기대 / 마츠모토(인영의 남자친구) 役_진종민 /
하진(인영의 친구) 役_김진영 / 순지(위안부, 인영의 할머니) 役_송지나 /
영순(위안부, 순지의 친구) 役_현예지 / 위안부 役_한경애 / 일본장요 役_최지환 /
일본군인 및 여행객 役_정성호 / 일본군인 및 여행객 役_윤이준 /
일본군인 및 여행객 役_원종철 / 일본군인 및 여행객 役_송현섭 /
일본공무원1 役_이재영 / 일본공무원2 役_김 천 / 기자 役_권남희
제작진 : 작가_김정리 / 대표 및 총감독_박찬국 / 각색 및 연출 박장렬 /
조연출 및 음향오퍼_서이주 / 조명_김철희 / 조명오퍼_김나라 / 무대_정대원 /
음악_박진규 / 의상_양재영 / 기획_장봉태 / 무대감독_송현섭 / 뉴스나레이터_김수연 /
안무가_박호빈 / 아리랑지도자_박은정

■위치

사진에서 붉은 점이, 아카섬이다. 오키나와 케라마 제도 여행의 중심이 되는 섬 중 하나인 아카섬. 시간이 느리게 흐르는 것만 같은 이 섬에 머물다 보면 진정한 휴양이 무엇인지를 깨닫게 된다.

케라마 제도는 20여 개의 유/무인도로 이루어져 있다. 가장 큰 섬은 토카시키(Tokashiki) 섬이지만, 관광에 있어서 가장 인기 있는 곳이라면 자마미(Zamami) 섬과 아카(Aka) 섬이다. 다이빙의 명소로 (네이버에서) Aka는 오키나와 전투에서 미군의 첫 상륙 장소 중 하나였다.

게라마제도가 2014년 국립공원으로 지정되었다. 아카섬도 게라마 제도의 한 부분이기에 지금은 국립공원이다. 미군은 1945년 3월 26일에 착륙하여 Zamami, Geruma 및 Tokashiki의 섬을 점거했다. 500명 이상의 주민들이 포로를 피하기 위해 일본군의 명령으로 자살했다.

–오키나와 만 천명을 넘은 조선인 위안부
http //japan.hani.co.kr/arti/politics/21567.html

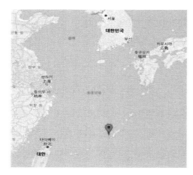 

– 아카섬 소개
http //www.geocities.jp/unepeace/learn-kerama.html#aka

–위안부관련자료 꼭 봐야 할 영상
https//youtube/xoDLyr9vTwo

성명	성명	스텝	성명
인영(영화 전공자)	이가을	총감독	박찬국
민선(인영의 엄마, 조각가)	김지은	연출	박장렬
젊은 순지(인영의 할머니, 위안부)	송지나	조연출	서이주
노년의순지(인영의 할머니)	김담희		
마츠모토(인영의 남자친구)	진종민	조명	김철희
재훈(인영의 아버지, 시의원)	정종훈	음악	박진규
하진(인영의 영화학교 동기)	김진영	무대	정대원
보경(엄마의 친구)	권기대	의상	양재영
일본공무원1	이재영	음향오퍼	서이주
일본공무원2	김천	무대감독	송현섭
영순(위안부(순지의 친구))	현예지	조명오퍼	주선하
위안부 1	한경애	기획	장봉태
일본장교	최지환	회계	송지나
기자	권남희	기록	김대현
그 외 일본군인들	정성호	소품	진종민의
	원종철		책임하에
	이재영		
	송현섭,		

기자들

■때, 곳
1944년과 현재.
일본 오키나와 인근 아카섬의 일본군 위안소가 있던 곳.
그리고 인영의 집, 시민광장 앞.

■무대(작가의 글)
주 무대는 아카섬의 언덕 평지다. 아열대 기후의 이국적인 풍치가 느껴지게 아열대성 풀들이 무성하고 하늘은 바다로 착각할 정도로 짙은 푸른빛이다. 하지만, 이곳에 끔찍한 유산이 있다고 알려주려는 듯 서늘한 기운도 스며 나온다.

무대 후면 크고 오래 된 나무 한 그루가 모든 것을 다 알고 있다는 듯 쓸쓸히 지켜 서 있다. 파도 소리가 간간히 들리는 이곳은 붉다는 뜻의 '아카' 에 걸맞게 붉은 꽃들이 여기저기 피어있다.

객석에서 보이지는 않지만, 무대 옆으로 텐트가 있고, 뒤쪽에 계곡과 절벽이 있다. 무대 안쪽 적당한 곳에 큰 여행 가방과 소지품들이 놓여있고 땅을 파기 위한 도구도 몇 개 보인다. 인영의 집은 무대 전면에, 시민광장은 후면의 적당한 공간에 지정한다. 1944년의 장면들은 아득한 느낌이 나도록 적절히 조명으로 처리하되, 마치 흑백 영화를 보듯 무채색 무대이면 좋겠다. 소녀상 작업실은 무대 후막(투명막) 뒤 조금 높은 단 위이거나 무대 옆 돌출무대 등 따로 마련된 공간을 권한다. 작업실은 사실적인 모습보다 단출한 표현으로 상징적 이미지만 나타낸다.

1장

현재와 과거의 공존.
공항에 트렁크를 들고 초조하게 서 있는 인영, 보따리를 들고 초조하게
인영에게 다가서는 젊은 순지. 몇몇의 여행객이 보인다.
인영 전화를 하고 있다.

순지 조선사람이세요?

인영 (순지의 옷차림을 의아해하며) 네. 조선… 한국사람입니다.

순지 (말이 통하자 기뻐하며) 여기서 일본 오키나와 가는 배를 타는 게 맞
      나요.

인영 네, 배요. 여기는 비행기를 타는 곳인데…

순지 오키나와로 가야만 고향 가는 배를 탈 수 있다고 했어요.

인영 무슨 말인지 모르겠네요. 이곳은 프랑스 파리에요… 여기서 오키
      나와 가는 비행기는 없어요.

순지 그럼 갈 수 없다는 건가요. 전 가야 돼요. 고향으로!!!

일단의 어린소녀들(위안부)이 뛰어 들어온다.

소녀들 도망가야 해, 어서 와 순지야.

순지와 소녀들은 사라진다.
순지가 사라진 곳으로부터 순지할머니가 나타나 인영에게 다가온다.
인영 일어나 할머니를 부르나 할머니는 사라진다.

209

현재.

조명이 밝아온다.

공항이다. 트렁크에 걸터앉아 잠에서 깨어나는 인영.

멍하니 순지가 사라진 곳을 바라본다.

몇 명의 여행객이 보인다.

공항의 안내 방송이 흘러나오고 있다.

하진이 커피를 사들고 들어온다.

하진   피곤하지. (커피를 건네다) 안색이 왜 그래?

인영   …, 잠을 못자서 그래…

하진   네, 남자친구 마츠모토는 아직 안 왔어?

인영   아직! 하진아 공항까지 뭐 하러 왔어.

하진   무슨 소리니 둘도 없는 친구가 한국 가는데, 며칠이나 다녀오는 거야?

인영   글쎄, 잘 모르겠어. 당분간 영화학교 휴학해야 할지도 몰라.

하진   휴학! 무슨 소리야. 할머니 돌아가신 일 말고 또 무슨 일이 있는 거야?

인영   아버지도 많이 편찮으시대…, 그리고 할머니가.

이때 마츠모토가 뛰어 들어온다.

셋은 작별인사를 나눈다.

비행기 이륙소리와 함께 여행객들이 사라지고 인영만이 보인다.

인영   어젯밤, 사랑했던 할머니가 돌아가셨다는 소식이 전해져 왔습니다. 저에게 할머니가 일기장을 남기셨다고 합니다. 그 일기장에는 할머니가 위안부였다는 비밀이 기록되어 있었습니다. 할머니는 죽기 전까지 비밀을 아무에게 밝히지 않았습니다. 할머니가 위안부였다는 사실에 온 가족은 충격에 빠졌습니다. 비밀을 간직한 채 평생 사셨다니!! (사이) 전 한국으로 돌아갑니다.

암전.

2장

어두운 무대에 아버지가 종이에 불을 붙인다.
집 뒷마당, 아버지가 일기장을 찢어가며 태우고 있다.
아버지는 술기운이 있다.

엄마   여보, 그래도 일기장을 태우면 어떡해요.
아버지 이걸 보면 미쳐버릴 거 같은데 나보고 어쩌라고.
엄마   인영에게는 얘기 했어야지.
아버지 (자제력을 잃고) 어머니가 우리 어머니가! 개돼지 같은 일본 놈들! 악마의 소행이야, 악마의 소행!
엄마   인영아빠, 진정해요.
아버지 어머니가… 불쌍한 어머니가… 사람이 겪어서는 안 될 일을 겪었다고. 지옥보다 못한 곳에서 매일 밤을…
엄마   (치를 떨며) 아, 여보!

인영이 뛰어 들어온다.

사태를 파악하고는…

인영　아빠,

엄마　인영아!

인영　어떻게 할머니의 일기장을 다 태워요? 아빠는 할머니 인생이 가
　　　엾지도 않아요.

아버지　(애써 억누르며) 이 자식아, 네가 뭘 알아? 아빠는 가슴이 산산조각
　　　나는 거 같다.

인영 아버지를 말리려하나 소용이 없다.

아버지　인영아, 영화 만드는 건 안 돼! 그건 말도 안 되는 일이야. 아무리
　　　할머니 유언이지만…, 이게 어디 영화로 만들 일이야!

인영　아빠! 할머니가 나한테 왜 일기장을 남기셨겠어.

엄마　… 인영아!

인영　누구한테 말도 못하고 얼마나 고통스러웠겠어. 오죽하면 자식한
　　　테도 말을 못했겠어요. 할머니한테는 죽어서도 풀고 싶은 한이란
　　　말이에요.

아버지　야, 이 자식아! 사람들이 알게 되면, 아빠 평판이 뭐가 돼? 사람들
　　　한테 계속 질문을 받을 거다. "어머님이 위안부였다는 사실을 왜
　　　숨기고 사셨나요? 이 작은 도시에서 날 가만히 두지 않을…

인영　아빠! 어쩜 아빠 입장만 생각해요?

엄마　인영아! (인영을 자제시킨다)

아버지　…, 차라리 죽어버리는 게 더 낫겠다. 왜 이런 일이… 내가 도대체
　　　뭘 잘못했냐고!

엄마　엄마하고 얘기 좀 하자. (인영을 끌고 집안으로 들어가려고 한다)

아버지　이제 정치고 뭐고 다 끝났어. 내가 이걸 다 안고 어떻게 정치판에

살아 남냐구. 이제 난 끝이야!

인영   아빠――

엄마   인영아, 그만 좀 해!

아버지   (말을 막듯 손을 내저으며) 됐다, 그만 두자! 절대 영화는 안 돼. (나
            가려 한다)

엄마   여보, 여보! (눈치 보며) 내일 시장님하고 약속 잊지 마.

아버지   뭐? 내가 지금 시장하고 소녀상 얘기를 하라고? 둘 다 제 정신들
            이야? 다 취소해! 내가 어떤 기분인지 모르겠냐고!

            아버지 퇴장.
            인영, 타다 남은 일기장을 건져내어본다.
            그러나 재뿐이다.

인영   할머니 불쌍해서 어떡해. 할머니가 꼭 들려주고 싶은 얘기가 이
            일기장에 다 있었어요.

엄마   할머니가 우리 인영이 프랑스에서 언제 돌아 오냐고, 언제 영화감
            독이 되냐고 묻고 또 묻고.

인영   아빠, 너무 나빠, 어젯밤에 내가 사진으로 다 찍어놨으니 망정이
            지…

            사이.

엄마   아빠는 너의 앞길에 나쁜 영향을 끼칠까봐 그러지.

인영   엄마는 소녀상 만들 때의 그 절실했던 마음은 어디로 갔어? 나한
            테 전화해서, 역사적 심판을 위해 의미 있는 일을 한다며 감격해
            했잖아.

엄마   인영아, 그거 하고는… 너도 엄마 입장이 되면 이렇게 할 거야.

인영   엄마는 할머니 일기 보면서 화가 치밀지도 않아?

엄마   그 일을 세상 사람들이 다 좋은 마음으로 해석하지 않아. 네가 감당할 수 있겠니? 네 할머니가 위안부였다는 사실이 알려지면, 너 시집이나 갈 수 있겠어?

인영   (조용히) 무슨 일이 있었던 우리 할머니잖아.

엄마   …

인영   엄마, 대학교 1학년 때, 리포터 때문에 위안부에 관한 자료를 찾은 적이 있어. 근데 위안부를 소개하는 사이트의 동영상 첫 장면이 뭔 줄 알아? 일본에서 살아 돌아온 소녀한테 손가락질 하는 거였어. 못난 나라 때문에 당한 피해자들을 같은 민족인 동네사람들이 손가락질하는 첫 장면으로 시작하더라고. 나는 일본정부의 망언보다 그게 더 화났어. 그걸 만든 관리자의 가치관이 뭔지… 어떻게 초등학생 교육용으로 이런 걸 만들었나 싶어서. 아무것도 모르는 아이들이 위안부는 손가락질 받아야 되는 존재라고 느끼게 될 거 아냐. 근데 아빠도, 그 사람들이랑 뭐가 달라. 그 경솔한 사람들이랑 뭐가 다르냐고!

엄마   (격하게) 뭐! 그게 엄마한테 할 소리야! 아빠가 왜 그러는지 알고는 있는 거지?

인영   피해자인 할머니를 멋대로 재단하는 사람들은 난 도저히 참을 수 없어!

엄마   (애써 누그러뜨리며) 할머니 한을 풀 수 있는 다른 방법이 있을 거다. 인영아 함께 찾아보자. 하지만 영화는 안 돼.

인영   (어이없어하며) 엄마!

엄마   인영아! 너는 힘들게 불어 공부해서 프랑스 최고 영화학교에 입학했어. 고등학교 때보다 더 열심히 공부했잖아. 네가 여기서 잘못 판단하면 지금까지 쌓아올린 공든 탑이 다 무너진다는 것만 생각해라.

보경 등장.

인영	아, 선생님!

인영　　아, 선생님!

엄마　　보경아…

보경　　어, 인영아! 그런데 왜 다들 뒷마당에 나와 있는 거야.

엄마　　…

보경　　인영아. 프랑스에 돌아와서 큰일 치르고 몸은 어떠니?

인영　　네… 감사합니다.

보경　　어, 그럼… (엄마에게) 이런 큰일 치르고, 소녀상 다음 주까지 완성
　　　　　해야 된다며, 어쩌고 있나 해서.

엄마　　그러게… 뒤숭숭하네… 며칠 밤샘 해야지.

보경　　그래, 인영아 이건 뭐니?,

엄마　　(말을 자르며) 들어가자.

보경　　네, 남편은 어때. 아직도…

엄마　　화를 내고 나갔어… 어머님 일기장을 다 태웠어…

보경　　뭐라고!!

엄마와 보경은 이야기하며 들어간다.

인영　　(타다 남은 재를 보며) 할머니! 불쌍한 할머니! 내가 꼭 영화 만들
　　　　　게…

인영은 타다 남은 일기장을 챙기기 시작한다.

3장

한 줄기 빛이 미완성의 위안부 소녀상을 비춘다.

소녀 모습의 실물 크기 좌상으로 아직은 점토로 된 거친 형태이다.

민선 등장.

심혈을 기울여 점토를 매만진다. 처연히 앉아있는 소녀의 모습이다.

점토를 더 붙이다 멈춘다. 두어 발 물러서 바라본다.

거부감이 치미는 듯 실망한 표정이 나타난다.

괴로워한다. 겨우 마음을 다잡는다.

다시 점토를 들이대지만 손에 힘이 빠져 떨어뜨리고 만다.

조각상을 뚫어지게 본다.

마른침을 삼키며 뭔가를 결심한다.

바닥에 있는 검은 천 조각을 가져와 덮어버린다.

퇴장한다.

사이.

인영 등장.

검은 천 조각을 벗긴다.

어디선가 단말마의 비명 소리가 들린다.

비명을 지르며 거의 나체로 뛰어나와 좌우를 살피는 위안부 영순.

쫓아 나오는 일본장교. 뒤를 이어 뛰어나는 위안부 순지와 위안부 1, 2.

넘어지는 영순. 장교가 쫓아와 칼을 뽑는다.

순지가 장교를 부른다.

순지의 손에 열쇠가 들려있다.

뒤 돌아보는 장교는 칼을 들고 순지를 향해 달려든다.
인영은 비명을 지르며 둘 사이를 가로 막는다.

시간이 정지한다.

영순이가 순지를 데리고 사라진다.
일본군은 소리를 지르며 쫓아나간다.
인영 비명을 지른다.
엄마가 뛰어 들어온다.

민선	무슨 일이니?
인영	…
민선	너 괜찮은 거야?

사이.

엄마	매일 할머니를 보면 어떻게 해.
인영	엄마, 할머니 얼마나 힘드셨을까!
민선	… 인영아! 이제 생각하니, 어머니가 그렇게 방을 쓸고 닦고, 무슨 결벽증 환자처럼 유난스러웠던 이유가 이해가 되는구나. 너 파리에 있을 때라 모르겠지만 행방불명되신 적도 있었어.
인영	행방불명!
민선	그때 집이 발칵 뒤집혔지. 경찰서에도 연락하고 얼마나 허둥댔는지 몰라. 근데 다음날 새벽에 경남 울주군 어디 경찰서에서 연락이 온 거야. 우리가 찾아가서 왜 여기까지 오셨냐고 물어도 어머니는 아무 말씀도 안 하시더라. 내내 우셨는지 눈은 퉁퉁 부어있고…
인영	(소름끼쳐하며) 엄마, 경남 울주군! 거기가 할머니 진짜 고향이셨

나 봐!

엄마　(깊은 한숨. 냉정하려 애쓰며) 어머니 생각하면… 같은 여자로서 정말 기가 막히고 가슴 아프다. 그런데 인영아, 마음 아픈 거는 아픈 거지만…, 우리 가족을 위해 그 일기장이 존재하지 않은 걸로 하면 안될까?

인영　(실망하며) 엄마까지…

엄마　이런 말하는 내가 정말 싫지만, 저 세상 가신 거… 어쩔 수 없는 건 다 잊어버리자.

인영　어른들 생각은 참 편리하네. 그냥 다 잊어버리자고.

인영의 전화벨이 울린다.

인영　마츠모토! 일본의 아카섬이라고 알아? 그래 일본 남쪽 끝에 있는 오키나와섬에서 가까운 작은 섬이야. 그래 대만에서도 가깝고… 아카섬으로 와 줘!… 자세한 건 메일로 보낼게… 글쎄 만나서 이야기하고… 그래, 알았어. 마츠모토 고마워!!

엄마　너, 설마 아카섬으로 가는 거니?

인영　내일 새벽에 출발할 거야. 엄마 날 이해해줘.

엄마　인영아. 그건 안 돼.

인영 나간다.
엄마 인영의 이름을 부르며 나간다.

암전.

4장

어둠속에 뱃고동 소리 크게 한 번 울린다.
무대 전체 밝아지면, 1944년의 아카섬이다.
아카섬 부두의 구석진 곳 앞으로 바다가 보인다.
16세의 순지와 영순이.
곱게 땋은 머리에 앳된 얼굴로 치마저고리를 입은 모습이다.
둘 다, 꽃을 꺾어들었다.

순지 아! 이렇게 아름다운 섬도 있나? 아까섬이라고 했나!

영순 (웃으며) 아까섬이 아니라 여기는 아카. 아카섬!

순지 아카섬의 꽃은 정말 이쁘다. 너무 예쁘다! (꽃을 머리에 꽂으며) 내 어떻노?

영순 예쁘다! 나도. (따라서 꽃을 머리에 꽂는다)

순지 영순이 니도 예쁘다.

두 사람, 춤추듯 빙그르르 돌며 함박웃음을 짓는다.

영순 (바닥에 앉으며) 순지야, 니는 특수간호사가 뭐하는 건지 아나?

순지 나도 잘 모른다. 어쨌든 간호사잖아! 얼마나 멋있노? 하얀 가운 입고 모자도 쓰고. 오키나와에 같이 온 미자는 무슨 봉사대에 뽑혀 갔다카더라. 군인들 앞에서 춤추고 노래할 거라카대.

영순 군인들 앞에서 춤을 어떻게 추노? 난 부끄러워서 못한다. 간호사가 훨씬 좋다.

순지 일본 순사들이 나라에 봉사하러가는 처녀들이라고 비싼 화장품도 사주고 억수로 잘해줬단다.

영순   나도 돈 많이 벌어서 화장품도 사고 고향에도 돈 많이 보낼 거야.

순지   아카섬의 바다는 우리 고향 바다랑 색깔이 다르네. 진짜로 예쁘다.

영순   그래 우리가 저 바다를 건너 왔다니… 벌써 엄마 보고 싶다.

사이.

순지   아까 배에서 내가 순사한테 물어봤거든.

영순   뭐를?

순지   얼마동안 일하면 뭉칫돈 벌 수 있습니꺼?

영순   그러니까?

순지   (손가락 두 개를 세워 보이며) 2년 그라고, 씨익 웃더라.

영순   (한숨) 2년… 금방 지나가겠제.

순지   그래.

영순   순지야, 내하고 꼭 붙어있어야 된다.

순지   걱정마라. 우리는 단짝아이가. (영순의 팔짱을 낀다)

일본군이 둘을 부른다.

영순   우리 좋은 간호사 되자!

순지   그래. 돈도 많이 벌고!

일본군이 나타나서 신경질적으로 둘을 데리고 간다.

파도소리 멀리서 간간이 들려온다.

현재의 아카섬.

마츠모토가 한 손에는 삽을 들고 들어온다.

인영은 비디오카메라와 배낭을 메고 들어온다.

마츠모토는 일본인이지만 한국말이 유창하다.

마츠모토 이틀 동안 모래만 팠더니… (팔을 주무른다)

인영 마츠모토, 미안해. (카메라를 내려놓으며) 조금만 쉬자.

마츠모토 갑자기 프랑스에서 오게 하고… 할머니가 남긴 물건 찾는 거… 인
영아 그거 뭐지!! 한국속담, 아… 맞아 사막에서 바늘찾기다!!

인영 그래, 고생시켜서 미안해. 하지만 할머니가 찾으라는 거 못 찾으
면 평생 후회할 거 같으니까. 도와 줘! 시간도 없어. 다음 주는 프
랑스 학교로 다시 가야하잖아.

마츠모토 OK…

인영 덥긴 무진장 덥다. 이 더운 데서 헉헉거리며 15군데나 모래를 팠
는데 다 허탕을 치니…

마츠모토 어제 만난 일본 할머니 말 어디까지 믿어야 될까?

인영 위안소는 여기 어디 간에 있어. 할머니가 남긴 것도!

마츠모토 기억은 주관적이야. 얼마든지 왜곡될 수 있어.
그 할머니 80대 중반이셔. 12살 때 기억이잖아. (인영의 열의에 마
지못해) 그래 여기 위안소 있었다고 치자.

인영 분명히!

마츠모토 알았다 알았어.

인영 난푸소… 위안소를 그리 불렀대. 그 할머니 부모가 난푸소에 가지
못하게 했다지. 조선인 언니들이 하얀 얼굴에 예뻤다지…

마츠모토 근데 여긴 미군이 집중 포격했나봐! 건물이 완전히 파괴됐어.

인영 70년이 지났으니까. 모르고 왔으면 그냥 지나쳤겠다.

마츠모토 여기 경치는 정말 좋다.

인영 그래, 슬픈 경치지. (인영이 여행 가방에서 일기 복사본을 꺼낸다)

마츠모토　일기장 카메라로 안 찍어놨으면 큰일 날 뻔했다.

인영　아빠가 그렇게 무지막지하게 태워버리실 줄은…

(읽는다) 1944년 11월 20일.

고향은 추운 겨울이 오고 있겠지. 여기 아카섬은 일년 내내 따뜻하다. 1352부대 군인들은 오키나와섬으로 비행훈련을 가기 시작했다. 나는 언제 다시 고향에 갈 수 있을까.

(인영 페이지를 넘기며 읽는다) 1944년 12월 3일.

13살 막내 말년이가 성병을 옮겼다고 매질을 당했다. 항생제 주사를 맞고 잠들었는데 그 뒤로 보이지 않는다. 오키나와 큰 병원으로 보내졌을까.

인영　어디로 데려갔을까?

마츠모토　글쎄…

인영　어디 산속에 내다 버렸겠지! 아니면 저 절벽으로 밀어버렸거나.

마츠모토　설마!

인영　마츠모토. 일본군은 조선여자들을 짐승보다 못하게 취급했어. 자신들이 전쟁에서 느끼는 절망감을 성욕으로 풀기 위해 소녀들을 이용하고, 병들면 내다버리고, (어처구니없다는 듯) 마츠모토는 언제 위안부에 관해 알았어?

마츠모토　대학교 때.

인영　(어이없어) 그전엔 전혀 몰랐어?

마츠모토　안 배웠으니까. 대학 강당에서 위안부 할머님이 증언하셨어. 처음엔 충격 때문에 숨이 멎는 줄 알았다. 여학생들은 울면서 할머니를 안아줬고 남학생들은 충격 받아 어쩔 줄 몰라 했지. (사이) 아까 뉴스 들으니까 아베 총리가 유엔 연설에서도 과거사 사죄를 안했다지?

인영　기대할 걸 기대해야지. 아베는 강제동원 증거가 없다고 주장하고 있고 나아가서는 니시무라 정치인은 위안부를 매춘부라고 했어.

우리가 일본군 위안부 모집이 인신매매단이 아니고 일본 군인이
한 짓이라는 걸 다큐멘터리로 보여줘야 해. 일본정부의 망언을 잠
재울 수 있는 한 방이 뭘까! 참, 하진이 내일 올 거야.

마츠모토 (놀라움과 반가움으로) 하진이가? 진짜?

인영 우리 일에 관심이 있기에, 올 수 있으면 오라고 했는데, 진짜 오
겠대.

마츠모토 OK.

비행기가 날아가는 소리가 들린다.

인영 비행기가 자주 다니네.

마츠모토 이곳에서 가까운 오키나와에 미군 공군비행장이 있잖아. 오키나
와 면적의 20%가 미군부대.

인영 와!!! 아직도 전쟁 중인 것 같다.

마츠모토 지구상에서 전쟁이 멈춘 적은 한 번도 없어…

인영 할머니는 낯선 타향에서, 저 바다를 보면서 무슨 생각을 했을까…
할머니… 할머니가 너무 불쌍해 16살의 나이로… (눈물을 흘린다)

마츠모토 자, 자 인영아… 다시 찾아보자…

인영 그래, 저쪽으로 가보자…

두 사람, 해변을 뒤지며 사라진다.

5장

민선의 작업실. 소녀상 작업실 부분조명 밝아진다.

보경이 기다리고 서 있다.

잠시 후, 엄마가 급히 들어온다.

핼쓱한 얼굴에 시름이 깊은 모습이다.

보경 몸살은 좀 나았어?

엄마 내가 문제가 아냐. (한숨) 살얼음판을 걷는 거 같다.

보경 네 남편, 많이 심각한 거야?

엄마 방안에서 나오지도 않아. 벌써 4일째야. 불도 안 켜고 가끔씩 땅이 꺼지게 한숨만 내쉬고. 난 무슨 나쁜 마음이라도 먹는 거 아닌가 가슴이 조여 와서 못 견디겠어.

보경 식사는? 아무것도 안 드셔?

엄마 방금도 죽 한 그릇 놓고 나왔는데, 손 안댈 거야. 아까는 날 붙들고 이민 가자더라.

보경 다 그렇게 하겠다고 하지. 지금은 무조건 다 받아줘. 혼자 삭인다고 하루가 10년 같을 거야. (깊은 한숨) 인영이한테 전화해서 많이 위중하시다고 빨리 들어오라고 해.

엄마 그만두고 오라고 하는 게 현명한 거지?

보경 당연하지. 인영이는 지금 젊은 혈기에 자기가 투사라도 되어야 한다고 생각해. 지금 당장 전화해봐.

민선 (전화를 건다) 인영아! 그래, 엄마야. (마른 침을 삼키며) 엄마가 정말 심장이 어떻게 될 거 같아. (사이) 아빠가 어제 밤에 나한테 뭐라 그러신 줄 알아? 할머니를 원망했어. 돌아가시는 마당에 그냥 안

고가시지 자식한테 이게 무슨 형벌이냐고. (사이) 엄마 말 들어봐! 아빠는 완전히 절망하고 계셔. 듣고 있니? (사이) 저러시다 큰일 나면 어쩔 거야? 이쯤하고 철수하고 돌아 와! 인영아, 엄마는… (끊긴다) 여보세요? 여보세요? 인영아!

보경	끊긴 거야 끊은 거야?
엄마	(침묵)
보경	보통 고집이 아니네.

그릇 던져서 깨지는 소리.

아버지 독백이 필요하다…

보경	이게 무슨 소리야?
엄마	그릇을 던져 버렸나봐. (나가려한다)
보경	가지마! 아무 말도 하지 말고.
엄마	정말 내가 미쳐버리겠어!
보경	(착잡해서 한숨을 내쉬며) 너희 집은 내가 부러울 정도로 화목했었는데.
엄마	(애태우며) 내가 아카섬으로 가볼까?
보경	그게 좋겠다. 엄마 얼굴을 보면 마음이 달라질 거야.
엄마	비행기 표 예약해야겠어.

무언가 던져지는 소리가 또 들린다.
둘은 아버지에게로 달려간다.

6장

아카섬.

밤이다. 랜턴 빛이 보인다.

셋은 흘러내리는 땀 때문에 이마에 수건을 동여매고 있다.

인영과 마츠모토는 금속탐지기로 해변을 수색하고 있다.

하진은 카메라로 둘의 작업을 담고 있다.

하진   도대체 어디 있는 걸까? (임종 직전 할머니를 흉내 내며) 할머니 조금만 자세히 말씀해주시지… 거기다 숨겼어. 거기다… (자신으로 돌아와, 안타까워하며) 아, 할머니가 조금만 더 얘기해주시지! 도대체 뭘까…?

인영   군인들의 군번표? 아니면 총 같은 무기일 수도 있어. 중요한 사진일지도 몰라.

하진   기둥도 없고… 도대체 어디냐고?

인영   아! 점점 자신이 없어져. (머리를 흔들며) 아냐, 내가 이러면 아무것도 안 돼. 꼭 찾을 거야!

마츠모토   (금속탐지기가 소리를 낸다) 하진! 인영! 빨리 와! OK.

인영   이번엔 제발~!

하진   심장이 막 뛰어, 느낌이 온다.

마츠모토   OK! OK!

인영   카메라 찍고 있지.

하진   당근이지…

인영   (조심히 모래에서 건져낸다) 유리병이잖아. 타임캡슐 같지 않아?

하진   갑자기 쾅~! 폭발하는 거 아니야?

마츠모토	(유리병 안에 틀니가 있다) 이게 뭐지!
인영	틀니!
마츠모토	틀니!
하진	이건 아니잖아… 아 씨!

다들 허탈해하며 앉는다.
파도소리가 들려온다. 밤하늘의 별이 너무나 아름답다.

하진	와 별, 정말 많네. 이쁘다
마츠모토	많다…
하진	오기 전에 검색해봤는데… 아카섬 관광지로 유명해. 아름다운 바다! 더 아름다운 하늘. 한국 사람들도 여기로 스쿠버 다이빙하러 많이들 온데…
인영	돌아가신 할머니도 이 해변에 앉아 우리처럼 별을 보았겠지.
하진	그러게.
인영	우리보다 어린 나이에 일본군들에게 강제로.
하진	나쁜 새끼들! 그 어린 나이에… 어떻게 참고 견디셨을까!
마츠모토	전쟁은 인간을 인간 이하로 만들어.

현재와 과거의 공존.
한 공간에 시간을 초월하여 인영일행과 순지일행이 함께 공존한다.
위안부 소녀들이 해변으로 나온다.

영순	와 별 억수로 많네. 이쁘다.
순지	아냐, 우리 고향의 별이 더 이뻐.
소녀1	고향 이야기 하지 말어…

사이.

영순 와… 우리 얼마만에… 이렇게 나와 있는 거야.

소녀1 그러게. 정말 좋다.

순지 난 밤이 너무 싫고 무서운데…

소녀1 그런 이야기하지 마.

순지가 말린 자색고구마를 꺼내 셋은 나눠먹는다.

영순 맛있다. 어디서 났니?

순지 위안부 관리소

영순 순지야 거기는 먹을 것도 많고. 나도 그리로 빼주라…

소녀1 나도 관리소에서 근무하면 좋겠다.

사이.

하진 내가 이번 영화작업 얘기를 듣고, 뭔가 한일 간의 화합의 장이 만들어지는 게 아닌가했어. 너희 둘은 커플이기도 하지만 한국사람, 일본사람이잖아. 근데, 와서 보니 열악하다 열악해. 화합의 장이 되기도 전에 힘들어 죽겠다.

마츠모토 급하게 꾸리다보니 다른 친구들 시간을 못 맞추겠더라고.

인영 인원이 뭐가 문제야. 종군기자들 봐. 목숨을 내놓고 전쟁터를 쫓아다니잖아. 거기서 사진은 바로 역사야. 우리가 하는 일은 파묻힌 역사를 파내는 일이라고.

하진 내가 감독이 이런 말을 했지.

6명이 함께 웃는다.

인영　그래, 할머니의 마음이 되어서 생각해봐. 무엇을 어디에다 숨길지…

하진 일행은 해변을 찾기 시작한다.
소녀들이 상주아리랑을 부른다.
아리랑 아리랑 아라리요… 아리랑 고개를 넘어간다.
저 별빛은 고향의 별빛. 오늘도 내일도 반짝이네.
들리는 아리랑 소리에 멈추어서는 하진 일행.

순지　엄마…

셋은 함께 '엄마'를 부른다.
새벽안개가 피어오른다.
노년의 순지할머니가 무언가를 찾아 무대를 서서히 지나간다.

7장

민영의 작업실.
보경이 사진작가 프로그램을 설명하고 있다.

보경　민선아!
엄마　(딴 생각을 하며, 무심히) 응.
보경　무슨 생각해?

엄마	소녀상을 한참을 보는데, 우리 인영이와 어머니의 얼굴이 겹치더라. (사이) 지금 모습의 소녀상을 시청공무원들이 얼마나 못마땅해 했었니. 너무 강해보인다고, 취지에 안 맞는다면서 새로 제작하라고. 별소리를 다 들었잖아.
보경	처음엔 나도 놀랐어. 밤새 다 갈아엎고 완전히 다른 모습이더라. 네가 뭔가에 단단히 씌었구나 생각했지. 시장님이 네 편을 안 들었으면 이 소녀상 벌써 퇴출당했을 거야.
엄마	사람들이 원하는 대로 얼굴을 만들었더니 그건 아무 얼굴도 아니었어. 그래가지고 세상에 내놓을 수는 없더라. 작가가 뭐야. 작가의 영혼 한 조각이라도 담아야지. 내 영혼이 옳다고 말하지 못하는데 어떻게 그걸 내 작품이라고 해?
보경	그래서 네 영혼의 한 조각을 담았어?
엄마	밑그림부터 다시 그렸어. 눈을 감고 그리기 시작했지. 머리를 하얗게 비우고 내면이 시키는 대로 그리려고 마음먹었어. 나도 모르게 인영이를 떠올렸었나봐. 눈을 떴는데 바로 이 모습이구나 느껴지더라고. 더 이상 희생과 아픔의 상징이 아니라 자신을 태워서라도 진실을 밝히자고 소리치는 듯한, 그런 강인한 소녀의 모습이 보였어.
보경	어떤 사람들은 소극적인 모습에서 역동적으로 변했다고 좋아하더라. 나야 네 의도를 알지만, 일반인들은 거친 소녀상에 낯설어 할 거야. 매끄럽지 않은 질감 때문에 외면 받으면 어떡할래?
민선	소녀들의 비극적인 삶을 어떻게 매끄럽게 표현할 수가 있겠어.
보경	그래, 작가가 그렇다면 그런 거지. 사람들이 받아들이게 세월이 도와주길 바래보자. (우려하는 표정) 너… 설마 인영이를 지지하는 마음이 생긴 건 아니지?
엄마	어머니와 인영이 사이는 정말 남달랐어. 내가 소외감을 느낄 정도로. 어머니가 자기 닮은 손녀라고 얼마나 예뻐하셨는지. 인영이가

저러는 거, 인영이니까, 인영이라 저럴 수밖에 없는 거 아닐까?

보경 그게 어느 정도여지. 겁도 없이 엄청난 일을 벌이려는 거잖아.
일본에 가서 위안부 영화를 찍겠다는 게 얼마나 위험천만한 일이
야. 이걸 엄마가 말려야지 누가 말려.

아버지 비틀거리며 등장. 어지러운지 머리를 짚는다.
면도도 하지 않은 초췌한 얼굴이지만 두 눈만은 사납게 이글거린다.
놀란 보경, 민선에게만 눈인사하고 자리를 피한다.

엄마 여보, 병원 가서 영양제 주사라도 맞을래요?

아버지 (귀찮다는 듯 손을 내젓는다)

엄마 … 뭐 필요한 거 있어?

아버지 아무리 지우려고 해도 두 글자가 머리에서 지워지지 않아. 더 또
렷해져 … 창녀! (자신의 머리카락을 쥐어뜯는다)

엄마 여보!

아버지 창녀! 일본 사람들이 그렇게 부르지. 위안부들이 보수도 좋았고,
좋은 대우를 받았대.

엄마 그건 일본정치인들이 덮어씌우려고 꾸며낸 얘기들이잖아요.

아버지 아니, 그게 사실일 수도 있어. 단 1%의 어느 위안부가 그랬더라
도… 그러면 그건 사실이 되어버려. 내 인생을, 내 꿈을, 내 명예
를 세상의 오물로 덮고 싶지 않아. 왜 그래야 되는데? 어머니가
내 인생의 오점이야. 난 어머니를 용서(이해)할 수 없어. 자식을 생
각했다면 끝까지 밝히지 말았어야지. 진실이 뭐가 중요해. 자식
생명보다 소중하냐고.

엄마 (공감해주려고 애쓴다) 어머니가 잘못했어. 진짜 잘못한 거야. 자식
한테 이런 고통을 주시는 일은 안 하셨어야지.

아버지 인영이 이 녀석 당장 끌고 와! 그 섬에 가서 끌고 오란 말이야.

엄마   알았어요. 알았어.

엄마, 퇴장한다.
아버지는 홀로 남아 조각상을 본다.
망치를 들어 조각상을 부수려 한다.
바람이 일고 아버지를 부르는 순지 할머니의 목소리가 들린다.
아버지와 순지할머니의 만남.

아버지   엄마, 왜 그랬어. 왜 이야기 안 했어.
순지할머니 미안하다! 미안해!
아버지   엄마, 나 어떻게 해야 돼.
순지할머니 네가 하고 싶은 대로 하렴.
아버지   엄마 잘못은 아니지만 왜 엄마 때문에 내가 이렇게 힘들어야 돼.
순지할머니 미안하다. 미안해.
아버지   엄마, 나 두려워!!!

엄마 조용히 아들을 껴안아준다.
아버지 흐느낀다.

순지할머니 네가 있어 내가 살아온 거야. 너 때문에 살 수 있었다. 아들아 네
        가 하고 싶은 대로 하렴, 엄마는 원망하지 않아.
아버지   엄마! 엄마.
순지할머니 미안하다. 미안해.
아버지   엄마, 죄송해요.

우는 아버지, 순지 할머니가 사라진다.

아버지　죄송해요… 죄송해요…

엄마는 등장해서 우는 아버지를 껴안는다.
음악이 급하게 싸이렌 소리가 들리며 암전.

8장

아카섬.
마츠모토, 수건으로 젖은 머리를 닦으며 등장. 텐트가 보인다.
인영, 전화 통화하며 등장.

마츠모토　엄마시니?
인영　(침울한 표정) 아빠가… 혈압 때문에 입원하셨대. 이렇게 불효한 적
　　　처음이야.
마츠모토　(심란한 표정) … 너 가봐야 하는 거 아냐.

멀리서 오토바이 다가오는 소리 들린다. 멈춘다.
일본 공무원1 등장. (공무원1은 일본어로 말한다)
공무원이 다짜고짜 공문서를 마츠모토에게 내민다.

공무원1　도청에서 나왔습니다. 이곳은 태평양전쟁에 희생된 일본군들을
　　　기리는 추모비가 세워질 곳이요. 내일 아침에 경찰과 함께 올 거
　　　요! 이 일을 계속한다면 공무집행방해로 처벌할 거요. 알아서들

하시오.

마츠모토 (공문서를 읽고나서) 철수해야 한대.

인영 (놀라며) 왜?

마츠모토 문화재를 파손하고 있다는 제보가 들어왔대.

인영 여기 문화재가 어디 있어? 말도 안 돼!

공무원1 교도소에 갈 생각이 아니면 멈추시오! 경고했소, 마츠모토 히데시!

인영 뭐라고 하는 거야.

마츠모토 교도소에 가고 싶지 않으면 멈추래.

인영, 놀란다.

공무원 1, 퇴장한다.

하진이 뛰어 들어온다.

하진 누구야…

인영 공무원이 와서 철수하래.

하진 어떻게 알고 왔지? 공무원까지 개입 된다는 건 윗선에서 지시가 있었다는 거야.

인영 우리가 하는 일을 어떻게 다 알고 왔지?

마츠모토 아, 안 받아! (화가 나서 전화기를 가방 속에 던져버린다)

하진 마츠모토, 보트 부를래?

인영 보트는 왜?

하진 철수해야 하잖아.

인영 아니, 내일 아침까지는 더 찾아보고!

하진 (갑갑해서) 후~!

인영 (마츠모토에게) 누구한테 전화한 거야?

마츠모토 내가 어제 친구 다나카한테 우리 얘기를 했거든… 근데 이 자식이 자기 아버지한테 다 말했나봐! 그 애 아버지가 도청 간부야.

인영 (기가 막힌 한숨)

하진 (난감해서) 아! 뒤통수 제대로 얻어맞았네. 그러니까 그 다나카 아버지가 지독한 우익 공무원이었구나.

인영 그럼 이게 다 마츠모토 친구 때문에 벌어진 일이야?

마츠모토 (자책하며) 다나카, 반한감정이 있는 줄도 모르고 다 얘기했지 뭐야!

인영, 뒤쪽으로 가서 얼굴을 가리고 운다.

하진 자, 지금 보통 상황이 아니야. 어떻게 했으면 좋겠어?

마츠모토 인영, 할머니가 남긴 것을 찾는 과정만 찍었지, 특별한 건 아직 찍지도 못했어.

하진 그런데 내일 아침까지 철수해야 되고.

인영 (눈물을 그치고) 모두들 고마워. 내일 아침 경찰이 온다고 하니까. 오늘 밤 열심히 함께 찾아보자. 그리고 내일부터는 우리가 결정하는 대로 할게. 그만 두든지. 아니면 공권력과의 싸움을 시작하든지! 하지만 내일 그만 둔다고 해도 할머니와의 약속은 어떻게든 지킬 수 있는 방법을 찾아 볼 거야.

마츠모토 (자괴감에 움츠려든다) 내가 전화를 해서… 미안하다.

하진 마츠모토 네 잘못이 아냐. 넌 도움을 청한 거잖아.

인영 마츠모토, 고마워!!! 정신 바짝 차리고 우리가 할 수 있는 일을 끝까지 하자. 앞으로 벌어지는 모든 일은 카메라에 담자.

하진 그래, 그게 리얼리티의 정신이지.

마츠모토 ok

인영 (그제야 하진의 옷이 보인다. 티셔츠에 태극기가 그려져 있다) 너 옷이?

하진 태극기 잘 그렸지? (가슴 쪽을 가리키며) 여기다 '독도 만세'도 쓸까 하다 참았다. 하하. (두 사람은 웃지 않는다. 썰렁한 분위기) 우리 어떻게…

인영   랜턴 켜고 밤새도록 찾자!

하진   좋다! 이왕 가져온 거, 금속 탐지기는 제대로 활용해봐야지.

세 사람, 도구를 챙겨 찾기 시작한다.

서서히 어두워진다.

9장

과거.

어두운 밤이다. 사이렌 소리가 들린다.

무대 위를 가로질러 도망가는 위안부1.

총소리가 나고 쓰러진다. 일본군들이 등장해 시신을 끌고나간다.

일본장교   너희들은 대일본제국의 영광스런 미래를 위해 봉사하러 온 것이다. 대동아전쟁의 승리를 위해 밀알이 되어라. 황국 군인들의 사기 진작을 위해 봉사하는 것을 영광으로 알아라. 오늘부터는 한 사람이 군인 40명을 상대한다. 만일 규정을 어기는 자는 모두가 보는 앞에서 엄단한다. 도망가는 자는 총살이다. 명심해라! 천황 만세 만세! 만세!

무대 밖에서 호루라기 소리가 난다.

일본군 1명이 감시를 하고 있다.

순지	(은밀하게) 하룻밤에 40명씩이라니!
영순	우리는 사람이 아니야.
순지	밤에 도망가자!
영순	총으로 쏜다 안하더나.
순지	무슨 수라도 생각해보자. 하루 40명씩이라니 죽는다… 이러다 죽어.
영순	나는 고마 죽고 싶다.
순지	무슨 소리 하노! 살아서 집에 갈 거다. 꼭!
영순	(울먹이며) 엄마! 엄마!
일본군1	빨리들 해라…

공습사이렌 소리가 들린다… 무대 어두워진다.

10장

아카섬의 새벽.
새벽의 푸르스름한 빛으로 무대 전체 밝아온다.
인영이 마츠모토를 부축하며 나온다.

인영	그쪽엔 가지 말랬잖아! 내가 그렇게 얘기했는데.
마츠모토	…
인영	마츠모토답지 않게 왜 그렇게 허둥대?
마츠모토	…

인영　자, 봐! (약을 발라주며) 아, 속상해 진짜.

마츠모토　(쓰라려서) 아아… 아!

인영　약만 발라서 될까 모르겠다.

마츠모토　…

인영　아침에 병원부터 들르자.

침묵.

마츠모토　인영아, 이건 우리가 하는 일과 상관없이 드는 생각이야. 오해 말고 들어. 만일 우리 할아버지가 너희 할머니한테 무슨 잘못을 했어. 그리고 우리 쪽에서 어느 정도 미안함을 표현했어. 근데 어느 날 너희 아버지가 와서 또 우리를 비난하고, 시간이 한참 흐른 후, 네가 와서 또 우리를 비난하고. 보통사람이라면 그런 비난을 언제까지 참아낼 수 있을까?

인영　(마츠모토를 섭섭한 눈으로 바라본다)

마츠모토, 인영의 시선을 피하듯 텐트로 가려고 일어난다.

마츠모토　(인영의 부축을 사양하며) 아냐 됐어. 저기까진 갈 수 있어. (혼잣말) 오늘은 기분이 바닥이다. (텐트로 들어간다)

인영　(크게) 우리 최선 다했잖아. 그거면 돼.

인영은 침울한 얼굴로 비디오카메라의 배터리를 갈아 끼운다.
초조한 듯 시계를 본다. 번민하는 모습.
절박한 표정으로 일기장을 꺼내 읽는다.

과거와 현재의 공존.

홀연히 나타나는 순지.

인영 1944년 6월 24일…

순지 (위안부 관리 장부를 들고서) 장교 카게노 아카시가 나에게 위안소 관리를 명령했다. 위안부들에게 성병검사를 했다. 군의관의 지시에 따라 약을 먹이고 환자는 격리시켰다. 장교는 나를 요시코라 부른다. 난 그의 여자다. 그의 개인 성노리개다.

인영 (밤하늘을 올려다보며) 할머니, 여기가 맞긴 맞는 거야? 도대체 뭘 숨기신 거야…?

인영쪽 서서히 어두워지고 순지만 보인다.

순지, 겁에 질린 채 한곳을 아프게 바라본다.

순지 영순이 눈을 볼 수가 없다. 자기도 위안소에서 빼내달라고 한다. 내가 무슨 힘이 있다고… 카게노 아카시에게 또 두들겨 맞고 싶지 않다. 영순이 위안소에 들어가는 것을 멀리서 지켜봤다. 위안소 앞에는 하루 종일 일본군이 줄지어 서 있었다.

일본 장교 카게노 아카시가 순지 이름을 부르며 등장.

순지 오늘은 카게노 아카시가 화가 많이 난 것 같다.

모자를 벗어 내동댕이치며 화를 낸다.

일본장교 (화를 내며 무작정 순지를 때리기 시작한다) 요시코 이리 와! 노래해!

순지는 일본노래를 한다.
장교는 군도춤을 춘다.

일본장교 벗어!

순지는 상의를 벗고 돌아선다.

일본장교 오늘이 이 섬에서 120일째다.

장교는 순지의 등판에 한문으로 자신이 이 섬에서 머문 숫자를 정자로
새긴다.
순지는 나무인형처럼 저항도 하지 않고 버틴다.
일본군1 들어와 장교에게 소식을 전하고 퇴장한다.

일본장교 위안부 한 명이 바다로 뛰어들었어. 에이, 독한 년! 군인들 사기가
뭐가 되냐고.
순지 (불길함을 느끼며) 누, 누가 뛰어 들었습니꺼?
일본장교 너하고 같이 왔던 애. 오늘 밤은 위안소에서 일해.
순지 (파랗게 질리며) 여, 영순이!
일본장교 네가 제대로 관리를 했으면 이런 일이 없잖아. 이 바보 같은 조
센징!
순지 영순이가 지 목숨을 끊었다고요…

일본장교 퇴장한다.
홀로 남은 순지, 떨어진 일본장교의 모자를 손으로 콱 움켜쥔다.
섬에 바람이 불기 시작하고 비가 내리기 시작한다.

순지 영순아! 영순아! 니가 바다에 뛰어들 줄은… 그래, 내가 잘못했다. 아까지 밴 니가 위안소로 끌려가는 걸 못 본 체했다. 나는 니 친구도 아이다.

일본군들이 영순이를 강탈하기 시작한다.
(태풍소리와 아리랑이 흘러간다)
1명에서 40명까지… … 40번째 일본장교가 들어와 순지를 능멸한다.
비바람이 거세지고 천둥이 치고 태풍이 오고 있다.

순지 (살기어린 눈으로) 죽여 버릴 거야, 카게노 아카시! 죽여 버릴 거야!! 만일 못 죽이면 내가 죽어서라도 꼭 기억할 거다! 내 언젠가 찾아와서 복수할 거다! 카게노 아카시…

일기장을 읽고 있던 인영이 할머니 이름을 부른다.
순지와 인영이 절규를 하며 움직인다.
천둥이 치고 바람이 거세지고 비가 내리기 시작한다.
하진과 마츠모토가 우비를 입고 랜턴을 켜며 하진의 이름을 부른다.

폭격이 시작된다.
일본군들이 무대를 횡단하며 절규와 비명이 무대를 가득 채운다.
일본천황의 항복선언도 함께 흐른다.

모두 사라지고 처참하게 유린된 순지만이 보인다.
그 태풍의 한 밤 가운데로 순지와 인영이 만난다.

순지 일본놈들이 망했데, 전쟁이 끝났데.
인영 …

순지	난 고향으로 돌아갈 거야.
인영	…
순지	오키나와로 가서 고향 가는 배를 탈 거야. 너도 고향으로 가!
인영	할머니!!!

순지 사라진다.
인영 주저앉는다.
순지가 사라진 곳에 상자가 있다.
태풍이 잦고 새벽이 찾아온다.

현재.
인영쪽 조명 밝아지면,
꿈속의 그 상자가 인영의 손에 쥐어져 있다.
마츠모토와 하진도 함께 들어온다.
둘은 인영을 발견하고 안도의 한숨을 짓는다.

하진	살아 있었구나…
마츠모토	인영아.
하진	(상자를 발견하며) 찾은 거야…

인영 고개를 끄덕이고 상자를 연다.
그 속에서 일본군 장교의 모자와 위안부 관리서류철을 꺼낸다.
하진 카메라로 찍기 시작한다.

인영	(울컥한다) 아! 할머니. (쪽지를 발견하고 읽는다) 1352부대 카게노 아카시 장교. 1945년 8월 김순지. 아!! (상자 속에 문서뭉치를 발견하고 쳐다보더니) 위안부 명단이야! 위안부 명단이 여기 있어. (상자를 끌

어안으며) 할머니! 알았어… 내가 기억할게. 사람들이 잊지 못하게
할 거야. 꼭! 할머니… 약속해…

그때, 무대 뒤에서 남자들의 고함소리 요란하게 들여온다.
일본공무원1과 공무원2가 들어와 텐트를 치우고 말뚝을 박고 출입금지
라인을 설치하려고 한다. (일본공무원1은 일본어로 공무원2는 통역한다)
인영 일행은 공무원들이 내동댕이친 물건들을 수습한다.
인영은 이 상황을 카메라에 담는다.

공무원1,2 오늘부터 이 곳은 민간인 출입금지다. 범법자들은 일본에서 나
가라.
하진 (마츠모토에게) 범법자라뇨… 다 양해를 구하고…
공무원1,2 지금 경찰들이 오고 있다. 네놈들 배후를 모조리 찾아낼 거다.
하진 아, 미치겠네. (마츠모토에게) 어디 도움 청할 데 없나?
마츠모토 (공무원들에게) 지금 엄청난 오해를 한 거 같은데, 좋아요. 경찰 올
때까지 기다립시다.

공무원들이 인영의 카메라를 발견하고 저지를 하기 시작한다.

인영 (크게 소리친다) 손대지 말라고!
공무원1,2 (인영에게) 여기 있는 모든 물건은 범법행위의 증거로 모두 압수하
겠다.

몸싸움이 시작된다.
마츠모토가 넘어지며 머리를 다친다.
하진은 너무 놀라 굳어버린다.
공무원은 다가가 확인해 본다.

둘은 일본말로 이야기한다.

하진 (눈이 뒤집혀서, 미친 듯이 연장을 휘저으며 달려든다) 야이, 쪽발이들아! 다 죽었어! 이 새끼들아, 다 덤벼! 오늘 끝장내자!

공무원1, 2 자지러지게 놀란다.
둘은 허겁지겁 달아난다.

하진 어디 가! 이 나쁜 놈들아!
인영 마츠모토! 마츠모토!

인영, 가방에서 수건을 꺼내와 마츠모토의 상처를 닦아준다.

하진 (다급하게 전화한다) 헬로우 아니 모시모시 아니 한국어, 한국어 오케이? 대사관이죠 . 친구가 피를 흘리고 쓰러졌어요. 큰 부상입니다. 빨리 좀 구급대원을 보내주세요. 여기는 아카섬, 아카섬! 선착장에서 보이는 언덕이요…
인영 (울먹이며) 마츠모토…

멀리서 경찰 사이렌 소리가 들리기 시작한다.
파도소리 커지며 어두워진다.

뉴스 뉴스특보입니다. 일본 오키나와 현에 소재하고 있는 아카섬에서 70년 전에 작성한 위안부명단이 발견되었습니다. 김인영 다큐멘터리 감독이 발견하고 언론에 공개했습니다. 감독의 할머니이자 위안부인 김순지 씨의 일생을 다큐멘터리로 만들기 위해 일본의 아카섬 현지를 조사하던 중 발견되었다고 합니다. 발견된 아카섬의 위안부명단은 태평양전쟁 당시 일본군에 의해 작성한 것으로 판명되어지고 있습니다. 이번 아카섬 위안부명단 발견은 위안부의 역사적 사실을 인정하고 있지 않은 일본정부의 입장을 반박할 수 있는 역사적 자료로 평가받고 있습니다. 또한 명단과 함께 김인영 감독이 공개한 김순지 할머니의 일기 또한 사회적 반향을 일으키고 있습니다. 위안부였던 김순지 할머니가 사망한 후에 발견된 일기장에는 김순지 할머니가 일본군에 속아, 위안부로 아카섬으로 끌려가, 인간 이하의 모멸과 고초를 당한 일들이 소상하게 기록되어 있다고 합니다. 아울러, 한일간의 정치적 상황이 복잡하게 흘러가고 있는 상황에서 위안부명단의 발견은…

11장

인영의 독백 안녕하세요. 〈아카섬이 남긴 것은〉 다큐영화를 제작한 감독 김인영입니다. 이번 영화는 저의 김순지 할머니 이야기입니다. '정의' 는 무엇일까요. 이번 영화에 정의를 담고 싶었습니다. 그리고 할머니의 아픔이 현재 우리 젊은 세대들에게 공감되기를 간절히 원합니다. 저는 할머니의 일기장을 보기 전에 위안부라는 단어는 그저 슬픈 이야기라고 생각했습니다. 그러나 저는 이번 영화를 기획하고 제작하는 과정에서 저의 화두는 '정의' 였습니다. 잘못을 인정하고 사과하는 태도. 그 다음에야 용서가 뒤따른다는 아주 평범한 진리를 이야기하고자 했습니다. 그 평범한 진리가 바로 서는 세상이 바로 정의로운 세상이고 우리가 바라는 세상이라는 걸 이야기하고 싶었습니다. 인간은 신이 아니기에 잘못을 저지릅니다. 더 나아가 국가 또한 실수와 잘못을 저지릅니다. 저는 일본인을 미워하지 않습니다. 저는 일본이라는 국가를 책임지고 있는 정부에게 이야기하고 있습니다. 한일 간의 위안부 더 나아가 동남아시아에 위안부 문제가 해결되지 않는 한, 이 지구상에 진정한 정의와 평화는 존재하지 않는다고 생각합니다. 어린소녀들의 인권을 짓밟고 사과하지 않는 국가를 인정하기 어렵다고 생각합니다. 그 소녀들은 우리들의 딸이고 인류의 딸들입니다. 가장 힘없고 약한 존재를 짓밟는 것이 인정되지 않는다는 것은 인류의 보편적 인류애이자 정의라고 생각합니다. 정의와 인류애가 없는 국가는 국가가 아닌 개인의 사사로운 생각을 실현시키기 위한 이기적 시스템에 지나지 않는다고 생각합니다. 일본정부는 하루빨리 진정한 사과를 통한 책임을 질 것을 요구합니다. 끝으로 다큐영화 〈아카섬이 남긴 것은〉을 사랑해주신 많은 분들과 위안부 할머니들에 진심으로 감사드립니다.

할머니의 모습을 닮은 소녀상이다.
순지할머니가 한 손을 들고 전진하려는 모습을 담고 있다.

인영.
잠시 정적.

기자   네, 감사합니다. 그럼 이번에는 소녀상을 만든 작가님을 만나보겠습니다. (민선에게) 안녕하십니까. 이번 소녀상은 특이하게 한 손을 번쩍 든 할머니의 모습인데요…

민선   네. 지금 현재도 매주 수요집회를 통해 일본의 만행과 사과를 요구하는 할머니의 모습을 담아봤습니다. 위안부의 아픔은 과거가 아닌 현재이자 진행형인 아픔이라고 생각합니다. 할머니들의 아픔과 용기를 기리기 위해서 다른 소녀상과는 다른 모습의 소녀상을 제작하게 되었습니다.

기자 진행형이 아픔과 용기라는 말씀. 가슴에 와 닿습니다. 지금까지 위안부 소녀상이 있는 시민광장 앞에서 뉴스타임이었습니다.

기자와 촬영기사가 나간다.

인영 (소녀상을 보며) 소녀상을 보면, 어떤 감정의 얼굴이라고 말해야 할지 모르겠어. 내가 슬프면 슬픈 것처럼 보이고, 내가 화나면 화난 것처럼 보이고.

엄마 그래…

인영 엄마, 이렇게 쳐다보고 있으면, 아주 오래 전부터 봐왔던 것처럼 느껴져.

엄마 (혼자 스윽 웃는다)

인영 데쟈뷰 그런 건가, 이상하지?

엄마 내가 말할 수 있는 건, 이 조각상은 나 혼자 만든 게 아니고 돌아가신 어머니하고 네가 같이 만든 거라는 거.

인영 할머니하고 내가? (이해 못한 듯 민선을 빤히 쳐다본다)

보경 이 소녀상은 보는 사람의 마음을 움직여 간절한 바람이 생기게 해. 소녀상은 말을 하지 않으면서도 너무 많은 얘기를 하는 거 같지 않니?

엄마 언젠가는… 이 소녀상을 보면서, 누군가는 구원을 얻을 거야.

인영 (전율을 느끼며) 엄마!

두 사람, 벅찬 마음으로 서로를 바라본다.

인영이 민선을 꽉 껴안는다. 아빠가 등장해 바라보고 있다.

말없이 셋은 껴안는다.

소녀상에만 수직조명이 비친다.

인영의 할머니가 걸어와 소녀상의 손을 꼭 잡는다.

에필로그

파리공항에 여행가방을 들고 있는 인영.

마츠모토가 인영의 여행가방을 들어주고 있다.

잠시 후 하진이가 등장한다. 둘은 반갑게 껴안는다.

하진 인영아, 좋은 소식이야. 우리가 찍은 영화를 프랑스 다큐영화제에서 상영하기로 했어.

인영 정말!

하진 그래… 기숙사는 나중에 가고 바로 영화사로 가자…

끝.

연못가의 향수

─ 작/신은수, 연출/장창석 ─

공연기간 : 2018년 7. 22(일) 19:30
공연장소 : 통영시민문화회관 소극장
단체명 : 한국연극협회 통영지부
출연진 : 최남윤 役_박승규 / 서명희 役_정희경 / 마사오 役_김준원 /
김철웅 役_이규성 / 배옥화 役_이송이 / 이수자 役_김지아 / 윤이상 役_이상철
제작진 : 작가_신은수 / 연출_장창석 / 기획 및 조연출_제상아 /
홍보, 마케팅_장영석 / 무대감독_허동진 / 무대디자인_황지선 /
무대크루_하경철, 유용문 / 조명감독_이금철 / 조명오퍼 및 크루_장종도 /
음향감독_배철효 / 음향오퍼_김채희 / 분장_이지원 /
소품_양현 / 진행_유순천, 최운용

■등장인물
최남윤
서명희
마사오
김철웅
배옥자
이수자

1996년 독일 베를린의 윤이상 자택 거실.

소파와 테이블, 위층으로 연결 되는 계단. 다른 편에 놓인 원형 테이블.
LP진열장 위에는 턴테이블과 윤이상의 사진이 놓여있다.
한 곳에는 낡은 첼로가 세워져 있다.

전화벨이 울리면.
급히 들어오는 이수자, 들고 있던 접시가 든 쟁반을 소파 테이블에 놓고
선 전화를 받는다.

이수자   Hallo.

사이.

이수자   아… 그래요? 네, 맞습니다. 윤이상 선생의 집이에요. 일부러 먼
길까지 와주셔서, 제가 뭐라 감사의 말을 드려야 할지 모르겠습니
다. 베를린의 날씨가 좀 변덕스럽죠?

전화벨 소리를 듣고 급히 계단으로 내려오는 서명희.
멈춰 서서 이수자를 바라본다.

이수자   여기 위치요? 음… 글쎄요… 어떻게 설명을 해야…

계단의 서명희를 바라보며 미소 짓는다.

이수자   아, 그러신가요? 그럼 거기서 그냥 택시를 타세요. 운전수한테 그
주소 적힌 메모만 보이면 여기까지 와 줄 겁니다. 제가 마중을 못
나가 죄송합니다. 그럼 기다리겠습니다.

수화기를 내려놓으면 다가오는 서명희.

서명희 한국에서 오시는 분인가요?

이수자 어디 사람이든 무슨 상관이냐. 예부터 문상객 막는 법은 없는 건데.

서명희 그런 말씀 마세요, 사모님. 장례식도 아니고… 추모음악회인데요.

이수자 음악가한텐 그 날이 진짜 장례식인 거지.

놓아뒀던 접시가 든 쟁반을 들어 서명희에게 내민다.

이수자 마침, 맛 좀 보라고 부르려던 참이었다. 나이를 먹으니 간 맞추기
가 점점 어려워지는 거 같아서…

서명희, 쟁반 안의 스푼으로 떠먹는다.

이수자 어때? 좀 싱겁지는 않아?

서명희 음! 사모님 감자 수프 맛은… 항상 변함이 없네요. 더 맛 봐도 되
죠?

이수자 부엌 가면 많이 있으니깐, 나중에 또 실컷 먹어라. 배고프구나?

서명희 이리 주세요.

쟁반을 받아 들고선, 테이블 위에 놓고 소파에 앉아 떠먹는다.

서명희 전 미국서도 그리웠던 게 김치가 아니라, 사모님 수프였다니까요.

이수자, 웃으며 맞은편에 앉는다.

이수자 괜히 해주는 말인 거 안다만… 어쨌든 고맙다.

서명희	이상하게, 미국 어떤 가게에도 이런 수프 맛은 없더라고요.
이수자	니가 8년 동안이나 여기서 지내며, 이 맛에 길들여져 그런 걸 테지.
서명희	선생님도 항상 좋아하셨잖아요.
이수자	남편이 마누라 손맛에 길들여지는 거야 당연한 거지, 뭘.
서명희	어디 싫은 거에 길들여질 분인가요? 선생님이.
이수자	하긴… 그럴 분이 아니지. 그 예민한 분이…
서명희	처음 맛 봤을 때 좋으셨던 거예요.
이수자	유학 때문에 5년 넘게 남편이랑 떨어져 있었잖아? 독일서 재회해 보니깐 그 사이 식습관도 서양식으로 많이 변해있더라고. 그래 생전 처음으로 수프란 걸 일부러 만들어 봤지, 내가.
서명희	김치 같은 건 안 찾으시던가요?
이수자	음… 글쎄… 그런 말은 안 했던 거 같네…

서명희, 접시 안의 수프를 다 먹는다.

이수자	한 그릇 더 먹을래?
서명희	나중에요. 아, 정말 맛있다.

빈 접시가 든 쟁반을 들고 일어나 부엌 쪽으로 향한다.

이수자	이리 줘라, 내가 치울 테니깐.
서명희	쉬고 계세요, 하는 김에, 가서 나머진 제가 할게요.
이수자	거의 다 했는데, 뭘.
서명희	야채는 다 썰어두셨어요?
이수자	그럼, 벌써 다 했지.

다시 전화벨이 울리면 가서 수화기를 든다.

이수자	Hallo. 아, 예! 그래요. 제가 말씀드린 대로 택시를 타시는 게 제일 빠르고 편할 겁니다. 정 어려우면 거기서 운전기사한테 Musiker Isang Yun의 집으로 가자 한번 해보세요. 어쩌면 알 수도 있으니까요.

서명희, 통화하는 이수자를 바라보고.

이수자	방이야 위층에도 있으니깐, 괜찮습니다. 물론이죠. 여기서 하룻밤 지내셔도 됩니다. 이 집이 불편하지만 않으시다면 저야 환영입니다. 베를린 호텔들이야 대부분 비싸요. 여긴 음식도 있고 술도 있으니깐, 오셔서 편히 지내시면 됩니다. 알겠습니다. 조심히 찾아오세요.

수화기를 내려놓으며 흐뭇해한다.

서명희	금방, 전화한 사람인가요?
이수자	응, 그래. 맞다.
서명희	한국 음악 관계자 중에… 일부러 독일까지 찾아올 사람이…
이수자	제자.
서명희	아…!

출입문을 열고 식료품 봉투를 든 마사오가 들어온다.
머리 스타일이 마치 베토벤을 연상시킨다.

마사오	다녀왔습니다.
이수자	수고했네.

마사오, 식료품 봉투를 테이블 위에 놓고 머리를 정리한다.

이수자　밖에 바람이 꽤 부는가보구먼.

마사오　여긴 바람까지도 독일 맥주를 닮았습니다.

이수자　무슨 소린가?

마사오　바람의 향이 마치… 맥주의 향처럼… 와우!

이수자　자넨 머릿결도 예술이야.

마사오　과찬이십니다.

식료품 봉투 안에서 물건들을 꺼내 놓으며.

마사오　빵. 스파게티 소스. 스파게티 면. 양파. 소금 간 된 땅콩. 그리고 헨켈 와인.

주머니에서 메모지를 꺼내 살펴본다.

마사오　빠짐없이 제대로 사왔군.

서명희　한글 사용도 전혀 문제없으신가요?

마사오　제자라면 스승의 모국어 정도는 당연히 익혀야하겠죠.

이수자, 사 온 물건들을 살펴보며.

이수자　노력이 참으로 가상하네.

마사오　선생님의 세계를 이해하려면, 이 정도야 필수 아니겠습니까.

서명희　그 진정성에 비하면… 전 부끄러운 제자네요.

마사오　Das ist beileibe nicht so. (결코 그렇지 않다)

문득 손안의 메모지와 함께 있던 영수증을 펼쳐본다.

마사오 졸업하고도 8년이나 모시고 계셨잖습니까.

서명희 모시긴요… 부족해 더 배우려 있었던 건데요.

마사오 파리에 비하면, 여전히 베를린 물가는 좀 나은 것 같군요.

이수자 이전까지 파리에 있었는가?

마사오 연주회랑 세미나가 있어, 며칠 머물다 왔습니다.

이수자 바쁜 중에 일부러 와줘서 고맙네.

마사오 무슨 말씀입니까, 만사 제쳐두고 와야죠.

물건들을 봉투에 다시 담아들고 부엌으로 향하며.

마사오 부엌에다 갖다놓으면 됩니까?

이수자 고맙네.

마사오를 따라가는 이수자.
다시 위층 계단으로 향하던 서명희는, 문득 멈춰 첼로를 바라본다.

서명희 …

안으로 들어오는 마사오.

마사오 하노버 음악 페스티벌 때였죠? 그때 선생님 소개로 뵙고선 4년만
이로군요.

서명희 그동안에 잘 지내셨어요?

마사오 저야… 항상 그렇죠. 언제 오신 겁니까?

서명희 어제 낮에 도착했어요. 여긴 날씨가 참 변덕스럽죠?

마사오 순간 불어오는 바람에서도, 베를린이 느껴졌는걸요.

서명희, 미소 지으며.

서명희 맥주의 향 말인가요?

마사오 그뿐만이 아닙니다. 베를린… 프로이센의 역사… 학문과 예술… 통일… 그리고 맥주. 나가서 한잔 하시겠습니까? 좋은 가게를 알 아뒀는데.

서명희 마시지 않아요, 술은…

마사오 그럼, 차라도 하시죠? 커피나. 시내에 멋진 카페가 많습니다.

서명희 할 일이 많은데요. 사모님 혼자 두고 어떻게…

마사오 아, 지금 말고 나중에 가시죠, 나중에…

서명희 일본 쪽의 선생님 제자 분들은, 이번에 얼마나 오시나요?

마사오 글쎄요. 저도 서로 연락하고 온 게 아니라서… 정확힌 잘 모릅니다.

서명희 참 멋진 연주회였는데 말이에요.

마사오 예?

서명희 예전 하노버 음악 페스티벌 말이에요.

마사오 아, 그때 선생님의 초연작들이 많아 관심이 대단했죠. 예술가의 죽음을 사람들이 안타까워하는 건, 삶이 계속 됐다면 세상 밖으로 나왔을 작품들에 대한 안타까움 아니겠습니까.

서명희, 놓여있는 첼로를 바라본다.

서명희 그렇죠…

마사오 방금, 멋진 말 아닙니까?

서명희 예?

마사오 메모하셔도 됩니다.

서명희 …

마사오, 앉아 손거울과 빗을 꺼내 머리를 손질하며.

마사오 예전부터 선생님한테서 명희 씨 얘기를 많이 들었습니다. 가르친 한국인 제자 중 가장 감각이 탁월하다고요.

서명희에게 윙크를 보낸다.

서명희 거짓말이시죠?
마사오 전 거짓말 같은 건 못합니다.
서명희 선생님한테서 한번도… 그런 얘긴 못 들어봤는데요.
마사오 아끼는 제자라 그러셨겠죠. 혹시라도 자만해질까봐. 저도 학생들을 가르치고 있지만… 에고가 강한 녀석들은 칭찬이 오히려 독이 될 수 있습니다.
서명희 자만해서요?
마사오 무슨 자기가 천재인 줄 안다니까요.
서명희 파리에서의 연주회는 잘 끝내셨어요?
마사오 작년에 비해 반응은 더 낫더군요.
서명희 자주 가시는가 보군요.
마사오 매년.

손거울과 빗을 넣으며 일어난다.

마사오 뭐, 파리뿐이겠습니까. 함부르크, 프랑크푸르트, 암스테르담, 스위스 바젤… 매년 전 세계로부터 초청을 받아, 정신없이 바쁜 나날들을 보내고 있죠.

서명희　본인의 작품 발표 연주회인가요?

마사오　물론이죠. 작곡자이잖습니까.

서명희　자랑스러워하시겠어요… 선생님께서요.

마사오, 웃는다.

서명희　어떤 곡이었나요?

마사오　아, 바이올린과 첼로. 그리고 피아노를 위한 3중주였습니다.

빗을 꺼내 눈을 감고 지휘봉처럼 휘젓는다.

마사오　연주가 시작되면 피아노가 우선 청중들에게 조심스럽게 옆에서 속삭이듯, 이 작품의 입구 쪽으로 길 안내를 합니다. 아주 부드럽게 말이죠. 그때 갑자기 그 입구문을 확 열어버리듯이 바이올린이 나옵니다. 입구문 안으로 들어간 청중들은 바이올린의 격렬한 선율에 마치 제트코스터를 타듯 빨려들어 가죠. 그 격렬함이 멈추면 첼로가 바이올린과 대화하듯 서서히 다가옵니다.

서명희　멋진 무대였겠어요.

마사오, 덥석 서명희의 두 손을 잡는다.

마사오　다음 연주회 때는 꼭 와주시길 바랍니다.

서명희, 당황해 잡힌 손을 뺀다.

서명희　…

마사오, 웃으며.

마사오 서베를린음대에서 선생님한테 배울 적엔 일본 학생들이 참 많았는데… 일본에서 음대를 마치고 유럽에서 더 공부해 보려고, 유명음악가 교수를 찾아온 경우가 대부분이었죠. 물론 저도 그랬습니다만. 명희 씨는 어느 학교에서 처음 선생님한테 배우셨습니까?

서명희 하노버음대에서예요.

마사오 서베를린음대 이전에 재직하셨던 곳이겠군요.

서명희 예. 그래요.

마사오 그렇게 졸업하고, 8년간 계신 겁니까.

서명희 벌써 오래전 일이에요.

마사오 제가 배울 땐 이상하게 한국 학생은 한 명도 없었습니다. 명성이 대단했던 때라 전 세계에서 배우러 온 학생들이 많았는데… 하노버 시절엔 한국인 제자가 얼마 정도였습니까?

서명희 …

이수자, 잼이 든 유리병을 들고 들어온다,

이수자 이것 좀 열어봐 주겠나.

마사오 잘 안 열립니까?

받아 뚜껑을 열려하지만 잘 안 열린다.

이수자 안 되는가?

마사오 글쎄요… 이게… 왜 이러지…

서명희 주세요. 뜨거운 물에 잠깐 넣어둘 테니깐.

마사오 됐습니다. 그럴 필요 없습니다.

더욱 힘을 주지만 안 열린다.

마사오 이 정도야… 쉽게… 열리죠…

이수자, 첼로를 바라보고 있는 서명희에게.

이수자 예전엔 못 보던 물건이지? 얼마 전에 사놓은 거야.
서명희 상당히 낡은 저가의 첼로 같네요.
이수자 제대로 연주할 수 있는 악기는 아니야.
서명희 저런 걸 왜 굳이 뒀을까, 아까부터 궁금했어요.
이수자 옛날 피난 때 남편이 아끼던 첼로를 판 게 평생 마음에 걸려서. 그
때 팔지 않고 여태 갖고 있었으면, 대충 저런 물건이지 않을까.

마사오, 유리병과 씨름하는 동안 얼굴이 빨갛게 달아올랐다.

이수자 그만 됐네. 잘못해 손이라도 다치면 어쩌나, 예술가가.

마사오, 멋쩍게 웃으며 서명희에게 건네준다.

마사오 천하장사도 어렵겠는데요. 도저히 안 열립니다.

서명희, 무심코 돌려보면 쉽게 열린다.

마사오 …

사이.

서명희   마사오 씨가 여태 해놓아 된 거겠죠.

유리병을 들고 부엌 쪽으로 들어간다.

마사오   텔레비전 좀 잠깐 봐도 되겠습니까.
이수자   뭐든 묻지 말고 마음대로 쓰게.
마사오   오늘이 2002년 월드컵 개최지 발표가 있는 날이라서요.
이수자   한국하고 일본이 유력하다던데.
마사오   예. 둘 중 하나가 됩니다.

서명희, 들어온다.

이수자   당연히 일본이 됐으면 하겠구먼, 자네는.
마사오   그땐 제가 일본까지 모시고, 안내해 드리겠습니다.

정면의 텔레비전을 켜고 잠시 보다가 이내 끈다.

마사오   저녁쯤에나 발표가 나려나? 명희 씨도 그때 같이 일본으로 오시죠.
서명희   스포츠에는 별로 관심이 없어요.
마사오   월드컵은 스포츠가 아닙니다, 국가 간 건전한 전쟁이지.

전화벨이 울린다.

이수자   아직까지 헤매고 있나보다.

가서 수화기를 든다.

이수자 Hallo. Madam? Was kommt Sie an? Ach so! (부인? 무슨 일입
니까? 아, 그렇습니까?)

듣고 있는 이수자의 표정이 점점 어두워지고, 불안한 듯 창밖 쪽을 바
라본다.

이수자 Vielen Dank fur den Rat! (충고해 주셔서 감사합니다!)

수화기를 내려놓는다.

서명희 무슨 일이에요?
이수자 이웃집 아주머니인데… 아까부터 어떤 동양인 남자가, 이 집 주변
을 엿보며 서성이고 있다는데.
서명희 혹시 안기부 직원일까요?
이수자 남편도 떠난 마당에, 설마 그런 치졸한 짓을 다시 하겠어?
마사오 아니, 문민정부라고… 한국도 달라진 게 아닙니까?
서명희 달라졌다면 끝까지 귀국을 막았겠어요? 고향 방문이 평생 소원이
셨던 분을.
이수자 됐다. 더 이상 얘기해 뭐하겠니.
서명희 어쨌든 쫓아내야 할 텐데요.

가서 창밖 쪽을 살핀다.

서명희 독일 경찰을 부를까요? 지금.
이수자 아직 누군지 확실하지도 않은데.
서명희 동양인 남자가 뭐 하러 여길 엿보겠어요.
이수자 놔두고 좀 더 지켜보자. 뭔 해코지만 안 하면 됐지. 추모 음악회가

혹여 시끄러워지면 안 되잖아.

서명희　사모님.

마사오, 팔을 걷어 올리며 나선다.

마사오　걱정 마십시오. 예술가를 탄압하는 놈들은 마땅히 응징해야죠.

이수자　됐네. 나서지 말고 그냥 있어.

마사오　제가 가라데 7단입니다.

서명희　상대는 훈련 받은 안기부 직원일지 몰라요.

마사오　어떻게 요리하나 감상이나 하고 계십시오.

서명희　혹시 총을 갖고 있을지도 몰라요.

마사오　아…

사이.

서명희 · 조심하세요.

마사오, 가던 걸음을 순간 되돌리고.

마사오　잠깐 화장실에 좀 다녀오겠습니다. 급해서…

안으로 들어간다.

이수자　신경 쓰지 말고, 우린 하던 대로 그냥 있으면 된다.

서명희　어떻게 신경이 안 쓰일 수가 있어요.

이수자　커튼이라도 치면 낫겠니? 아예 안 보이게.

커튼을 치려다가, 문득 창밖의 누군가를 발견하고는.

이수자   저 바바리코트 입은 사람…
서명희   나타났어요?
이수자   잠깐만…

계속 주시한다.

이수자   남윤… 최… 남윤…

서명희, 놀라 창쪽으로 향한다.

이수자   맞다! 확실히 남윤이야. 명희야, 너 잠깐 여기 있어라.

출입문을 열고 황급히 밖으로 나간다.

서명희   …

혼이 빠진 듯 잠시 멍하니.

서명희   어떻게… 여기까지…

마사오, 파란색의 일본 축구대표팀 응원복 차림으로 들어온다.

서명희   마사오 씨, 그 옷은…
마사오   월드컵 응원 복, 울트라 닛뽄입니다.
서명희   일부러 갖고 오신 거예요?

마사오　예, 개최지 발표도 있고 해서요. 이러면 누가 봐도 일본인인지 알
　　　겠죠? 안기부에서 절 쏘면 외교문제로 번질 걸 알 테니깐, 함부로
　　　못할 겁니다.

서명희　안기부 쪽 사람은 아니었어요.

마사오　아, 벌써 확인해 보셨습니까?

출입문 쪽에서 소리가 들려오면, 피하듯 위층 계단으로 오르는 서명희.

마사오　어디 가십니까?

서명희　잠깐… 찾아볼 게 있어서요.

위층으로 올라간다.

마사오　…

이수자와 함께 들어오는 최남윤, 순간 당황해하는 마사오.

이수자　서로 인사들 해. 처음 보는 사이지만 다 같은 제자들이니깐.

최남윤　반갑습니다.

마사오에게 손을 내민다.

최남윤　서울에서 온 최남윤이라고 합니다.

마사오　시미즈 마사옵니다.

악수한다.

마사오 앉으십시오.

최남윤 한국말이 유창하시군요.

마사오 영어는 훨씬 더 잘합니다.

두 사람, 소파에 앉는다.

마사오 프랑스어나 독일어도 웬만큼 가능하고.

최남윤 굉장하군요. 저로서는 부러울 따름입니다.

이수자, 안으로 들어간다.

마사오 세계를 무대로 활동하려면 어학 실력이야 기본이죠. 선생님 밑에서 작곡을 배우신 거겠죠? 기악 전공이 아니라.

최남윤 그렇습니다만, 아직까진 특별히⋯ 작곡가로서 이름을 알린 적도 없고⋯

마사오 자리가 불편하신가요? 뭔가 기운이 없어 보이시네.

최남윤 멋쩍게 웃으며.

최남윤 글쎄요⋯

마사오 베를린까지, 오시느라 많이 피곤 하셨죠?

최남윤 그런 것보단, 선생님한테 여러 가지로⋯ 면목이 없어 그럽니다.

마사오 지금 유명 작곡가가 아니면 또 어떻습니까. 그래, 아까부터 서성이고 계셨구나.

최남윤의 어깨를 치며 웃는다.

마사오	놀랐잖아요.
최남윤	제자들은 아직… 도착을 많이 안 한 모양이군요.
마사오	내일이나 모레쯤에 올 테죠.
최남윤	선생님께서 많이 흐뭇해하시겠군요.
마사오	같은 한국인 제자들이랑은 연락하셨습니까? 많이들 오신다죠?
최남윤	제자라 해봤자 몇 명 없습니다.
마사오	아니, 왜요? 선생님 고국인데?
최남윤	예전 하노버음대에 계실 때 배웠던, 단 4명이 전붑니다.
마사오	정말입니까? 설마 그럴 리가요.
최남윤	설명 드리긴 어려운… 복잡한 사정들이 있습니다.
마사오	그럼 명희 씨도 잘 아시겠네요? 서명희 씨.
최남윤	아… 예… 어떻게 명희를… 알고 계십니까?
마사오	여기 와 있잖습니까, 지금.
최남윤	!

전화벨이 울린다.
이수자, 급히 들어와 수화기를 든다.

이수자	Hallo. 아, 네. 잘 찾아왔군요. 맞아요. 그 길로 곧장 걸어오면 정원에 작은 연못이 있는 하얀색 집이 보일 거예요. 바로 그 집입니다. 걷다보면 주변에 예쁜 집들이 많으니까 구경도 하면서 천천히 오세요.

이수자, 수화기를 내려놓고 두 사람에게.

이수자	잠깐만 앉아있게. 과일 주스 다 돼가니깐.

최남윤, 자리에서 일어난다.

최남윤   지금… 명희가 와 있습니까?
이수자   응, 그래.

위층 계단을 바라보며.

이수자   참 오랜만이지? 명희랑도.
최남윤   예…
이수자   불러줄까?
최남윤   제가 올라가 보겠습니다.
마사오   무슨 전홥니까?
이수자   좀 이따 제자 둘이 또 올 걸세.
마사오   금방, 한국말로 얘기하셨잖습니까? 오, 선생님의 한국인 제자인
            가본데?
이수자   어디 사람이든 무슨 상관인가, 다 똑같지.
마사오   지금 2명이 와 있는데, 2명이 또 오면…

마사오, 웃으며 최남윤의 어깨를 두드리며.

마사오   한국인 제자 4명은 오늘 여기서 전부 재회하겠군요.

최남윤, 어리둥절하다.

마사오   이번 추모음악회 때 뭔가 윤이상 선생님 곡 하나를, 한국인 제자
            4명이서 연주해보는 건 어떻습니까? 작곡 전공이라도 악기 하나
            정도는 웬만큼 연주할 수 있잖아요? 피아노라든가. 어떤 곡이 좋

을까…

이수자 　나중에, 모두 모이면 얘기해 보세나.

마사오 　꽤 화제가 되지 않겠습니까?

이수자 　음악에 국적 같은 걸 굳이 나눠서 뭐해.

마사오 　현악 4중주 4번도 괜찮고…

다시 전화벨이 울린다.

마사오 　아, 4중주 5번이 더 현란하고 화려하겠죠?

이수자, 가서 수화기를 든다.

이수자 　Hallo. Wir haben lange nicht gesehen! Es geht mir gut. (오 랜만이군요! 저는 잘 지내고 있습니다) Ja freilich!. (물론입니다!) 그 정도야 당연히 응해 드려야죠. 아, 그러실 필요까진 없고 제가 그 쪽으로 가지요. 괜찮습니다. 여긴 지금 방문하는 제자들 때문에 정신이 없다니까요. 잠깐 바람 쐬는 기분으로 갔다 오면 좋죠. wohlverstanden! Ich komme schon. (알겠습니다! 곧 가겠습니다)

수화기를 내려놓고 안으로 향한다.

마사오 　어디 외출하십니까?

이수자 　한인회 언론사 기자한테서 왔어.

마사오 　인터뷰 요청이군요, 추모 음악회 일로.

이수자, 안으로 들어간다.

마사오　다리 좀 놓아주시겠습니까?

최남윤　예? 갑자기 무슨… 다리를…

마사오　저와 명희 씨 사이에 말입니다. 아직 미혼이라 들었습니다. 달랑 4명이었으면 서로들 많이 친했겠죠?

이수자, 코트 차림으로 들어온다.

이수자　내가 얼른 갔다오는 게 낫지.

마사오　오래 걸리는 뎁니까?

이수자　자동차로 금방이야.

출입문 쪽으로 향한다.

마사오　그럼 다녀오십시오.

이수자　나 없는 동안 새로 오면, 서로들 어색하지 않게 마사오가 분위기 잘 만들어봐.

마사오　넷이서 재회하면, 끼어들 틈이 있겠습니까, 제가.

최남윤　조심히 다녀오십시오.

문득 걸음을 멈추는 이수자, 슬쩍 최남윤을 본다.

이수자　저기, 마사오.

마사오　예.

이수자　자네가, 앞에 자동차까지만 날 좀 배웅하게나.

마사오　뭐… 그러죠.

이수자를 따라 나서는 마사오.

마사오   집 앞에 무슨 일 있습니까? 굳이, 멀리도 아니고…

이수자   쉿, 얼른 따라와.

        계단 앞에서 위층을 향해.

이수자   명희야, 나 잠깐 외출하고 올게.

        서명희, 계단을 급히 내려오며.

서명희   어디 나가세요? 사모님.

이수자   얼마 안 걸릴 거야.

        최남윤, 일어선 채로 멍하니 서명희를 바라본다.

서명희   다녀오세요.

이수자   거의 도착했다니깐, 손님들 오면 니가 잘 좀 챙겨줘라.

        서명희, 최남윤의 시선을 느끼고 돌아보면.

서명희   !

        사이.

마사오   잠깐 다녀오겠습니다.

        이수자와 마사오, 밖으로 나간다.

서명희   …

서로 바라보고 있던 서명희와 최남윤.
이내 시선을 피하고 다시 위층 계단을 오르는 서명희.

최남윤   명희야.

서명희, 오르던 걸음을 멈춘다.

최남윤   와 있을 줄은… 정말 몰랐어.

계단으로 다가간다.

최남윤   예전 그대로구나. 넌 하나도 변한 게 없는 것 같다.
서명희   갑자기 여기엔 왜 온 거야?
최남윤   제자들이… 추모 음악회를 벌인단 얘길 듣고… 장례식에도 참석
          못했는데, 이렇게라도… 선생님한테 마지막 인사를 드리고 싶었
          어.
서명희   밖에서 사모님은 뭐라 하셨어?
최남윤   그저 '잘 왔다' 고만… '선생님께서 기뻐할 거다' 라고만…

서명희, 괴롭게 힘주어 말한다.

서명희   그렇게도 두 분한테 상처를 주고서는… 어떻게 이렇게 불쑥… 아
          무 얘기 없이…
최남윤   뵙자마자 무릎이라도 꿇고 사죄드리고 싶었지만…
서명희   선생님이 얼마나 괴로우셨겠어.

최남윤   그래서 이렇게…

말을 잇지 못하고.

최남윤   이렇게 직접, 용서를 빌러 온 거야.

차가 출발하는 소리가 밖에서 들려온다.

서명희   살아 계실 때 왔으면 좋았잖아.
최남윤   도저히… 그땐 용기가 나지 않았어.

마사오, 들어온다.

마사오   비가 올 거 같네, 갑자기 하늘이.

조금 흐트러진 머리를 매만진다.

마사오   명희 씨, 밖에 어디다 빨래 같은 거 둔 거 있습니까?
서명희   글쎄요. 저도 잘… 모르겠는데요.
마사오   베를린 날씨는 항상 예측불가능입니다. 오랜만에 두 분이서 반갑게 얘기 좀 나누셨습니까?

어색한 서명희와 최남윤.

서명희   잠깐 나가보고 올게요.

서명희가 밖으로 나가면, 최남윤을 슬쩍 소파 쪽으로 데려가는 마사오.

마사오   어떻게, 제 얘기 좀 해봤습니까?

최남윤   글쎄요. 그런 건, 직접 해보시는 게…

마사오   제가 그런 일엔… 부끄러움이 좀 많아서요.

최남윤   저 있기 전에, 얘기 많이 해보셨을 게 아닙니까.

마사오   저도 오늘, 몇 시간 전에 온 거라서.

최남윤   첫눈에 반했단 겁니까?

마사오   오늘 처음 본 건 아니고, 옛날 하노버에서 음악 페스티벌 때, 연주 하던 걸 보고 반했죠. 그때 무대 뒤에서 인사도 하고 했지만…

최남윤   선생님 신작발표 무대 말입니까?

마사오   역시나 잘 아시네.

최남윤, 문득 놓여진 첼로를 바라본다.

최남윤   그랬다면, 아마도 첼로를 연주했겠군요.

마사오   예, 맞습니다.

최남윤   작곡을 공부했지만, 바흐나 엘가의 첼로 곡들을 곧잘 연주했었죠.

마사오   뭔가 명희 씨에 관해 더 얘기해 주실 게 있으십니까?

최남윤   그런 고백 같은 건… 지금은 하지 않는 게 나을 겁니다.

마사오   무슨 그래야 될 이유라도 있습니까?

최남윤   그냥, 그렇게 알고 계십시오.

마사오   얘기해 주십시오.

최남윤, 망설이다 조심스럽게.

최남윤   약혼자한테서 일방적으로 파혼을 당한 일이 있습니다. 그러고 나선 한국에는 돌아가지 않고, 계속 이렇게… 외국에서만 지내 는군요.

마사오 혹시 상대가, 저처럼 음악 하는 사람이었습니까?

최남윤 예. 하노버음대 시절… 같이 공부한 사람이죠.

마사오 선생님의 한국인 제자 놈 중 하나로군요.

서명희가 들어오면, 일부러 밝게 웃는 마사오.

마사오 빨래는 다 걷으셨습니까?

서명희 없던데요.

마사오 아, 그렇군요.

서명희, 부엌 쪽으로 행하면.

마사오 요즘에도 첼로 연주는 자주 하십니까?

서명희 어떻게 아시죠? 제가 첼로를 한 걸…

마사오 예전 페스티벌 때 봤잖습니까.

서명희 참, 그랬군요…

마사오 전 아직도 그때가 생생합니다.

서명희 이젠 거의 안 해요. 그게… 마지막으로 제가 첼로를 연주한 음악 회였을 거예요.

서명희는 최남윤과 시선이 마주치면, 피하듯 안으로 들어간다.

마사오 도대체 어떤 놈입니까?

최남윤 예?

마사오 그 파혼한 상대 놈. 저런 순수한 여인한테 상처를 주다니, 만나면 절대 가만둬선 안 되겠군요.

최남윤 접니다.

마사오 …

초인종 벨이 울리면, 소리를 듣고 다시 나오는 서명희.

마사오 말도 안 돼!

소파로 뛰어 들어가 얼굴을 묻고 흐느낀다.

서명희 마사오 씨…?

다시 초인종이 울리면 출입문으로 향한다.

서명희 Wer ist drauβen? (밖에 누구세요?)

출입문을 열면, 김철웅과 배옥자가 들어온다.

김철웅 고조, 여기가 윤이상 선생님 댁이 맞습네까?
배옥자 철웅 동무, 저쪽 좀 보시라우요.

진열장 위의 사진을 가리킨다.

김철웅 오호, 기레. 맞게 찾아왔구먼. 선생님이야.

들고 있던 악기 가방과 종이 백을 내려놓는다.

배옥자 내래, 다리 아파 죽갔시오.
김철웅 얼른 들어오라우.

배옥자 말했잖습네까, 이 집이 맞다 몇 번을 말했시오?
김철웅 고참 말 많네.

배옥자, 악기 가방을 내려놓으며.

배옥자 뱅뱅뱅 몇 바퀴를 돈 지 아십네까?
김철웅 기레도 찾아왔음 됐지, 뭘 따지네?
배옥자 구라파까지 왔음 항상 정신 똑바로 차리시라우요,
김철웅 에미나이, 말하는 게 아주 직사포구먼, 기래.
배옥자 진짜 직사포로 한번 당해보시렵네까?
김철웅 시끄럽다. 얼른 사라지라.
배옥자 일 없습네다!
김철웅 …

멍하니 자신들을 바라보고 있는 사람들.

김철웅 하하하. 베를린이래 참으로 복잡하고만.
마사오 혹시…

사이.

마사오 어디서 오신 분들입니까?
배옥자 조선민주주의 인민공화국서 왔시오.

마사오, 소파에서 굴러 떨어진다.

서명희 아까부터 전화하셨죠? 이쪽으로요.

김철웅 맞습네다. 사모님은 어디 계십네까? 인사부터 올려야 하는데.

서명희 잠깐 일이 있어 나가셨어요.

김철웅 지금 안 계십네까?

배옥자 내래 이럴 줄 알았시오. 뭡네까, 고조.

김철웅 조용히 못하네?

서명희 곧 돌아오실 거예요.

최남윤, 헛기침을 하고.

최남윤 저기… 잠깐 물 한잔 마실 수 있을까?

서명희 저쪽, 부엌으로요…

최남윤 응.

안으로 들어간다.

김철웅 보니까네, 전부 남조선 분들이시구먼요.

마사오, 한 손을 번쩍 든다.

마사오 No. I am japanese. (아니요. 전 일본 사람입니다)

배옥자 우리말로 하시라요, 우리말로.

마사오 I'm learning korean. (한국말을 공부하고 있습니다)

배옥자 관두시라요. 미제 양키 말 듣기 싫습네다.

마사오 뭐, 그렇다는 겁니다.

배옥자 고쪽은 공 차는 동뭅네까?

마사오 예?

배옥자 미제 옷이고만요.

마사오   이건, 그냥… 응원복인데…

서명희   먼 길 오시느라 고생 많으셨어요. 식사는 하셨어요? 뭐라도 해드릴까요?

배옥자   아, 일없습네다.

서명희   여기 분들도 모두, 윤이상 선생님 제자들이에요. 저도 그렇고요.

감철웅와 배옥자, 얼굴이 환해진다.

김철웅   그렇습네까? 이야! 역시 그렇고만요.

배옥자   감격이고만요. 정말 감격스럽지 않습네까? 이 먼 베를린까지 와서리…

김철웅, 마사오에게 가 악수를 청한다.

김철웅   인사가 늦었시오. 반갑습네다.

손 힘에 마사오가 휘청거리고.

김철웅   머리가 꼬부랑꼬부랑 근사하구만요.

마사오, 피하듯 안으로 향한다.

마사오   소변이 급해 화장실에 좀…

최남윤이 마사오와 스쳐 들어오면, 다가가 악수를 청하는 김철웅.

김철웅   진심으로 만나 뵙고 싶었습네다. 같은 민족끼리, 선생님의 뜻을 잘 좀 이어 나가십시다.

최남윤, 내민 김철웅의 손을 잡지 않으면.

김철웅　…

어색하게 시선을 피하는 최남윤.

배옥자　철웅 동무 팔 떨어지갔시오.
최남윤　아… 죄송합니다.

김철웅과 악수하면, 슬쩍 사이로 배옥자가 끼어든다.

배옥자　내래 배옥자라 합네다.
최남윤　만나서 반갑습니다.

배옥자, 불쑥 손을 내밀며.

배옥자　저랑은 손 안 잡으실 겁네까?.
최남윤　아… 예…

악수를 하면 손을 잡은 채로, 배옥자는 최남윤의 얼굴을 한참 바라본다.

최남윤　…

슬쩍 손을 빼며.

최남윤	알고는 있었지만… 북한 제자 분들을 직접 뵙게 될 줄은 정말 몰랐습니다.
배옥자	지휘나 작곡하는 분이지요?
최남윤	곡을… 쓰고 있긴 합니다만…
배옥자	손이 보드라워 알았습네. 저처럼 악기를 하면, 이래 거칠어질 수밖에 없시오.

부끄러움을 감추듯, 악기 가방을 들어 끌어안는다.

배옥자	처녀 손이 이래, 시집이나 갈 수 있을라나.
최남윤	클라리넷이로군요.
배옥자	역시나 잘 아시는구만요.
김철웅	옥자 동무래, 북조선에선 알아주는 연주자지요.
최남윤	혹시 '클라리넷과 피아노를 위한 율'이란… 선생님의 곡을 아십니까?

서명희, 최남윤을 바라본다.

배옥자	당연히 잘 알지요. 여태 수십 번도 더 연주했단 말입네다.
김철웅	재작년 윤이상 음악제 때 연주하지 않았었네?
배옥자	어째 기걸 다 기억하고 계십네까?
김철웅	내래 고것도 모르갔네?
배옥자	평양의 고 음악당이 연주하긴 참 좋은뎁네다, 울림도 크고.
최남윤	북한엔, 선생님 이름의 음악제가 있는가 보군요.
김철웅	매 가을마다 합네다.

배옥자, 가방에서 클라리넷을 꺼내며.

배옥자 철웅 동무가, 피아노 좀 쳐 주시라요.

김철웅 뭘 할라 기래?

배옥자 '클라리넷과 피아노를 위한 율' 말입네다.

김철웅 손에 악보도 없잖네.

배옥자 기억나는 대로 한 대목만 해보시라우요.

서명희 어쩌죠? 이 집엔 피아노가 없는데요.

배옥자 위층 방에 없단 말입네까?

서명희 예.

김철웅 선생님 떠나시고선 치워버린 모양이고만.

서명희 원래부터 없었어요. 선생님은 전혀, 피아노로 곡을 쓰지 않으셨어요.

김철웅 아… 기렇구만요.

배옥자, 가방 안에 클라리넷을 도로 넣으며.

배옥자 기럼, 할 수 없고만.

서명희 피아노 연주자이신가요?

배옥자 철웅 동무 말입네까? 틀렸시오.

악기 가방을 한곳에 두고.

배옥자 비올라 연주잡네다. 저쪽에 악기 가방 있잖습네까.

김철웅 피아노래 좀 할 줄 아는 기지.

배옥자 제법 잘 칩네다.

서명희 오늘 묵으실 거면, 미리 윗방을 좀 치워드릴까요?

김철웅 사모님이 말해 놓고 가신 모양이구만.

서명희 아까 전화하는 걸 들어서요.

배옥자	일 없습네다. 그럴까도 했는데, 호텔에 방 잡아 뒀시오. 거기 짐은 다 두고, 악기만 챙겨 온 겁네다.
최남윤	악기는 왜… 무슨 이유라도 있습니까?
김철웅	고조, 보시라우요. 연주자와 악기는 늘 한 몸 아닙네까.
최남윤	아, 실례했습니다.

김철웅, 호탕하게 웃는다.

김철웅	기것이 윤이상 선생님 기본 가르침이었지요.
배옥자	아쉽고만, 한 소절 했으면 했는데…
김철웅	기라면 남조선 두 동무가, 대신에 뭔가 보여주시갔습네까?

최남윤과 서명희, 순간 서로 어색하게 바라보고.

서명희	곡… 연주 말인가요?
배옥자	남성 동무래 작곡한다 안 했습네까. 연주자 아니야요.
김철웅	남조선 여성 동무도 기렇습네까?
서명희	예… 선생님 밑에서…
김철웅	기럼 맨든 곡이라도 하나 해주시라우요.
최남윤	내세울만한 게 없습니다. 누가 저 같은 걸 작곡가로 보겠습니까.
배옥자	무슨 기런 말을, 얼굴에 딱 음악가라 쓰여있시오.

마사오, 머릿결을 휘날리며 들어온다.

마사오	어디를 가나, 사람들은 절 음악가로 바로 알아보더라고요.
배옥자	공 차는 동무는 입 다무시라우요.
김철웅	고조, 깜박했고만!

종이 백 안에서 술을 꺼낸다.

김철웅　오면서리 빈손으로 올 수 있갔시오?

서명희　술은… 저… 어쩌죠, 사모님께선 하지 않으세요. 선생님도 그러셨
고요.

김철웅　알고 있시오. 요고이 요기 모인 동무들 선물입네다. 술술 말이 풀
릴라면 술!

술을 테이블 위에 놓고 소파에 앉는다.

김철웅　술이 있어야지요. 한 잔들 하지요?

마사오　이럴 땐 와인이 낫지 않겠습니까?

김철웅　기런 자본가 술이 뭐가 좋아 기럽네까.

배옥자　동무들 와서 마셔보시라우요. 북조선이래 물이 좋아 술맛도 끝내
줍네다.

마사오　클래식 음악가한테 서양 술이지, 웬 북한 술입니까.

배옥자　싫으면 공 차는 동무는 관두시라우요.

최남윤을 향해 미소 짓는다.

배옥자　와서 앉으시라우요.

최남윤이 소파에 앉으면 다가가 앉는 배옥자.
당황해하는 최남윤.

최명희　…

점점 묘한 질투 감정이 생겨, 안으로 들어간다.

마사오   '록용 산삼 술?'

테이블 위의 술을 이리저리 살펴본다.

마사오   '금강산에서 채취한… 록용 산삼술… 40%.' 진짜로 산삼인가?

김철웅, 웃는다.

김철웅   어떻습네까?
마사오   글쎄, 뭐… 궁금하긴 하네.
김철웅   병은 가짜고, 실은 안에 더 진짜가 있시오.
마사오   예, 예?
김철웅   '록용 산삼술' 이래 북한선 쉽게 살 수 있는 거야요. 기런 걸 고조 일부러 갖고 왔갔습네까? 비행기로 구라파까지? 위장한 겁네다.
마사오   그럼… 이 술의 정체가 뭡니까?
김철웅   일단 맛 보시라우요.
배옥자   눈이 번쩍 뜨입네까?
마사오   뭐…

시선을 돌려 정면의 텔레비전을 켜본다.

배옥자   시끄럽습네다. 당장 끄시라우요.
마사오   아직, 발표가 안 나왔나… ?

마사오, 텔레비전을 끈다.

김철웅 발표라니, 뭔 일 생겼습네까?

마사오 오늘이 월드컵 축구 개최지, 발표 날 아닙니까.

배옥자 진짜 공 차는 동무 맞구만, 기래.

김철웅 발표 나면 고거이 언제 하는 겁네까?

마사오 6년 후에요, 2002년도. 현재 상황이 일본이랑 한국, 둘 중 하나라서…

배옥자 기래서 남조선이 되면! 북조선이랑 같이 할 수도 있갔네요?

김철웅 기렇지, 맞다! 좋은 생각이다.

배옥자 조선 북남이 문화로 하나 되는 거, 고거이 우리 선생님 꿈 아니었습네까. 고조, 옛날 탁구대회 생각해 보십시오. 리분희 현정화 내래 아직도 기억한단 말입네다. 기땐, 금방 통일 되는 줄 알았시오.

김철웅 월드컵이래 또 좋은 기회가 되갔구만:

배옥자 공 차는 동무.

마사오 왜요. 또, 뭡니까?

배옥자 남조선한테 양보하시라우요.

마사오 말이 됩니까? 난 일본 사람인데.

배옥자 선생님 꿈을 무시하겠단 거로구만. 제자 맞습네까?

김철웅 패륜이구만, 기래.

마사오, 흥분해 벌떡 일어난다.

마사오 아니, 개최지를 내가 정합니까? 왜 나한테 그래요!

배옥자 철웅 동무, 가 얼른 꺼내 오시라우요.

김철웅 내 비올라 말이네?

배옥자 말 나온 김에 '우리의 소원은 통일' 불러나 보게, 연주 좀 해주시라우요.

김철웅 일단, 고거 이리 달라우.

마사오 앞의 술을 자기 쪽으로 가져온다.

마사오 …

일어선 배옥자, 최남윤을 일으키며.

배옥자 일어나 손잡고 같이 불러봅세다.
최남윤 그만… 됐습니다.
배옥자 내래 남조선을 응원하갔시오.
김철웅 마찬가집네다.
마사오 일본이 되면 어쩔 겁니까?
배옥자 북남 통일을 원치 않구만요.
마사오 그런 게 아니라! 내기 할래요?
배옥자 관두시라우요. 노름하러 왔습네까?
마사오 와! 나 정말, 미치겠네.
김철웅 왜 '미' 만 치십네까? '도레, 파솔라시' 도 있는데?
마사오 …

서명희, 술잔이 놓인 쟁반을 들고 들어온다.

서명희 그 사이에 많이 친해지신 모양이네요.
김철웅 민족 통일에 관해, 진지한 대화가 오고갔습네다.
서명희 그렇게 되면 좋겠어요. 여기 독일처럼요.

테이블에 술잔을 각각 놓아준다.

마사오 일단은 남북한 경제적 차이에서 오는 후유증이, 상당히 클 텐데요.

배옥자 요긴 윤이상 선생님 제자들 모임입네다. 잘못 왔음, 얼른 딴 데 가 보시라우요.

마사오 통일을 원하지 않는 게 아니라, 현실을 봐야 잘 될 게 아닙니까?

서명희 독일도 처음엔 우려가 많았지만, 잘 해나가고 있잖아요.

김철웅 우리 조선 민족보다 일치단결 잘 되는 민족이래, 전 세계에 없시오.

마사오 그렇게 감정만 갖고서 될 일이 아닙니다.

배옥자 일본은 고조, 과거나 반성하시라우요.

마사오 원자폭탄에 얼마나 많은 사람들이 희생됐습니까.

배옥자 기런 걸 자업자득이라 말하지요.

마사오 무슨! 그럼, 일본인은 다 죽어도 된단 거요?

배옥자 기라면 왜 미제를 원수로 생각 안하는 겁네까?

최남윤 됐습니다. 그만들 하시죠, 이제.

조금씩 빗소리가 들려온다.

서명희 안주될만한 거… 뭐라도 갖다드릴까요?

마사오 아까 사온 거 중에서 뭐가 괜찮을까…

김철웅 필요 있갔소? 술만 있으면 됐지.

마사오 그건 당신 생각이고.

최남윤을 바라보며.

마사오 안주는 뭐가 괜찮겠습니까? 땅콩도 있고 스파게티도 있는데. 저런 게 싫으면… 유럽 음악가들이 즐겨 마시는 헨켈 와인도 사다났습니다.

최남윤 전 괜찮습니다.

배옥자 혼자 갖다 드시라우요.

마사오 …

김철웅, 서명희를 바라본다.

김철웅 요번 음악회일로다 오신 거지요?
서명희 예. 어제요.
김철웅 보니까네, 꼭 원래부터 이 집서 살고 있던 사람 같습네다.

웃는다.

김철웅 기래 처음엔 선생님의 따님인가, 며느린가 했시오.
서명희 예전에 몇 년 동안, 여기서 생활했던 적이 있어 그래요.
김철웅 기러셨구만요.
서명희 그때랑은 별로 변한 게 없어요. 사람 말고는요.

잠시 거실 안을 둘러본다.

서명희 선생님도 떠나셨고… 저도 이젠 더 이상 젊지 않으니까요.
김철웅 가까이서 많이 지켜보셨겠구만요.
서명희 선생님을요?
김철웅 얘기 좀 해주시라우요.
서명희 선생님 얘기요?
김철웅 우린 모르는, 여러 가지가 있지 않갔습네까.
서명희 어떤 게 궁금하신데요?

최남윤, 말없이 서명희를 바라보고 있다.

김철웅 선생님 곡을 연주할 때면, 내래 늘 요곡을 쓰시던 순간을 상상해 보곤 합네다. 고조, 고 마음을 느껴야 제대로 된 연주가 되지 않갔 습네까.

배옥자 피아노를 안 사용하셨구만요.

서명희 악기에 의해서 작품을 쓰시진 않으셨어요.

김철웅 작곡 땐 전혀, 악기래 손도 안 댔단 말입네까?

서명희 기술적으로 연주가 가능한지 시험해보려고, 작곡 중에 악기들을 만져보셨던 적은 있었죠. 위층에 가보시면 악기들이 많이 있을 거 예요.

김철웅 처음 안 사실이구만.

서명희 '피아노는 서양음악의 합리성을 상징하는 악기' 라고 언젠가 말씀 하셨던 것이 생각나네요. 동양의 미와 철학을 추구하셨던 선생님 한테, 음의 색깔과 높이가 한정된 피아노란 악기는… 부자유스럽 게 느껴지셨을지 모르죠.

사이.

최남윤 선생님을, 아주 잘 이해하고 있구나…

서명희, 어색하게 시선을 피하고.

최남윤 분명, 니 말대로 그러셨을 거야.

마사오 작곡 중이실 땐 예민해 있어서, 아주 조심스러웠을 텐데…

서명희 그런 건 어느 작곡가나 마찬가지겠죠. 곡을 쓸 땐 머릿속에 음을 한 음 한 음 질서를 잡아 정리해 가는데… 눈에 보이는 물체들이 정리가 안 돼 있으면 머릿속 질서를 방해한다 하셨어요.

최남윤 …

서명희, 미소 짓는다.

서명희 그래도 작품이 끝났을 땐 사모님을 불러 같이 왈츠를 추셨어요. 이 거실에서 말이에요. 해방감이랄까, 완성의 기쁨을 나누는 두 분의 의식 같은 거였어요.
배옥자 고조, 우리 선생님이래 꽤 낭만적이구만요.
김철웅 영화고만, 영화야.

일어나 배옥자에게 손짓한다.

김철웅 잠깐 나와보라.
배옥자 뭐할라 그럽네까?
김철웅 한번 해보자.

배옥자, 나온다.

김철웅 손 좀 잡아보라우.

배옥자와 김철웅은 왈츠를 추며 거실을 돈다.

배옥자 선생님 기분이 좀, 듭네까?
김철웅 잘 모르갔다.
배옥자 기람, 상대를 바꿔 봅세다.

멈추고 최남윤에게 다가가 손을 내민다.

배옥자 한 춤 추시갔시오?

당황해하는 최남윤.

김철웅은 서명희에게 다가간다.

김철웅 내랑 손 좀 잡아보시갔습네까?

서명희 …

마사오, 순간 발악한다.

마사오 No! No! No! (안 돼! 안 돼! 안 돼!)

배옥자 얼른, 나오시라우요. 북남의 같은 동포끼리 어떻습네까.

김철웅 기렇다면 요고이, 통일을 바라는 의식 같은 춤이로구만.

배옥자 말 잘했시오. 기렇게 되는구만요.

마사오 자본가의 춤은 잘도 따라하네…

표정이 굳어진 배옥자와 김철웅.

김철웅 월드컵 발표래 왜 안 나오는 거네?

배옥자 아직 더 기다려 보시라우요.

김철웅 고조, 절대 일본한테로 넘어가선 안 된다.

배옥자 모든 북조선 인민들을 대표해, 2002년도 월드컵은 반드시 남조선
에서 열리기를, 열렬히 희망하는 바입네다.

배옥자와 김철웅, 응원 리듬으로 박수를 친다.

서명희 우선 한 잔씩 하세요, 일부러 가져오셨는데.

김철웅 따라 드리갔습네.

각각의 잔에 술을 따른다.

김철웅　전부들 와 앉으시라우요.

서명희　마시지는 못하지만…

마사오　일단은 건배부터 합시다.

자신의 잔을 높게 든다.

배옥자　뭐, 축하할 일 있습네까? 추모하는 자리서 건배가 뭐야요.

마사오　아… 술자리선 습관이 돼서…

배옥자　저쪽에 멀리 떨어져 앉으시라우요.

최남윤　이 음악회는, 일본의 제자 분들이 주도해 연 것으로 알고 있습니다만…

마사오　수 적으로 일본인 제자들이 가장 많으니까, 그렇죠.

최남윤　정말 감사드립니다.

마사오　저 혼자 한 게 아닌데요.

최남윤　음악회는 어떤 내용들로 채워지겠습니까?

마사오　글쎄요. 내일이나 모레쯤에… 전부 모이면 세세히 정할 테지만, 참여하는 제자들이 무대에서 최소 한 곡씩은, 선생님 곡을 연주하는 식이 되지 않겠습니까.

최남윤　그렇겠군요.

배옥자　기람 미리 생각해 둬야겠구만요.

김철웅　선생님 작품 중에, 클라리넷 곡은 꽤 많잖네.

배옥자　기쪽 비올라만 하갔시오?

마사오　명희 씨는 이번에도, 옛날처럼 첼로로 참여하면 되겠군요.

서명희　이젠 그때만큼 하지 못 할 거예요.

마사오　부담 없이 하십시오. 틀리지만 않으면 됩니다.

서명희	많이 연습해야겠어요. 저 때문에 망치면 안 되니까요.
마사오	천만의 말씀. 어떻습니까? 저랑 같이 해보시는 게. 옛날 브레멘에서 초연 됐던 선생님 곡 '첼로와 피아노를 위한 노래' 정도면, 상당히 좋을 거 같은데…
서명희	피아노를 하시려고요?
마사오	자랑 같지만, 웬만한 피아니스트만큼은 칩니다.

잔을 들어 한 모금 마신다.

김철웅	어떻습네까?
마사오	오, 꽤 좋은데요.
김철웅	기렇지요? 귀한 겁네다.
서명희	마사오 씨는, 여러 가지로 역량이 뛰어나시네요.
배옥자	믿지 마시라우요. 허풍인지 어째 압네까.
마사오	이 집에 피아노가 없단 게 유감이군요. 금방 실력을 확인시켜 드릴 수 있을 텐데. 그럼, 같이 하시는 걸로 알겠습니다.
서명희	좀 더… 고민해 봐야할 것 같아요.
마사오	그러시죠, 그럼…

슬쩍 최남윤을 보고서 빈정거리듯.

마사오	그쪽도, 뭐할지 생각해 두시죠.

배옥자, 최남윤에게 가까이 다가가.

배옥자	피아노래 할 수 있음, 고조 우리도 둘이서 아까 말한 '클라리넷과 피아노를 위한 율'을 해보는 건 어떻갔습네까?

마사오	좋겠는데! 남북 제자의 조인(Join) 연주.
배옥자	클라리넷 부분이래 아무 염려 마시라우요.
최남윤	전, 객석에 앉아… 그냥 조용히 지켜보겠습니다.
마사오	참여를 안 하겠단 말인가요?
최남윤	그런 무대에 설 자격이 없습니다.
서명희	…

빗소리가 강해진다.

배옥자	고거이 뭔 말입네까?
서명희	선생님하고 북한에선 어떤 인연이셨어요?
배옥자	예? 아… 선생님…
서명희	궁금해서요.
배옥자	평양 인민문화궁전에는 윤이상 음악연구소가 있습네다. 선생님의 업적을 기리면서, 북조선 음악계 발전을 위해 1984년에 만들어졌는데, 선생님이 여기에 많은 공을 들이셨시오.
김철웅	좋은 제자 길러내는 게 꿈이다 하셨잖네, 항상.

잔을 단번에 마셔 비워버린다.

김철웅	남쪽을 위해선 노력했는데 북에는 아무것도 한 게 없다면서, 음악계 발전을 위해 애쓰셨지요. 예술로 조국에 이바지한 분입네다.
배옥자	항상 8월이면 연구소에 직접 오셔서, 작곡법이나 연주법 같은 걸 지도해주시던 기억이 나는고만요. 기때 처음 선생님한테 배울 때, 항상 '기술이 없어선 자기 예술을 마음대로 표현할 수 없다' 하시면서 연습을 많이 시키셨습네다.
김철웅	더운 날 땀 좀 흘렸구만.

서명희	당시에 베를린음대에 재직 중이셨던 때라, 여름방학을 이용해 가실 수밖에 없으셨을 거예요.
김철웅	서베를린 음악대학이랑은 또, 다른 학굡네까?
마사오	아, 베를린음대란 건 지금 통일 후에 바뀐 이름이고, 옛날 서베를린음대를 말하는 겁니다.
서명희	매년 8월 사모님하고 북한에 가실 땐, 저도 미국 언니 집에 가 있었죠. 한 달 동안 혼자 이 집에 남아 있는 건 쓸쓸해서요.
김철웅	언제까지 함께 하셨습네까?
서명희	서울 올림픽… 이후였죠.
김철웅	90년 범민족통일음악회 때에도 계셨습네까?
서명희	여긴, 그 이전에 떠났어요.
마사오	그 이후엔 어떻게 지내오셨는데요?
서명희	그냥… 언니하고 살면서, 아이들한테 음악 가르치면서 살았어요.
마사오	미국에서요? 계속?
서명희	예.
김철웅	남조선으론 왜 안 돌아가셨습네까?
서명희	글쎄요…
김철웅	뭔 이유라도 있습네까?

서명희, 쓸쓸히 미소 짓는다.

| 최남윤 | … |

사이.

| 김철웅 | 기랬구만요. |
| 배옥자 | 고조 남정네 둘이 신났구만, 기래. |

김철웅	뭐… 뭐가?
배옥자	이쁘니까네 정신들을 못 차리는구만요.
김철웅	헛소리 마라. 자, 얼른들…

자신의 잔에 술을 따르며.

김철웅	고조 마시라우요.
마사오	결혼 하셨겠죠, 북한에서?
배옥자	철웅 동무래 숫총각입네다.

김철웅, 최남윤에게 다가가.

김철웅	술 잘 못하는가 보구만요.
최남윤	아닙니다.
김철웅	기럼 사내들끼리 한 잔씩, 쭉 넘겨봅세다.
최남윤	얘기를… 좀 더 해주십시오.
김철웅	선생님 추억이래, 풀자면 밤을 새도 모자라지요.
배옥자	있잖습네까. '바르샤바의 가을'
김철웅	아! 내래 기때 생각하면, 지금도 눈물이 난다.
최남윤	폴란드 바르샤바에서 뭔가… 있었습니까?

마사오, 마저 술잔을 비우고 일어나.

마사오	사회주의 국가들의 가장 큰 규모의 음악 축전인데, 매년 가을 바르샤바에서 열렸었죠. 86년도였던가, 북한 국립교향악단이 참가했던 때가?
김철웅	어째 연도까지 잘 알고 있습네까?

마사오 제가 그때 서베를린음대에서 선생님한테 배우고 있었거든요. 86 년, 그 다음 해에 퇴직하시고 동베를린음대로 학교를 옮기셨죠. 명희 씨, 잠깐 위층에 올라가 봐도 괜찮겠습니까?

서명희 저한테 묻지 않으셔도 돼요.

마사오 좀 찾아볼 게 있어서요.

위층 계단을 오르다가 넘어진다.

김철웅 보라우, 저거. 두 잔 먹고 취해서…

마사오 미끄러워 그럽니다!

서명희 밑에 뭔가 흘렸나요?

마사오 아닙니다.

계단을 오른다.

김철웅 내래 지금도 북조선 국립교향악단에 있습네다만, 당시에 윤이상 선생님 노력으로 악단이 바르샤바 축전에 가게 됐지요. 단원 동무 들 기쁨은 말로 못할 정도였습네다. '조선민족의 명예를 걸고 코 쟁이들한테 큰 소리해 주자! 기어이 승리자가 돼 조선민족의 본때 를 보이자!' 결의가 대단했시오. 참가준비 동안 평양에 오셔서 일 일이 많은 걸 지도해주셨습네다. 북조선에서 내준 특별 비행기를 타고 바르샤바에 갈 때도 사모님이랑 동행해 주셨지요. 윤이상 선 생님 지도로 윤이상 선생님 곡을 연주하는 북조선 국립교향악단. 관심이 대단했습네다. 꽉 찬 극장에서 연주가 시작됐고, 악단 동 무들은 증말 열심히 연주했습네다. 첫 번째 곡은 선생님의 클라리 넷협주곡. 두 번째는 폴란드 작곡가의 교향곡. 기리고 세 번째 윤 이상 선생님의 교향곡 1번. 기렇게 연주를 끝내니까네 환호와 박

수가 홍수처럼 쏟아지는 겁네다. 단원들 전부 감격해 울었시오. 기때 관객들이 전부 일어나 '윤이상, 윤이상'을 외치지 않았습네까. 선생님이 무대에 오르니까네 엄청난 박수가 계속 됐습네다. 기때 결심한 게 있습네다. 내래 손에서 비올라를 영영 내려놓지 않는 한, 저분을 계속 따르겠다고 말입네. 끝나고 우리를 불러 놓고서래 선생님이 말씀하셨시오. '우리는 창조적이며, 끈기 있고 저력도 있는 민족이다.'

서명희 그때 바르샤바에서, 무척이나 감격해 돌아오셨던 기억이 나네요. 저한테도 자랑하듯 많은 얘기들을 해주셨어요. '북한의 좋은 인재들을 데려다, 계속 가르치고 싶은데 방법이 없을까' 하시면서, 동베를린음대로 학교를 옮기신 거예요.

김철웅 내래 고기서 공부했시오! 옥자 동무하고도 그때 알았지.

서명희 그러셨나요? 그럼 두 분, 베를린은 이번이 처음은 아니시군요.

배옥자 통일이 된 후론 처음이잖습네까.

김철웅 몇 년 사이 많이 변했지 않네? 기래 길을 해맸지.

배옥자 서베를린이 기땐 동베를린에 싸인 섬 같은 데였시오.

김철웅 기러고 보면 윤이상 선생님이래… 북남의 민족 문제로다, 베를린 동과 서를 옮겨 다니셨구만, 기래.

서명희 북한쪽에선 이번에 얼마나 오시나요?

김철웅 요렇게 대표로다 둘뿐입네다.

배옥자, 최남윤을 슬쩍 팔로 치며.

배옥자 왜 이래 말이 없습네까? 좀 해주시라우요. 남조선 동무들 선생님 얘기도 듣고 싶단 말입네다.

최남윤 먼 곳까지, 경비가 많이 들었겠군요.

김철웅 우리 인민 공화국서 다 내줬시오.

잔을 들어 마신다.

김철웅 기때도 북조선서 재주 있는 작곡가 10명, 연주자 11명 뽑아다, 우리 인민 공화국서 선생님 계시는 동베를린 학교로 보내줬단 말입네다.

잔에 술을 따르며 최남윤을 보고 미소 짓는다.

김철웅 선생님 남조선에서의 얘기도 해주시라우요.

계단을 내려오는 마사오.

마사오 비가 많이 오는데, 사모님 괜찮을까요?
서명희 그러네요. 오실 땐 좀 그쳐야할 텐데요.
마사오 작업실이 꼭, 어제까지 선생님이 쓰고 계셨던 거 같더군요.
서명희 예전 그대로예요. 따로 치우지 않으셨대요.
김철웅 아, 기쪽이 선생님 작업실이구만요.

배옥자, 일어나 계단 쪽으로 향한다.

배옥자 어떤가 우리도 올라가 봅세다.
마사오 악보들을 살펴보니깐, 이번 음악회 때 어떤 곡을 할지 감이 잡히던데…
김철웅 고조, 궁금하구만.

일어나 서명희에게.

김철웅   좀 올라가 구경해 봐도 되갔습네까?

서명희   물론이죠. 묻지 않으셔도 돼요.

배옥자   얼른 오시라우요.

김철웅과 배옥자, 이층 계단으로 오른다.

마사오   서로 얘기들 좀 많이 나눴습니까?

슬쩍 계단 쪽을 돌아보고는.

마사오   북한에서도 올 줄은, 정말 몰랐는데요.

서명희   무슨 상관이겠어요. 추모하러 와준 사람들인데.

마사오   그렇긴 하죠.

서명희   좋은 분들 같은데요.

마사오, 안으로 향한다.

서명희   …

사이.

최남윤   지금 선생님께서 계셨다면, 날 용서하지 않으셨겠지?

서명희   차라리 그랬다면… 오빠 마음이 더 편하지 않았겠어?

최남윤   그래. 차라리 뺨이라도 얻어맞고 당장 쫓겨났다면, 홀가분할지도 모르겠어.

서명희   잘 알잖아, 그러실 분 아니란 거.

둘만의 상황이 어색해 피하듯, 출입문 근처 창가로 가 비가 내리는 밖을 바라본다.

서명희 여기 와본 건 처음이지?

최남윤 응, 그래.

서명희 저기 정원 안에 작은 연못이 있는 거 알아?

최남윤 꽃들이 많이 피었던데, 그 가려진 속에 연못이 있었구나.

서명희 내가 여길 떠나던 무렵에, 개구리 한 마리가 연못에 살기 시작했어. 이렇게 비가 오려는 날에는 항상 울곤 했는데… 떠난 후에 선생님이 보내준 편지엔, 늘 개구리 이야기가 쓰여 있더라고. 사모님하고 정원에 나와 살피다 개구리가 눈에 띄는 날엔, 무척이나 반갑고 좋으셨던 모양이야.

최남윤 니가 가고난 후에, 두 분이 쓸쓸하셨던 거지.

서명희 떠나온 게 잘못을 저지른 것만 같았어.

최남윤 언제까지 있을 순 없는 거잖아.

서명희, 돌아서 최남윤을 바라보며.

서명희 한국에서의 생활은 어때? 학교 일은 계속 잘 돼?

최남윤 모두 다, 정리하고서 온 거야.

서명희 무슨 일 있었어?

최남윤 이젠 조금… 선생님을 이해할 수 있게 된 거 같아서… 이런 말하는 게 우습지?

서명희 혹시, 새로 바뀐 정권에서 어딘가로 자리가 밀려난 거야?

최남윤 국립음대엔 정년까진 별 문제 없었어.

서명희 왜 교수자리도 그만둔 거야? 정부 출범 땐, 예술기관장 얘기도 있지 않았어?

최남윤   그런 걸 어떻게 알고 있어?

서명희   내 고국이잖아. 미국에서 한국 클래식 월간지를 구독해 봤어. 관심을 끊을 순 없는 거니깐. 오빠 기사나 인터뷰들이 종종 나올 때면, 사람들이 오빠한테 호의적이란 걸 많이 느끼게 돼.

최남윤, 술잔을 마셔 비운다.

최남윤   난… 더 이상 작곡가로선 끝났어.

서명희   아직도 궁금해. 그때 일이 오빠의 자기 신념이었는지, 어떤 회유나 협박 때문이었는지.

최남윤   협박이나 한낱 교수자리 따위로 그랬을까?

서명희   그럼 어떤 신념이었는데?

최남윤   세상일엔 담을 쌓고, 예술가는 자기 예술에만 전념해야 된다 생각했어. 그게 예술가의 자세라 믿었어.

서명희   그 신념이 이젠 변한 거야? 아니면, 그냥 선생님에 대한 미안함 때문인 거야?

최남윤, 아련하게 추억하며.

최남윤   '자네는 정직한가?' '예, 그렇습니다.' '자네는 솔직한가?' '예, 솔직합니다.' '그럼 좋네. 앞으로 나에게서 배우도록 하게나.'

서명희   선생님하고 그런 얘길 했었어?

최남윤   동베를린 사건 병보석으로 계실 때… 서울대 병원 병실로 찾아간 나를, 그렇게 제자로 받아주셨어.

사이.

최남윤   군사정권의 회유 같은 건 없었어. 난 세속적 욕망에 정직하고 솔
         직했던 게 아니라, 그때의 내 신념에 정직하고 솔직했던 거였어.

서명희   이제와 변명하게? 여기까지 와서?

최남윤   아니, 그 신념이 어리석었단 거야.

         자리에서 일어난다.

최남윤   모인 다른 제자들을 보니깐, 객석이든 어디든 내가 낄 자린 없단
         생각이 든다. 명희야, 어쩌면 난… 여기 와서 용서를 빌면… 지금
         까지의 불편했던 내 마음이 해소가 돼 이제는 편해질 거라는… 순
         전히 그런 자기 욕망 때문에 베를린까지 찾아왔는지도 모르겠어.

         출입문 쪽으로 향한다.

최남윤   미안하다. 그만 갈게.

서명희   어디 가려고?

최남윤   사모님한텐 죄송하다 전해 줘.

서명희   신념이 바꼈으면, 이젠 괜찮지 않아?

         나가려는 최남윤의 팔을 잡는다.

서명희   정말, 다혈질인 건 하나 변한 게 없네.

최남윤   선생님께선 날 용서하지 않을 거야.

서명희   저렇게 비가 오는데, 어디를 가.

         들어오던 마사오,
         멈춰 두 사람의 모습을 바라본다.

서명희　오빠 정말 솔직해, 온통 자기 감정에만.

최남윤　저들하고 이렇게… 여기 함께 있을 자격이 없어.

서명희　바보 같은 소리 마. 누가 오빠를 싫어한대?

최남윤　내가 어떤 짓을 했는지 알면, 다르겠지…

최남윤을 끌어안는 서명희.

마사오　…

사이.

마사오　여전히, 비가 많이 오는군요.

최남윤에게서 떨어지는 서명희.

마사오　날이 우중충해지니깐, 사람 기분도 덩달아 우울해지는 거 같죠?

두 사람을 애써 외면하듯 진열장으로 향한다.

마사오　음악이라도 들으면 좀 낫겠는데…

LP들을 꺼내 살펴보며.

마사오　대부분 선생님 작품들인데… 괜찮으면 제가 골라보겠습니다.

LP를 턴테이블에 올려놓으면, 윤이상의 오페라 '류퉁의 꿈'이 흐른다.

마사오   1965년도 베를린예술제에서 초연된, 선생님의 첫 오페라 작품이 죠. 잘 아시겠지만, 변하는 부귀영화를 쫓는 건 어리석단 내용입 니다.

앉아 자신의 잔에 술을 따르며.

마사오   같이 한잔하시겠습니까?
최남윤   술은 됐습니다.
마사오   그래요?

잔을 들어 마신다.

마사오   베를린의 '주간음악'이란 잡지였던가요?
최남윤   !

사이.

마사오   기억이 납니다. 선생님께서 프랑크푸르트 방송국 요청으로 바이 올린 협주곡을 쓰시고 계셨던 때였죠? '주간음악'에 실린 글 때문 에⋯ 그 파문으로, 연주자들이 선생님 곡 연주하길 줄줄이 거부했 었죠.
서명희   다 지난 일이에요! 이제 와 다시 꺼내 뭐하겠어요.

마사오, 씁쓸히 웃는다.

마사오   글쎄요. 저도 잊고 있던 일이었는데⋯ 한국인 제자는 단 4명뿐이 란 얘길 들으니, 갑자기 생각이 나 궁금해졌습니다. 넷 중에 누굴

까 하고.

최남윤 세월이 지나도, 역시나 잊혀 질 수 없는 일이죠.

마사오 무엇보다, 당신이 이상해 보였으니까요.

서명희 그런 얘긴 그만하세요!

마사오 추모하는 자리에 와서, 처음부터 죄인 같이 구는 게… 정말 이상했어요.

최남윤 맞습니다. 과거에 저는, 선생님한테 큰 죄를 저질렀습니다.

듣고 있기 괴로운 듯, 급히 가서 턴테이블을 끄는 서명희.

마사오 역시 당신이었군요.

창밖의 빗소리만 들려온다.

서명희 …

마사오, 씁쓸히 웃는다.

마사오 저는 도저히… 선생님 마음을 모르겠습니다. 도대체 왜 거기에도 당신 자리가 있는가 말입니다!

최남윤 무슨 말씀입니까?

마사오 스크랩북 말입니다. 모르십니까? 제자들 기사 같은 건, 보이면 꼼꼼히 스크랩해 두셨어요. 인생 말년의 커다란 즐거움이라면서.

사이.

마사오 찾아보려고 올라가 봤습니다. 혹시 내 기사들도 스크랩 해두셨나

하고, 나름 활약하고 있는 음악간데… 선생님이 날 자랑스럽게 여기셨기를 기대했는데…

최남윤 스크랩북에 제 자리가 있단 말입니까?

마사오 활약이 대단하셨더군요. 해외 콩쿠르 우승도 했고, 본국에선 꽤 유명인사이시던데,… 선생님이 무척, 자랑스러워 하셨던 거 같더군요.

서명희, 터져 나오는 눈물.

최남윤 …

계단을 내려오는 김철웅과 배옥자, 최남윤은 그들과 스쳐 급히 위층으로 올라간다.

김철웅 뭔 난리네?

서명희, 눈물을 애써 감추며.

서명희 연주할 작품은, 찾아보셨어요?

김철웅 동무들끼리 뭔 일 있었습네까?

배옥자, 마사오에게 다가가.

배옥자 보시라우요, 공 차는 동무.

마사오 아무 짓도 안했습니다.

배옥자 조선민족 분단의 근본 원인은 일본 아닙네까.

밖에서 천둥이 치면, 실내 전등이 깜박이다 다시 밝아진다.

서명희　잠깐, 가보고 올게요.

위층 계단으로 올라간다.

마사오　…

술잔에 술을 따라 단번에 마셔버리면, 다가가 술병을 살펴보는 김철웅.

김철웅　어느새, 없어졌구만요.
마사오　술이 참, 끝내주는데요.
김철웅　기렇지 않음 일부러 가져왔갔습네까.

마사오, 과장되게 웃는다.

마사오　이런 분위기엔 괴담 얘기면 딱 좋은데.
배옥자　취했나, 뭔 귀신같은 쓸데없는 소릴 하네.
마사오　이건 실홥니다.
김철웅　일단 들어나 보자. 해보시라우요.
마사오　우리 시미즈 집안은 대대로 사무라이였습니다.
배옥자　기럼 임진왜란 때도 왔갔구만요.
마사오　뭐, 어쨌든… 내 할아버지의 할아버지가 늦은 저녁 산길을 가다 비를 피해 어느 움막에 들어갔는데, 거기에 어떤 예쁜 여인이 있더랍니다.
배옥자　기 여인네가 귀신이란 거 아닙네까?
김철웅　고조, 얘기에 나서지 마라.

마사오   갑자기 커다란 뱀으로 변하더니 내 할아버지의 할아버지의 몸을 감싸는 겁니다. 숨 쉬기 힘들어진 내 할아버지의 할아버지는, 빠져나오려 했지만 내 할아버지의 할아버지의 몸은 이미 내 할아버지의 할아버지의 마음대로 움직일 수 없었습니다. 내 할아버지의 할아버지는 이대로라면, 내 할아버지의 할아버지 자신의 목숨이 위태로울 거란 생각을 하시게 됩니다.

김철웅   통일합세다. 기냥 할아버지로.

마사오   예. 뱀이 말하길 할아버지의 또 그 윗 할아버지가 자신의 어미를 칼로 해쳤기에, 복수를 해 시미즈가의 대를 끊어버리겠다 하더랍니다. 할아버지가 용서를 비니 '좋다. 그럼 내 어미를 위해 절을 짓고 매년 사죄를 해라. 뱀을 보면 어떤 경우라도 해를 가하지마라. 죽여서도, 먹어서도 안 된다. 이를 어긴 시미즈가 사내는 바로 사내구실을 못하게 돼, 대가 끊기게 되리라.'

배옥자   고자가 된단 말입네까?

마사오   우리 시미즈 가문에선 매년 절에 가 참배를 합니다.

김철웅, 술병을 들어 보이며.

김철웅   요고이… 술이야요…

밖에서 천둥이 친다.
순간 기절해버리는 마사오, 김철웅은 다급히 마사오를 흔든다.

김철웅   보시라우요! 눈 좀 떠 보시라우요, 동무!

배옥자   저주에 걸렸시오?

김철웅   모르갔어, 어쩌면 좋네. 방법 없갔어?

배옥자   인공호흡인가 있잖습네까.

김철웅　옥자 동무가 와 해보라우.

배옥자　처녀한테! 남정네랑 주둥이를 맞추란 겁네까?

김철웅　살리고 봐야할게 아니네.

배옥자　철웅 동무가 하시라우요.

김철웅　내래 할 줄 몰라.

배옥자　에미나이랑 주둥이 안 맞춰봤시오?

김철웅　기래? 똑같이 기러면 되네?

배옥자　뱀을 먹었으니까네, 이 동무래 인젠 고자가 됐구만, 기래.

　　　김철웅이 입을 맞추려는 찰나, 벌떡 일어나는 마사오.

마사오　월드컵!

　　　정면의 텔레비전을 틀면, 이제 막 발표가 시작되려 한다.

마사오　오! 드디어 발표 시작이구나.

　　　아연한 표정의 김철웅과 배옥자.

마사오　떨린다, 떨려.

　　　서명희의 손에 이끌려, 흐느끼며 계단을 내려오는 최남윤.

최남윤　…

　　　서명희와 최남윤, 멈춰 그들을 바라본다.

312

김철웅 고조, 저기는 어딥네까?

마사오 스위스의 취리힙니다.

텔레비전 앞에 다가앉은 마사오와 김철웅.

김철웅 긴장되는구만, 기래.

배옥자 보나마나 남조선이 되갔지요.

김철웅 기람 통일의 길도 열리갔는데? 기렇지 않네?

마사오 쉿! 조용히 좀 하십시오.

배옥자 듣기 싫음 귀 막고 계시라우요.

마사오 이제 발표한다!

월드컵 한일 공동개최가 발표된다.

마사오 KOREA, JAPAN… ? 공동개최란 건가?

김철웅 기렇게도 해도 되는 겁네까?

배옥자 날 샜시오. 민족 통일의 기회는 멀어졌습네다.

마사오 기뻐해야 하나 실망해야 하나, 기분이 묘한데…

배옥자 밤술 남은 거나 마시라우요.

마사오 !

김철웅, 텔레비전을 끄며.

김철웅 결정 났으니, 됐습네다.

서명희 잘 됐네요.

김철웅, 뒤돌아보고.

김철웅　아, 봤습네까?

서명희　어느 쪽도 완전히 실망하지 않아도 돼서요.

배옥자　내래 완전 실망에 불만입네다.

김철웅　긴데, 아까 첼로를 하신다 했잖습네까.

배옥자　좀 전에, 클라리넷이랑 비올라 첼로가 나오는 거로, 올라가 일단 은 추려봤시오.

김철웅　'클라리넷과 현악4중주를 위한 5중주 2번' 요고이 어떻습네까?

서명희　작년에 초연된, 선생님 말년 작품이로군요.

마사오　의미 있고 괜찮겠는데요?

김철웅　기왕 만났는데, 요래 다섯이서 해보면 낫지 않갔시오?

　　　　마사오와 최남윤을 번갈아보며.

김철웅　두 동무래, 바이올린 좀 할 줄 압네까? 못하면 딴 거로 알아 보갔 시오.

　　　　서명희, 최남윤의 두 손을 꼭 잡으며.

서명희　바이올린 잘하잖아요. 이번에 같이 해봐요.

최남윤　…

　　　　마사오, 굳은 표정으로 손을 든다.

마사오　O.K.

김철웅　잘 됐구만, 잘 됐어.

마사오　뭐, 바이올린 정도야, 웬만큼…

배옥자　기럼 얼른 올라가 가져 오시라우요. 악보랑 바이올린 두 대.

마사오   왜 또 날보고 가져오래요?

배옥자   미제 말 써서 재수 없어 기랍니다.

마사오, 투덜대며 계단으로 올라간다.

김철웅   기쪽의 첼로로 괜찮겠시오?

서명희   글쎄요, 소리가 어떨지 모르겠네요.

김철웅   조율 좀 하고 기럼 되갔지요. 일단은 연습이니까네.

서명희   지금 연습해 보시려고요?

김철웅   한번 간단히 맞춰나 봅세다.

배옥자, 악기 가방에서 클라리넷을 꺼내며.

배옥자   근질거렸는데, 잘 됐시오.

김철웅   앞에서 실력 자랑질 좀 해 보라.

배옥자   뭔 말이야요? 독주곡이 아니란 말입네다.

서명희, 테이블 위 잔들을 정리해 쟁반에 놓으며.

서명희   더 안 드실 거 같아서요.

김철웅   술은 이만 됐습네다.

서명희, 들고 안으로 들어간다.

김철웅   기런데, 윤이상 선생님하고는 어떤 인연이셨습네까?

악기 가방에서 비올라를 꺼내며.

김철웅 남조선이래, 어쨌든 선생님 고향이니까네. 기쪽 분들 얘기가 궁금하기도 하고, 기렇군요.

최남윤 동베를린 사건에 대해 아십니까?

김철웅 뭐, 대충은 알고 있습네다.

최남윤 그때에 인연이 시작됐습니다.

서명희, 안으로 들어온다.

최남윤 음악가가 되고 싶었지만 길을 찾지 못해 방황하던 차에, 세계적 명성의 선생님이 병보석으로 서울에 계시단 걸 알고, 무작정 몇 번이고 병실로 찾아가 간곡히 부탁을 드렸습니다. 석방 돼서 독일로 가신 후에, 잊지 않고 절 독일로 불러주셨죠. 하노바 음악대학엔 저랑, 명희, 그리고 다른 2명의 한국인 학생이 와 있었는데, 특별히 4명 모두 학교에서 2년 간 장학금을 받을 수 있게 해주셨습니다.

창밖의 빗소리가 점점 작아진다.

최남윤 선생님께선 매주, 베를린에서 하노바까지 비행기로 왕래하며 가르치셨는데, 매주 우리 넷은 공항에 나가 선생님을 기다리곤 했습니다. 네덜란드의 '가우데아무스음악제' '다름슈타트 강습회' 유럽의 여러 음악제를 선생님과 함께 다녔죠. 정말 꿈만 같던 시절이었습니다. 제가 한국으로 돌아가고 나서…

괴롭게 말을 이어간다.

최남윤 한국에서 윤이상의 제자란 꼬리표는 자부심이었지만. 부담이었던 것도 사실입니다. '왜 너의 스승은 나라의 흠을 외국에서 들추어 내냐. 해외에 이 나라를 망신 주려는 거냐' 사람들은 늘 제게 얘기 했습니다. 음대에서 학생들을 가르치며, 제 자리가 잡혀갈수록 고 국에서 선생님의 자리는 사라져가는 것만 같았습니다. '예술가는 자기 예술에 전념해야지, 선생님은 왜 정치활동에 전념하고 계신 건가.' 빨갱이로 몬 조국에 대한 복수심이라 생각했습니다. 안타 까움에 충고해 드리고 싶었습니다. 그런 마음으로 독일 유명 클래 식 잡지에 글을 썼습니다. '사람은 각자의 역할이 있는 것이다. 정 치활동은 정치가한테 맡기고, 예술가는 자신의 예술에 전념해야 하는 것이다!' 묘하게도… 그 순간부터 내 나라도, 내 주변 사람들 도 점점 내 편이 되어간단 느낌을 받았습니다.

눈물을 흘리는 서명희.

최남윤 매우 아끼던 제자가 한 명 있었습니다. 분명 좋은 재목으로 성장 할 거라 믿고, 제 열정을 다해 가르쳤습니다. 군사정권 타도를 외 치는 학생 데모가 학교에선 매일 계속 됐고, 그 아인 예술대 옥상 에서 몸을 던졌습니다. '왜, 그 아이를 지켜내지 못했는가, 왜 이 런 세상에 침묵만을 하고 있던 건가!' 그 일이 있고… 전 아직까지 단 한 곡도 써내지 못했습니다. 그렇게 몇 년이 가고 문민정부가 섰는데도, 여전히 도저히 단 한 곡도! 써낼 수 없었습니다. 나라에 선 몇 번이고 지위와 명예를 줄 테니 써 달라했지만, 내 마음속이 이미 그때에! 갈가리 찢겨졌단 걸 깨닫고선… 도망치듯 이곳으로 왔습니다.

멈춘 빗소리.

최남윤 예술가는 살고 있는 세상에 무관심할 수 없단 걸 알았습니다. 하노바 음대시절, 선생님은 늘 말하셨습니다. '예술은 진실에서 생겨나며, 진실한 양심에서 태어나는 예술만이 창조적이며 남이 모방할 수 없다.' 말입니다. 이제 조금은 알 것 같습니다. 세상과의 싸움은 정치활동이 아니라, 예술 창조의 근원인, 예술가 자신의 마음속 진실을 지켜내려는 행위였던 겁니다.

오열하며 주저앉는다.

최남윤 저는… 정말로… 어리석었습니다.

서명희, 최남윤에게 다가가 위로한다.

서명희 선생님은 오래전에, 모두 용서하셨어요.

같이 흐느끼는 배옥자.

김철웅 정말 잘 오셨습네다. 인제 그 상처도, 여기서 훌훌 다 털어버리시라우요.

자동차가 와 멈추는 소리가 들리면.

배옥자 누가 또 왔나봅네다?
김철웅 다른 선생님 제자가 왔구만, 기래.
서명희 아, 사모님이에요.
김철웅 오셨구만요.

이수자, 출입문을 열고 들어온다.

이수자 아까 전화한 분들이로군요.

김철웅 맞습네다. 김철웅이라하고, 이 에미나이래 배옥잡네다.

이수자 오시느라 고생 많았죠?

김철웅 우선 절부터 받으시라우요. 동무, 뭐 하네?

배옥자 아… 알갔시오.

김철웅과 배옥자가 절을 하려 하면, 다가가 말리는 이수자.

이수자 됐습니다. 부담스럽게 무슨 절을…

김철웅 옛날이랑 고조, 하나 변함이 없으시구만요.

이수자 죄송합니다. 예전에 만났는데도, 기억을 못했네요.

김철웅 아닙네다. 바르샤바 축전 기때, 제가 악단원으로 있었습네다.

이수자 아! 그랬군요. 뭐, 이제는 많이 늙었죠.

서명희 인터뷰는 잘 하셨어요?

이수자 모르겠다. 열심히는 했는데…

서명희 마침 오시니까 비도 그쳐버렸네요.

이수자 베를린 날씨야 항상 변덕스럽잖아.

최남윤에게 다가가 손을 잡아준다.

이수자 즐겁게 얘기들 좀 나눴는가?

최남윤 많이 느끼고, 또 많이 배웠습니다.

이수자 지금 불편하진 않지?

최남윤 이젠 많이 편안해졌습니다.

이수자 자네가 와줘서 고맙네.

마사오, 바이올린 두 대와 악보들을 들고서 내려온다.

마사오　사모님, 오셨군요.

이수자　생각보다 좀 일찍 끝났어.

마사오　빗길에 미끄럽진 않았습니까?

이수자　별일 없었는데, 바이올린은 왜? 연주해보게?

김철웅　한번 맞춰볼까 말입네다. 요기 모인 다섯이, 요번 음악회 때 선생
　　　　　님 곡 하나 같이 해보기로, 말들 맞췄시오.

배옥자　'클라리넷과 현악4중주를 위한 5중주 2번' 입네다.

이수자　그게 정말인가?

김철웅　들어보시고, 평가 좀 해주시갔습네까?

이수자　내가 무슨… 그런…

김철웅　기렇지 않습네다.

　　　　　이수자, 최남윤에게.

이수자　음악회 무대에 서 줄 거지?

최남윤　부끄럽지만… 한번 해보겠습니다.

　　　　　서명희, 바이올린을 최남윤에게 내민다.

서명희　자요. 멋지게 연주해 주세요.

　　　　　최남윤, 조심스럽게 손에 쥔다.

마사오　자, 한 묶음씩 받으십시오.

악보들을 각각 나누어주며.

마사오 이 곡은, 인쇄 악보들이 꽤 쌓여 있던데요?

이수자 작년 연주회 때 여분으로 남은 걸 놔뒀는데, 마침 잘 됐구먼.

김철웅 내 선곡이 절묘하지 않았네? 선견지명(先見之明)이야.

배옥자 고거이 철웅 동무 혼자 정했습네까?

김철웅 클라리넷이래 문제 없갔지?

배옥자 기쪽이나 신경 쓰시라우요.

김철웅과 배옥자는 각각 비올라와 클라리넷을 든다.

마사오 악보에, 첼로 파트가 좀 까다로운데요?

서명희 잘 될지 모르겠네요.

밖에서 개구리들의 울음소리가 들려오면, 소리에 귀를 기울이는 서명희.

서명희 사모님, 들리세요?

이수자 추운 겨울 잘 넘기고, 이번 봄에도 연못가로 나왔구나.

서명희와 이수자, 창가로 가 정원을 바라본다.

이수자 저거, 합창단의 합창소리 같지 않니?

서명희 몇 마리일까요? 예전엔 한 마리였던가, 그랬는데.

이수자 그 개구리의 증손자 증손녀쯤 되겠지.

서명희 꼭 예전으로 돌아간 기분이네요.

이수자 연못가로 나와, 남편이랑 자주 저 소리를 들으며 시간을 보내곤 했는데… 이번 봄엔, 그래도 외롭지 않아 좋구나.

서명희	계속 찾아올 거예요. 사라지지도 않을 거고요.
이수자	그렇겠다. 정원의 연못가가 사라지지 않는다면…

서명희, 가서 첼로를 손에 쥔다.

서명희	세상에서 음악이 사라지지 않는다면요…

조금씩 조율을 해본다.

이수자	너무 낡지 않았니?
서명희	문제없을 거예요.
김철웅	동무들 준비 되셨습네까?

각각 연주를 시작할 준비들을 한다.

김철웅	기럼, 가봅세다.

윤이상의 사진 옆에 선 이수자,
그들을 흐뭇한 표정으로 바라본다.

막.

· 참고서적 : 『내 남편 윤이상』 상/하 (이수자/창작과비평사/1998)

통영 연극예술축제 희곡상작품집

초판 1쇄 인쇄일   2018년 7월 2일
초판 1쇄 발행일   2018년 7월 9일

지 은 이   김수미/유진월/강은빈/김미정/김정리/신은수
           통영연극예술축제위원회
만 든 이   이정옥
만 든 곳   평민사
           서울시 은평구 수색로 340, 202호
           전화: (02) 375-8571(代)
           팩스: (02) 375-8573
           http://blog.naver.com/pyung1976
           이메일 pyung1976@naver.com

등록번호   제251-2015-000102호

  ISBN   978-89-7115-655-1   03800 (1권)
           978-89-7115-657-5   03800 (set)

  정 가   16,500원